KB127408

유저 리서치

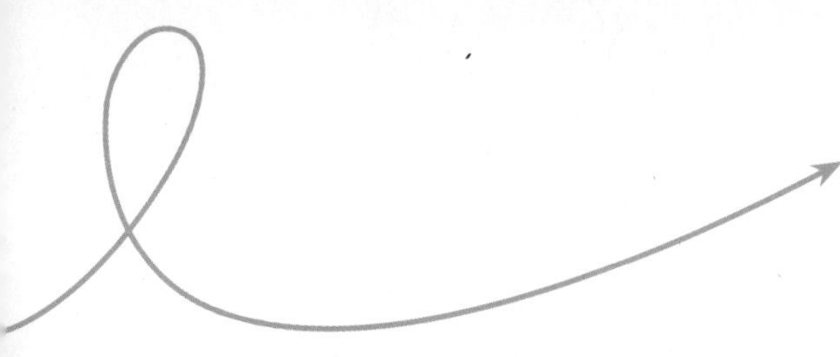

유저 리서치

UX를 위한 사용자 조사의 모든 것

스테파니 마시

유엑스리뷰

서문 및 감사의 글

유저 리서치(user research, UX 리서치 또는 사용자 조사라고도 불림)를 수행하는 방법은 여러 가지가 있으며, 이 책에 소개된 방법론들 또한 여러 방식으로 사용할 수 있다. 그 덕분에 유저 리서치가 매력적일 수 있는 것이겠지만, 동시에 사람들은 이 방법론들을 사용하는 것을 망설이기도 한다. 나는 지난 몇 년 동안 유저 리서치를 하거나 이에 입문하는 사람들의 멘토 역할을 하며 많은 것을 배우게 되었다. 그 경험의 일부를 여러분과 공유하고 싶다. 특히 이제 막 발걸음을 뗀 실무자들에게 도움이 되기를 바란다. 나를 지지해 주고, 배움과 경험의 기회를 제공해 준 사람들에게 감사의 말을 전하고 싶다. 이 책이 여러분에게도 그러한 역할을 할 수 있기를 바란다.

나는 내가 흥미를 갖고 성취감을 느끼는 일을 오늘날까지 커리어로 삼았기에 굉장히 운이 좋은 사람이라고 생각한다. 시간과 노력을 들여 생각과 성과물을 공유해 주고 유저 리서치에 관한 논의에 참여해 준 사람들과 이 분야에서 지식의 지평을 넓히고 발전시키고 있는 이들에게 감사의 말을 전한다.

또 더 좋은 책이 될 수 있도록 건설적인 피드백을 준 업계 전문가들과 출판을 현실화하기 위해 많은 지원과 노력을 보태 준 사람들에게 진심으로 고마운 마음을 전한다. 항상 나의 노력을 응원하고 도와준 나의 친구들과 가족들에게 무한한 감사의 마음을 표하고 싶다. 마지막으로, 독자 여러분에게도 감사하다. 여러분이 없었더라면 이 책은 쓰이지 않았을 것이다.

차례

3부 데이터 분석 및 발표

들어가며 유저 리서치는 왜 중요한가

| 유저 리서치란 무엇인가

이 책을 읽고 있는 여러분은 리서치가 정확히 어떤 방식으로 진행되는지는 잘 모르더라도 유저 리서치(user research)에 대한 대략적인 개념은 갖고 있을 것이다. 하지만 더 나아가기 전에 우리가 동일한 수준의 이해도를 갖고 있는지 확인하는 것이 매우 중요할 것이다. 유저 리서치란, 사람들이 일상에서 제품을 이해하고 사용하는 데 영향을 미치는 사람들(사용자)의 행위와 동기, 그리고 니즈를 특정 맥락 안에서 연구하는 것이다. 여기에는 이러한 요소들이 시간이 지나면서 어떻게 변화하는지에 대한 생각도 포함될 수 있다. 시장 조사(market research)와는 사뭇 다른데, 이는 고객의 선호도와 요구 사항들을 알아내는 것이 주목적이다. 시장 조사와 유저 리서치는 서로 다른 목적과 결과를 갖게 된다.

| 이 책은 누가 읽어야 하는가

'유저 리서처(user researcher)'라는 직책은 디지털업계와 서비스업계, 심지어는 정책 결정에서도 점점 더 흔히 사용되고 있다. 유저 리서처는 흔히 사용자 경험(User Experience, UX)을 어느 정도 도입하였거나 '사용자 우선' 방식의 업무를 하는 조직에서 만나볼 수 있다. 유저 리서치는 사람들이 제품이나 서비스와 상호 작용하는 분야라면 어디든 적절하게 사용할 수 있다.

첫 번째로 알아야 할 사실은 유저 리서치를 하기 위해 '유저 리서처'라는 직책을 갖고 있을 필요는 없다는 것이다. 두 번째로, 양질의 유저 리서치를 하는 방법을 독학으로 깨우칠 수 있다는 것이다. 나 또한 그렇게 배웠다. 그리고 그것이 어떻게 가능한지, 이 책이 보여줄 것이다.

여러분이 이 책을 읽고 있는 이유는 아래 제시된 사례들처럼 다양한 이유에서일 것이다.

- 사용자 중심의 리서치를 하려는 사람이 없어서 직접 리서치를 진행하고 싶거나, 진행해야 하는 경우
- 좋은 실습 팁을 찾고 있는 새내기 유저 리서처인 경우
- 유저 리서처와 함께 일하는 운이 좋은 사람 중 한 명으로, 유저 리서치란 무엇인지, 또 어떻게 진행되는지 잘 알고 싶은 경우: 팀과 협력할 때 실무 능력을 향상시킬 수 있을 것이다.
- 외부의 전문 에이전시의 도움을 구해야 할 때 현명한 고객이 되고 싶은 경우
- 이미 유저 리서처로 일하고 있지만, 기억을 되살리거나 새로운 관점을 얻고 싶은 경우

유저 리서치를 활용하여 자신이 보유하고 있는 능력을 확대할 수 있는 사람들은 다음과 같다.

- 웹 매니저와 웹 개발자
- 비주얼 디자이너(visual designer) 및 인터랙션 디자이너(interaction designer)
- 경험 디자이너(experience designer) 및 서비스 디자이너
- 카피라이터 또는 콘텐츠 디자이너
- 인포메이션 아키텍트(information architect)
- 소셜 미디어/디지털 커뮤니케이션 전문가
- 디지털 마케팅 전문가 및 캠페인 전문가
- 마케팅 매니저
- 시장 조사 전문가
- 커뮤니케이션 책임자
- 비즈니스 애널리스트
- 디지털 전문가/트랜스포메이션 전문가/IT 전문가
- 정책 애널리스트
- 비즈니스 개발 매니저
- 교사
- 갤러리 큐레이터 및 박물관 큐레이터
- 정치인

모두 환영한다. 이 책은 유저 리서치 전문가가 아닌 이들에게 특히 더 유용할 것이다. 바쁜 직장인들 중에 유저 리서치가 필요하고, 또 직접 해야 할지도 모르는 상황에 놓인 사람들 말이다. 이 책은 그들이 리서치를 하는 동안 마주하게 되는 상황들을 파악하고, 그 과정을 안내해 주어, 흔히 발생하는 실수들을 피할 수 있도록 해 줄 것이다. 이 책은 아래의 내용을 쉬운 글로 설명하고자 한다.

- 리서치의 기초에 대한 이해
- 적절한 방법론을 선택하고 사용하는 방법
- 데이터를 분석하는 방법
- 리서치 결과를 활용하는 방법

| 유저 리서치는 왜 해야 하는가

많은 기업과 조직이 사용자에게 소중한 경험을 제공하는 것을 기준으로 두지만, 그럼에도 대부분은 개발 프로세스에서 사용자들의 역할을 충분히 인정하지 않는다. 그들은 다음과 같은 내용들을 이해하지 못하기 때문이다.

- 사용자가 누구인가?
- 사용자들의 니즈는 무엇인가/그들이 하고자 하는 것은 무엇인가?
- 사용자들은 현재 어떻게 하고 있는가?
- 사용자들은 어떻게 하길 원하는가?

사용자들을 고려하지 않으면, 조직들은 실패할 게 분명한 제품과 서비스를 만들어 내는 데 거액을 쓰게 될 수 있다. 몇몇 조직의 리더들은 프로세스에 사용자들을 포함시키지 않아도 된다고 생각하거나, 주기적으로 사용자들에게 돈과 시간을 쏟을 여유가 없다고 생각할 수도 있다. 이는 잘못된 생각이다. 사용자들이 무엇을 필요로 하는지 예단할 수 없기 때문이다. 사용자들이 어떻게 생각하고 행동하는지, 그들을 제대로 알아야 할 필요가 있다. 그들이 처한 상황과 그들에게 영향을 주는 것들, 그리고 그들이 갖고 있는 기대를 이해함으로써 아래 제시된 내용들을 얻을 수 있을 것이다.

- 더 좋은 제품, 서비스, 경험을 디자인할 수 있다.
- 기존에 제공해 온 것들을 개선할 수 있다.
- 변화하는 사용자들의 행위와 기대에 맞춰 적응할 수 있다.
- 처음 한 번에 제대로 제품 및 서비스를 제공하여 돈을 절약할 수 있다.
- 사용자들이 원하는 것과 필요한 것을 제공함으로써 강한 인상을 남길 수 있고, 그 이상의 것도 얻을 수 있다.
- 사용자들이 원하는 것을 가능하게 하고, 또 여러분이 원하는 것을 사용자들이 하도록 유도하여 사용자들의 행동에 영향을 미칠 수 있다.
- 개인 의견이 아닌 증거 기반 옵션과 해결책을 제공하여 이해관계자(stakeholder)의 선택에 영향을 미칠 수 있다.
- 조직이 앞으로 나아가야 할 방향성에 대한 내부 추정(internal

assumptions)에 도전장을 내밀 수 있다.

유저 리서치를 통해 앞에 나열된 내용을 모두 얻을 수 있다. 주도권을 갖기 위해 유저 리서치 전문가가 될 필요는 없다. 좋은 리서치를 위해 여기서 제시하는 간단한 규칙들을 따르면, 그 누구든 자신의 고객 또는 청중을 진심으로 이해할 수 있게 될 것이다. 컴퓨터 공학이나 심리학, 또는 인간-컴퓨터 상호 작용(human-computer interaction, HCI) 관련 학위가 없어도 괜찮다. 나 또한 환경 지질학자일 때 유저 리서치를 시작했기 때문이다. 그저 4년이란 시간 동안 좋은 유저 리서치란 무엇이며, 나쁜 유저 리서치는 무엇인가에 대해 연구했을 뿐이다. 교과서를 읽고 연습하여 이러한 스킬을 독학으로 터득하였으며, 이를 박사학위 과정 당시 해냈다는 사실은 하나도 중요하지 않다. 나도 해냈으니 여러분도 할 수 있다.

박사학위를 받고 나는 학계를 떠나 간절함과 분노 속에서 이러한 방법론들을 실생활에 적용해 보기 시작했다. '유저 리서치 전도사'인 회사에서도 일했고 유저 리서치에 대한 지식이 전혀 없는 회사에서도 일했다. 어떤 경우에는 리서치 결과를 도출해 내야 하는 동시에 밑바닥에서부터 유저 리서치에 대한 사람들의 이해와 지지를 끌어올려야 할 때도 있었다. 이제 유저 리서치 분야에서 14년차에 접어들었으나, 유저 리서치를 언급하는 직책은 딱 한 번 가져보았다. 나는 그동안 사용성 애널리스트(Usability Analyst), UX 매니저/컨설턴트/리더, 또 디지털 전략(Digital Strategy) 책임자 등의 직책을 보유했었다. 이 직업을 모두 가질 수 있게 해 준 것이 무엇이냐

하면, 바로 유저 리서치 스킬이다.

유저 리서치는 우리 본연의 관찰 스킬과 대화 스킬을 특정한 방식, 아마도 그전에는 모르고 해 왔던 방식으로 사용하는 것이다. 우리 모두 현실에서 어떤 아이디어를 사람들에게 테스트해 보고, 그들이 그에 어떻게 반응하는지 확인한 뒤, 그 아이디어를 보완하고, 또 시도해 본 경험이 있을 것이다. 바로 이것이 유저 리서치다. 이 책은 여러분이 이미 보유하고 있는 스킬들을 한데 모아 보다 구조화된 방식으로 사용할 수 있는 방법을 소개하고자 한다.

| 이 책에서 무엇을 얻을 수 있는가

이 책은 총 3부로 나뉘어져 있다. 1부에서는 성공적인 유저 리서치를 위한 필수 규칙들을 소개하는데, 여기에는 반드시 적확한 사람들과 리서치하는 것도 포함된다. 적확한 사람들은 어떻게 모집할 수 있는지, 또 편향되거나 부정확한 데이터 수집을 피할 수 있는 방법은 뭐가 있는지에 대해 설명하려고 한다.

1부의 1장, 2장에서는 여러분이 리서치에서 어떤 방법론을 사용하든 '좋은 리서치는 과연 어떤 리서치인가'에 대해 더 잘 이해할 수 있게 될 것이다. 여기에는 아래의 내용들이 포함된다.

- *리서치는 언제 해야 하는가*: 모든 것은 타이밍에 달려 있다.
- *고려해야 할 윤리적 요소들*: 윤리적 요소들을 고려했을 때만 모든 것이 공정하게 진행될 것이다. 또한, 그렇게 해야 리서

치 참가자들이 자신이 무슨 일을 경험하게 될지, 리서치 데이터들은 어떻게 사용할 것인지에 대해 잘 이해할 수 있을 것이기 때문이다.

- *리서치를 계획하는 법*: 장소를 선정하고 리서치에 참여해야 하는 내부 관계자들을 파악한다.
- *리서치 참가자로 누구를 모집해야 하는가*: 이 부분을 어떻게 하면 잘할 수 있을지, 좋은 데이터를 얻기 위해서는 왜 이 부분이 중요한지 알아볼 것이다.
- *참가자들을 관찰하는 법*: 참가자들이 '무엇을 하는지'와 '무엇을 말하는지'는 별개의 문제일 수 있다. 행동과 의견의 차이점을 살펴보고, 왜 그 차이가 여러분의 리서치와 참여 모집 인원수에 중요한 영향을 미치는지에 대해 알아볼 것이다.
- *적절한 질문은 어떻게 하는가*: 데이터에 편견이 반영되지 않도록 하고, 사실에 기반한 데이터를 얻기 위해 적절한 질문을 하는 방법에 대해 배우게 될 것이다.

1부에서는 실행 계획(3장)도 다루고 있다. 여기에는 에이전시에 의뢰하기, 시설 선정하기, 계약서에 서명하기 등이 포함된다. 2부에서는 여러분이 경험하게 될 상황들을 알아보고, 어떤 방법론을 선택해야 하는지에 대해 조언하고자 한다.

당연한 이야기지만 하나의 방법론을 모든 상황에 적용할 수는 없다. 상황별로 항상 선호되는 방법론 같은 것도 없다. 이 책이 그저 방법론들이 나열된 목록에 불과하다면 어떤 방법론이 가장 좋은 방법론이고, 어떤 상황에서 사용해야 하는지에 대해 명확하게 알려주지 못할 것이다. 아래에 고려해 볼 수 있는 방법론들에 대한 개요를 짧게 맛보기로 적어 보았다. 아마도 이러한 방법론들과 다양한 옵션과 한도에 대해 많이 궁금할 것이다. 각 방법론은 이후 자세하게 다룰 예정이며, 아래에 적힌 내용들도 함께 설명하도록 하겠다.

- 어떤 방법론인지에 대한 설명
- 해당 방법론의 장점
- 해당 방법론의 단점
- 해당 방법론에 필요한 노력
- 진행 방법에 대한 설명
- 필요한 툴
- 참고 문헌

사용성 테스트 – 관찰을 통한 인사이트 얻기(4장)

사용자 테스트로도 알려져 있는 사용성 테스트(Usability testing)는 흔히 웹 사이트와 연계되어 사용되지만, 꼭 그것에 국한되는 것은 아니다. 리서처는 사용자들이 제품이나 서비스 관련 과업을 수행할 때 어디에서 문제가 발생하는지 파악하기 위해 사용자들을 관찰한다. 사용자 테스트는 정성적(qualitative), 정량적(quantative)으로 사용될 수 있다(보다 자세한 내용은 이후에 다룰 예정이다). 또한, 아래 제시된 바와 같이 다양한 환경에서도 리서치를 진행할 수 있다.

- 진행자가 있고 대면으로 진행되는 환경: 리서처와 사용자가 동시에 같은 방에 있으며 상호 작용한다.
- 진행자가 있고 원격으로 진행되는 환경: 리서처와 사용자가 서로 다른 장소에 있지만, 예를 들어 스크린 공유 기능을 활용하는 등 상호 작용이 이루어지고 있다.
- 진행자가 없고 대면으로 진행되는 환경: 리서처와 사용자가 동시에 같은 방에 있으나 사용자가 과업을 수행하는 동안 리서처는 말하거나 개입하지 않는다.
- 진행자가 없고 원격으로 진행되는 환경: 사용자가 스스로 선택한 시간과 장소에서 리서치 과업을 수행하는 동안 리서처는 개입하지 않는다.

콘텐츠 테스트 – 사용자들은 콘텐츠를 어떻게 받아들이고 있는가(5장)

콘텐츠 테스트(Content testing)는 사용성 테스트 중 하나로, 콘텐츠가 타깃 청중들에게 얼마나 적합한지와 얼마나 잘 받아들여질지에 집중한다. 이는 사용성 테스트의 한 부분으로 같이 진행되거나 따로 진행될 수 있다.

카드 소팅 – 사람들이 어떻게 대상을 분류하고 인식하는지 이해하기(6장)

카드 소팅(Card sorting)은 서로 관련이 있는 대상들을 분류할 때와 같이 사람들이 제품 및 서비스에 대해 어떻게 생각하고 인식하는지 이해하기 위한 방법론이다. 이는 웹 사이트의 구조를 디자인하거나 수정할 때 아주 유용하다. 예를 들어, 어떤 정보들이 서로 긴밀하게 연관되어 있어서 같은 그룹으로 묶고 레이블링(labeling, 분류하여 표기)을 해야 하는 상황에서 유용하게 사용할 수 있다. 카드 소팅도 사용성 테스트와 동일한 환경과 방식으로 리서치를 진행할 수 있다.

설문 조사 – 광범위한 사용자 반응을 측정하는 방법(7장)

설문 조사는 시장 조사와 유저 리서치에서 자주 사용된다. 한계가 있기는 하지만, 예산이 적게 들고 잠재적으로 굉장히 많은 사람이 리서치에 참여할 수 있다는 장점이 있다. UX 마스터리(UX Mastery)의 설명에 따르면, 특정 주제에 대한 참가자들의 선호도와 태도, 성향과 의견 등을 평가할 수 있는 일련의 질문들을 포함하고 있는 것이 바로 설문 조사다.

사용자 인터뷰 – 대화를 통해 사용자들의 경험 이해하기(8장)

사용자 인터뷰(User interview)는 흔히 사용되는 방법론이다. 우리 모두 어떤 방식으로든 인터뷰를 해 본 경험(주로 채용 면접)이 있을 것이다. 유저 리서치를 목적으로 하는 인터뷰는 사람들의 태도(그리고 그들의 태도가 시간이 지나면서 어떻게 바뀌는지), 일반적으로 하는 행동들, 그리고 특정 대상에 대해 어떻게 생각하고 인식하는지 이해하는 데 아주 유용하다. 인터뷰 역시 대면으로 진행되거나 원격으로 진행될 수 있다.

다이어리 스터디 – 일정 기간 동안 유저 리서치 데이터를 살펴보는 방법(9장)

다이어리 스터디(Diary studies)는 일정 기간 동안 사용자들의 경험과 행동, 그리고 태도를 이해하는 데 유용하다. 리서처는 사용자들에게 일정 기간 동안 특정 대상을 관찰하고 그것을 기록할 형식을 전달하고, 사용자들이 스스로 자신의 다이어리를 완성한다.

인포메이션 아키텍처 검증 – 사용자들에게 적합한 정보 구조인가(10장)

인포메이션 아키텍처(Information architecture)는 정보의 구조이다. 우리가 사용하게 될 가장 흔한 예시는, 웹 사이트(그리고 인트라넷)의 콘텐츠와 기능들을 정리하고 레이블링하는 것이다. 검증을 원활하게 해 주는 온라인 툴을 이용하면, 이를 통해 현재의 구조 또는 구조의 초안이 더 큰 규모의 사용자 그룹에게도 적용될 수 있는지 알 수 있을 것이다.

에스노그라피 – 사람들이 실생활에서 어떻게 행동하는지 관찰하기(11장)

에스노그라피(Ethnography)는 사람과 문화를 연구하는 것이다. 유저 리서치에서는 사람과 그룹이 어떻게 일상생활을 하는지 연구하기 위해 사용된다. 여러 다른 방법론들은 가상의 환경을 배경으로 한다. 그러한 환경도 유효하나, 가끔은 실제 세계에서 사람들을 관찰해야 할 때도 있다. 모바일 에스노그라피(Mobile ethnography)는 에스노그라피 데이터를 기록하기 위해 커뮤니케이션 기술과 리코딩 기술을 활용한다.

맥락적 조사 – 사용자들의 환경 속으로 들어가서 인터뷰하기(12장)

맥락적 조사(Contextual inquiry)는 사용자 인터뷰와 에스노그라피의 혼합형 형식이라고 볼 수 있다. 사용자들의 환경 속으로 들어가서 인터뷰를 진행하면 그들이 왜 그렇게 행동하고 느끼는지에 대한 인사이트를 얻을 수 있다.

A/B 테스트 – 다른 옵션과의 비교를 위한 유저 리서치 기법(13장)

스플릿 테스트(Split testing)로도 알려진 A/B 테스트(A/B testing)는 하나의 웹 페이지를 두 가지 버전(A버전과 B버전)으로 나누어 사용자들에게 동시에 보여주며 어떤 웹 페이지가 더 잘 작동하는지 비교하는 방식이다. 의견을 바탕으로 선택하지 않고, 데이터와 웹 사이트 전환율로 결정한다.

이해관계자 워크숍 최대한 활용하기(14장)

이해관계자 워크숍(Stakeholder workshop)은 여러분이 작업하고 있는 분야에 대한 전문성과 상당한 지식을 갖고 있는 사람들을 포함한, 프로젝트에 관심이 있는 사람들을 리서치에 참가시킬 수 있다. 워크숍은 아래와 같은 상황에서 유용하다.

- 잠재적으로 상반되는 의견과 목표를 가진 다양한 그룹의 사람들 간의 합의를 끌어내고 특정 대상의 의미에 대한 공통된 이해를 갖도록 해야 하는 상황
- 사용자들의 요구 사항들을 모아야 하는 상황: 제품 및 서비스에 포함되어야 하는 것들
- 초기 디자인 아이디어를 스케치해야 하는 상황

게릴라 리서치 – 실생활에서 빠르게 리서치 수행하기 (15장)

게릴라 리서치(Guerrilla research)는 적은 예산으로도 진행할 수 있는 사용성 테스트나 사용자 인터뷰의 한 유형이다. '게릴라'라는 단어에서 '야생에서의(out in the wild)' 접근법을 연상시키듯 게릴라 리서치는 카페, 도서관, 기차역 등 어느 곳에서든 할 수 있는데, 기본적으로 사람들이 많이 찾는 곳이라면 어디든지 가능하다.

유저 리서치 방법론들을 조합하여 사용하는 법(16장)

이 책에서는 한 프로젝트의 주기 동안 여러 방법론을 조합하여 사용할 수 있는 방법들에 대한 예시들도 다룰 예정이다. 방법론들은 특정 상황과 단계에 따라 적절하게 사용될 수 있기 때문이다.

3부에서는 리서치 종료 후에 해야 할 일들을 다룬다. 수집한 데

이터를 어떻게 분석하고 결과는 어떻게 공유할 것인지 알아볼 것이다. 이 부분에서는 분석 방법이 언제 어디에 사용될 수 있는지, 어떻게 하면 효과적으로 분석하고 공유할지에 대한 개요를 제공할 것이다. 아래의 내용들을 살펴보자.

- *이슈 목록을 만들고 우선순위 부여하기*: 증거를 수집하고 나면 이슈 목록을 만들고 우선순위를 부여하여 어떤 이슈가 심각하고 어떤 이슈는 심각하지 않은지에 대해 이해할 수 있게 된다.
- *정성 데이터 분석하기*: 대량의 정성 데이터를 이해하고 코딩한다.
- *주제 파악하기*: 여러분이 발견한 문제/대상이 서로 관련되어 있는지 확인한다,
- *사용자 니즈와 스토리 작성하기*: 이 방법으로 사용자가 누구인지, 그들이 무엇을 하고 싶고, 무엇을 얻고자 하는지를 깔끔하게 요약할 수 있다.
- *페르소나*(persona)*와 멘탈 모델*(mental model) *제작하기*: 사용자 그룹에는 어떤 사람들이 있고, 그 사람들은 특정 주제에 대해 어떻게 생각하는지 설명하는 방법이다.
- *영상을 활용하여 인사이트 공유하기*: 특정 주제에 대해 하이라이트 영상을 제작하는 것도 리서치 결과를 전달할 수 있는 아주 효과적인 방법이다.
- *보고서 개요와 상세 보고서 작성하기*: 리서치를 이해하는 데

걸리는 시간은 이해관계자들마다 다 다를 것이다. 각기 다른 청중에게 제공해야 할 디테일의 수준을 살펴보도록 하자.

- *고객 여정*(customer journey)*과 고객 경험을 매핑*(mapping, 연결시켜 주는 작업)*하여 시각화하기*: 고객 여정과 사용자 터치 포인트(touch point, 고객이 제품 또는 서비스와 상호 작용하는 지점)들을 사용자의 시각에서 구상하고 시각화할 수 있다.
- *디자인 수정하기*: 인포메이션 아키텍처, 인터랙션 디자인(interaction designs, 사람이 제품 또는 서비스를 사용할 때 상호 작용을 원활하게 할 수 있도록 돕는 디자인), 비주얼 디자인(visual designs, 시각 디자인)을 변경하는 방법이다.

증명은 증거에 달렸다. 유저 리서치를 수행하는 사람들은 자신이 개선할 수 있는 부분을 찾아내고 그 부분을 개선함으로써 결과를 얻을 수 있을 것이다. 이는 지속적이고 반복적으로 수행할 수 있다. 디자인 주기와 개발 주기에는 단계마다 사용할 수 있는 각기 다른 방법론들이 있다.

1부

기본 원칙:
좋은 리서치란 무엇인가

1부에서는 적절한 질문을 하고 관찰의 힘을 활용하여 편향되거나 부정확한 데이터 수집을 피하는 방법에 대해 설명하겠다.
적절한 리서치 방법론을 선택하고, 리서치를 어떻게 실행하고 데이터를 분석할지 등 본격적으로 본론으로 들어가기 전에 몇 가지 고려해야 할 사항들이 있다. 모든 방법론에 공통으로 적용되는 기본 원칙들을 소개할 것이다.

1장 유저 리서치의 실행 계획과 목표, 그리고 합법성

| 유저 리서치는 어느 시점에 해야 가장 적절한가

실용적이고 간단한 답변은 "언제든 가능하다"겠지만, 이상적인 답변은 "항상 적절하다"일 것이다. 또한, 유저 리서치가 가장 효과적이고 제일 긍정적인 효과를 낼 수 있는 시점도 정확하게 집어낼 수 있다.

여러분이 현재 애자일(agile) 중심적이고 사용자 친화적인 환경에서 작업하고 있다면, 아마도 규칙적으로나 주기적으로 유저 리서치를 계획하고 실행하고 있을 것이다. 유저 리서치에서 발견된 문제들을 다음 작업 단계에서 바로잡을 수 있고, 다시 리서치를 하고 또 테스트할 수 있다. 하지만 이러한 업무 환경이 아니라면 이 방식으로 일하는 건 절대 불가능할 것이다.

'애자일'이란?

프로젝트 관리법 중 하나인 애자일은 소프트웨어 개발에서 흔히 사용되며, 짧은 단위로 작업을 진행하고 진척 상황을 평가하는 방식이다.

전혀 새로운 콘셉트(concept, 개념)나 제품 및 서비스를 작업하고 있다면 유저 리서치를 가능한 한 빨리 시작하는 것이 좋을 것이다. 이 책을 읽다 보면 차차 알게 되겠지만, 사용자들 앞에 확실한 무언가를 내놓기 전까지 기다려야 할 필요가 없기 때문이다. 예를 들면, 하고자 하는 것을 종이 위에 스케치해서 설명할 수도 있는 것이다.

창의적인 생각들이 모이고 나면, 콘셉트의 초기 단계에서는 올바른 방향으로 가고 있는지 파악하기 위해 리서치를 해야 한다. 사용자들이 행동하고 사고하는 방식을 이해하면 여러분의 콘셉트가 그들의 삶을 어떤 방식으로든 향상시켜 줄 수 있을지, 또 그들이 겪고 있는 문제를 해결할 수 있을지 등에 대한 개념이 잡힐 것이다. 그러면 그 새로운 콘셉트에 시간과 노력을 들이고 돈을 투자해야 할지 말아야 할지, 더 수정할 부분은 없는지, 또는 그 콘셉트를 통째로 버려야 할지에 대한 판단이 선다.

만약 여러분의 제품 및 서비스가 이미 시중에 존재하는 것이라면, 그것을 더 개선하는 방법을 찾기 위한 유저 리서치를 언제든지 시작해도 좋다. 데이터/분석/피드백을 통해 어딘가 잘못된 것은 파악했지만 그 문제가 무엇인지는 분명하지 않다면, 유저 리서치를 통해 그 문제점을 파악하라.

향후 진행 과정에서 이해관계자 위원회의 의견이 여러분의 의견과 맞지 않을 경우, 리서치를 진행하여 사용자들에게 필요한 것이 무엇인지 알아내고, 이해관계자들에게 증거 기반 의사 결정을 내릴 수 있는 툴을 제공하라. 기업의 요구 사항과 사용자의 요구 사항 사이의 균형이 가장 좋은 해결책이 될 것이다.

이 책의 1부에서 다룰 내용 중 일부는 리서치의 계획에서부터 리서치 실행, 그리고 데이터 분석까지 시간이 얼마나 많이 소요되는지에 관한 것이다. 이는 여러분이 어떤 리서치를 하느냐에 따라 다를 것이다. 예를 들어, 신규 버전 발표를 앞두고 리서치를 하는 상황이라면, 찾아낸 이슈들을 발표 이전에 해결할 수 있도록 시간을 넉넉히 잡고 계획해야 할 것이다. 계획 기간을 너무 짧게 잡으면 이슈 수정이 불가능하다는 말을 듣게 될 것이다. 그러면 다음 버전 발표까지 기다려야 할 것이고, 만약 발표되었더라면 훌륭한 솔루션과 아이디어였을 내용들은 영원히 구현되지 않을지도 모른다.

분초를 다투며 리서치를 진행할 때는 말도 안 되는 마감 날짜에 맞추기 위해 가장 빠르고 쉬운 방법론을 선택하게 될 위험이 있다. 하지만 그 방법론이 최고의 선택은 아닐 것이다. 이 책은 여러분이 선택한 방법론이 원하는 것을 얻기에 충분한지 알아낼 수 있는 지식을 제공할 것이다. 물론 필요할 때마다 적절히 사용할 수 있는 리서치 방법론들을 이미 알고 있겠지만, 적확한 참가자들과 리서치를 수행하는 것이 매우 중요하다. 적확한 참가자는 그 어떤 것으로도 대체할 수 없기 때문이다.

| 리서치의 주제를 분명히 하라

어떤 문제를 해결하고 싶은가

리서치를 효과적으로 진행하기 위해서는 리서치의 목적을 분명히 해야 한다. 리서치는 특정 주제에 집중했을 때 가장 효과적이다. 기회 프레이밍(Opportunity framing)으로도 알려진 문제 프레이밍(Problem framing)은 해결하고자 하는 문제를 파악하거나 그것을 이해하는 방식이며, 긍정적인 관점에서 보았을 때는 이해하고자 하는 기회와 한도가 어느 정도인지 파악하는 방법이다.

요약

가능하다면, 리서치 결과가 가장 긍정적인 효과를 도출할 수 있는 시점을 선택하라.

이해관계자들에게 리서치 목적과 목표를 설명하고 공유하는 것은 유용한 일이다. 본격적으로 리서치에 공을 들이기 전에 모두가 여러분의 목적과 목표에 동의할 수 있도록 하라. 정확히 어느 부분이 문제인지 모르더라도 괜찮다. 리서치의 목적이 바로 문제를 이해하는 것이기 때문이다. 맨 처음에 리서치의 목적과 목표에 대한 동의를 얻는 것으로 피처 크립(feature creep, 소프트웨어나 제품에 새로운 기능들을 필요 이상으로 많이 추가하여 범위가 확장되는 현상을 일컫는다)을 피할 수 있을 것이다. 문제점이나 맥락을 이해하는 것이 최우선 목표가 아닌 이상, 리서치의 초점은 최대한 좁게 설정하는 것이 좋다. 이해관계자들은 그 초점을 확대하려 할 테고, 아마도 다음과 같은 말을 듣게 될 것이다. "리서치하시는 김에 x, y, z도 알아봐주실 수 있나요?" 그들과 합의한 목적이나 목표와 관련된 것이 아니라면, 거절하라. 물론 그렇게 거절하는 게 쉽지는 않다는 것을 잘 알고 있다. 적어도 거절 의사를 표현하고 그 이유를 알릴 필요는 있다.

2부에서는 문제를 이해하고 그에 대응하기 위한 적절한 방법론을 선택하는 내용을 보다 심도 있게 다룰 것이다.

| 윤리적·법적 문제에 주의하라

이 내용을 지나치지 말 것!

리서치할 때는 무엇을 어떻게 하는지에 대해 투명하게 밝혀야 한다. 리서치에 참여하고 있는 사용자들과 이 부분을 반드시 공유해야 한다. 어떠한 리서치를 하든, 시작할 때 참가자들에게 자세한 내용을 조금이나마 알려줘야 한다(리서치 참가자들이 온라인 설문 조사를 하는 상황이든, 여러분이 대면 인터뷰를 진행하는 상황이든 모두 이에 해당된다). 데이터를 수집하고, 사용하고, 보관할 예정이라면 참가자들의 동의를 구하는 것이 법적인 의무다.

참가자들에게 알려야 할 사항

- 어떤 방식으로든(영상, 음성, 스크린, 설문 조사 데이터 캡처 등) 리서치 데이터를 기록으로 남길지 여부
- 데이터를 어떻게 사용할 것인가? 이번 리서치에 한하여 사용되는 것인지, 누구와 공유할 예정인지, 여러분이 속한 조직 내 사

람들과 공유할 것인지, 조직 밖의 사람들과도 공유할 것인지?

- 데이터는 어떤 방식으로 정리할 것인가? 보안은 보장되는가?
- 데이터 보관 기간은 언제까지인가(프로젝트 종료 전까지, 1년 동안, 영구적)?

또한, 리서치를 관찰하는 경우에는 그 사실을 참가자들에게 알려주어야 한다. 예를 들어, 여러분이 참가자들과 다른 방에서 관찰하면 여러분이 자신을 관찰하고 있다는 사실을 잘 모를 수도 있다.

리서치 참가자들과 대화하거나 상호 작용이 가능한 리서치의 경우에는 직접 구두로 설명하면 된다. 서문으로 작성하는 것도 좋은 방법이며, 특히 원격 리서치를 수행할 때는 아주 유용하다. 설명문과 동의서는 리서치를 시작하기 전에 전달하는 것이 좋을 것이다.

리서치 참가자들이 여러분이 전달한 내용과 그들이 동의한 부분을 잘 이해했는지, 또 리서치를 기꺼이 진행할 의향이 있는지 확인할 필요가 있다. 온라인 설문 조사 형식으로 진행되는 리서치는 다음 페이지에 제시된 네모 박스 속 예시와 같이 먼저 참가자들에게 설명문을 제시한 뒤에, 위의 질문들과 전자 동의서를 제시해야 한다.

사용자들의 사전 동의를 얻는 방법

리서치 계획 프로세스의 일부로서 데이터 수집과 보관, 처리 방식을 밝히는 문서를 작성해야 한다. 리서치 세션(research session, 리서치 활동)의 일환으로 여러분이 직접 사용자들과 상호 작용하는 경우, 세션 초기에 참가자들에게 문서를 읽어 주면 된다. 진행자가 없는 리서치일 때는 세션이 시작되기 전이나 시작하고 나서 바로 사용자들에게 서면으로 작성한 문서를 공유하면 된다. 이때, 참가자들이 이해하기 어렵지 않은 말로 작성되어야 한다. 리서치 초기 단계에서 이렇게 함으로써 수집된 데이터를 어디에 사용할지에 대해 사용자들로부터 사전 동의를 받을 수 있게 된다. 또한, 사람들을 안심시키고 세션에 적응할 수 있도록 도움을 주기도 한다. 참가자와 상호 작용하는 세션에서 사람들에게 밝혀야 할 또 다른 정보들은 다음과 같다.

- 리서처의 이름, 역할, 소속 조직
- 이 리서치를 하는 이유(기본적인 내용만 전달)
- 참가자들에게 요구할 부분
- 참가자들의 관찰 여부(또, 누가 관찰할 예정인지)

예시: 사전 동의서 설명하기

우선, 이렇게 도와주셔서 감사합니다. 오늘 저희는 (x)을/를 진행할/살펴볼 예정입니다. 리서치를 진행하는 동안 여러분에게 (x)을/를 부탁드리고 몇 가지 질문을 할 예정입니다. 시험이 아니니

깐 긴장하지 않으셔도 됩니다. 틀릴 수 없으니까요! 리서치 도중에 잠시 멈추고 휴식을 취하고 싶으시거나, 특정 내용에 대해서는 이야기하고 싶지 않으실 때 언제든지 저에게 알려주시면 됩니다. 본 세션은 (x)분 이하로 진행될 예정입니다.

저의 필기를 위해 이 세션을 (x)로 기록할 예정입니다. 하지만, 여러분의 정보는 비밀이 유지될 것이며, 따라서 저에게 솔직하게 답변해 주시기 바랍니다. 한 가지 알려드리자면, 몇몇(x 소속의) 사람들이 다른 방에서 관찰할 수도 있는데, 여러분이 직접 보시거나 들으실 수는 없습니다.

본 세션에서 보시는 모든 것은 비밀로 유지하셔야 하며, 사전 동의서의 조건들에 동의하신 대로, 세션 종료 후에 그 누구와도 관련 내용을 논의하실 수 없음을 명심해 주시기 바랍니다. 이는 저희에게도 적용됩니다. 저희 또한 여러분의 익명성을 보장하고, 여러분의 신상을 연상시킬 수 있는 내용은 그 어떠한 부분도 논의하지 않을 것입니다.

수집된 모든 데이터는 안전한 (서버/컴퓨터/벽장)에 보관됩니다. 데이터는 (프로젝트 팀/기타)와 공유될 것이며, (x)의 목적으로만 사용될 것입니다. 데이터는 (x)의 기간 동안만 유지될 것이고, 그 이후에는 폐기될 것입니다.

더 진행하기 전에, 여러분이 읽고 동의해 주셔야 하는 동의서를 준비했습니다. 참가자 여러분께서 자발적으로 동의하시는 것에 진심으로 감사드리며, 동의는 언제든지 철회하실 수 있습니다. 혹시 더 궁금하신 사항이 있으시면 저에게 알려주시기 바랍니다.

주요 팁

- 초반에 동의하지 않는 참가자가 있다면 그 세션은 종료되어야 한다.
- 동의서는 정보를 활용하고 보관하는 기간 동안 계속 보관하고 있어야 한다.
- 동의를 철회하는 참가자가 있을 경우, 세션을 곧바로 종료하고 수집한 데이터를 폐기 또는 삭제해야 한다. 리서치 분석에 수집된 데이터를 부분적으로 사용해서는 안 된다.

하단에 제시된 예시는 설문 조사 사이트인 서베이몽키(Survey Monkey) 동의서에서 차용한 온라인 동의서 샘플이다.

예시: 온라인 동의서

본 리서치 프로젝트의 목적은 (x)입니다. 이는 (x)에서 (x)가 진행하는 리서치 프로젝트입니다. 여러분은 (x)의 이유로 본 리서치 프로젝트에 참여하시게 되었습니다.

여러분은 본 설문 조사에 자발적으로 참여하는 것으로, 참여하지 않기로 결정하실 수도 있습니다. 또한, 참여하기로 결정하셔도 언제든지 추후에 철회가 가능합니다.

본 온라인 설문 조사는 총 (x)분이 소요될 예정입니다. 여러분의 답변은 비밀로 유지될 예정입니다. 저희는 참가자 신원을 확인할 수 있는 (성명, 이메일, IP 주소)와 같은 정보를 수집(할/안 할) 것입니다. 설문 조사 문항은 (x)개 정도 준비되어 있습니다. 모든 데이터는 암호로 보호된 전자파일 형식으로 저장됩니다.

본 설문 조사와 관련하여 문의 사항이 있으실 경우, (x)로 연락 주시기 바랍니다.

전자 동의서: 아래에서 내용을 선택하여 주십시오.

'동의' 버튼을 누르실 경우 아래의 내용에 동의한다는 것을 의미합니다:

- 상기 정보를 모두 읽었으며 이해함
- 자발적으로 참여하는 것에 동의함

본 설문 조사에 참여하기를 원하지 않으실 경우, '비동의' 버튼을 클릭하여 참여를 철회하여 주십시오.

| 유저 리서치 계획하기

유저 리서치를 계획할 때 고려해야 할 여러 요소가 있다. 리서치에 시간을 얼마만큼 투자해야 할지는 각 리서치 방법론들을 자세히 살펴보며 2부에서 다룰 예정이다. 3부에서는 데이터를 분석하고, 이해하고, 결론을 도출하고, 새롭게 얻은 지식에서 권고 사항을 찾아내고, 적절하고 공유할 수 있는 형식으로 만들어 낼 수 있는지에 대해 다룰 예정이다.

대면 또는 원격으로 사람들과 상호 작용하는 리서치를 계획하고 있다면 가능한 한 유저 리서치 '세션'을 연속으로(중간에 휴식 시간을 두면서 연속적으로 진행되는 세션을 떠올리면 된다) 진행해야 한다. 일정을 잡는 법에 대한 예시는 아래에 제시되어 있다. 여러분이 모집하게 될 리서치 참가자들은 특정 요일, 특정한 시간대에 예약이 될 것이다. 이렇게 하면 리서치 참가자들과 팀원들은 언제 무슨 일을 진행할지 한눈에 알 수 있다.

예시: 일정 잡기

유저 리서치를 위해 참가자들과 *전화 인터뷰*를 하기로 결정했다. 여러분은 한 장소에서 인터뷰하게 된다는 뜻이다. 즉, 사람들을 만나러 장소를 옮겨 다닐 필요가 없다.

인터뷰를 8번 하기로 결정했다고 가정해 보자. 아래에 여러분이 하게 될 인터뷰의 길이에 따라 세 가지 유형으로 인터뷰 일정을 준비해 보았다.

· 30분 인터뷰

30분짜리 인터뷰는 하루 안에 완료할 수 있다. 아래와 같이 인터뷰 일정을 잡으면 된다.

참가자 1: 10:00 – 10:30

참가자 2: 10:45 – 11:15

참가자 3: 11:30 – 12:00

참가자 4: 12:15 – 12:45

점심시간: 12:45 – 13:15

참가자 5: 13:15 - 13:45

참가자 6: 14:00 - 14:30

참가자 7: 14:45 - 15:15

참가자 8: 15:30 - 16:00

백업 세션(리서치 당일에 참여하지 않기로 결정하는 참가자가 있을 때는 대리 참가자와 함께 진행한다)

참가자 9: 16:15 - 16:45

주요 팁

리서치 당일에 참여하지 않기로 결정하는 사람이 있을 수도 있으므로, 대리 참가자를 적어도 한 명은 구해 두어야 한다. 그렇게 해야 막판에 사람을 교체하는 데에서 발생하는 스트레스를 줄여 주면서 여전히 필요한 참여 인원수를 유지할 수 있을 것이다. 각 세션 사이에는 15분씩 휴식 시간을 배정하도록 한다. 이를 통해 여러분은 다음과 같은 이점을 얻을 수 있다.

- 혹시 기술상 문제가 발생할 경우, 고칠 수 있는 여유가 생긴다.
- 혹시 참가자가 늦게 나타나거나 대화가 길어져 세션 시간이 예정보다 늦어질 경우를 대비할 수 있는 여유 시간이 생긴다.
- 머리를 식힐 수 있는 시간이 생긴다. 리서치 세션을 하루에 몇 번 하든, 리서치를 수행하려면 힘이 많이 든다. 세션을 종료할 때마다 생기는 여유 시간에 감사하게 될 것이다. 따라서 무슨 일이 있어도 점심시간은 무조건 일정에 포함해야 한다.

반드시 아침에 해야 하는 이유가 없다면, 첫 번째 리서치 세션은 아침 일찍 잡지 않도록 한다. 오전 10시에 시작할 것을 추천하는 이유도 세션 시작 전에 준비하고 모든 정리를 마칠 수 있는 시간을 충분히 확보하기 위해서이다.

· 45분 인터뷰

45분짜리 인터뷰는 하루 반 정도 소요된다.

첫째 날

참가자 1: 10:00 – 10:45

참가자 2: 11:00 – 11:45

참가자 3: 12:00 – 12:45

점심시간: 12:45 – 13:15

참가자 4: 13:15 – 14:00

참가자 5: 14:15 – 15:00

참가자 6: 15:15 – 16:00

둘째 날

참가자 7: 10:00 – 10:45

참가자 8: 11:00 – 11:45

백업 세션

참가자 9: 12:00 – 12:45

두 날 모두 예비 참가자를 두어도 괜찮다.

· 60분 인터뷰

60분짜리 인터뷰는 더 많은 노동력을 요구하지만, 복잡한 주제들을 리서치할 때는 필요한 경우가 많다.

첫째 날

참가자 1: 10:00 - 11:00

참가자 2: 11:15 - 12:15

참가자 3: 12:30 - 13:30

점심시간: 13:30 - 14:00

참가자 4: 14:00 - 15:00

참가자 5: 15:15 - 16:15

둘째 날

참가자 6: 10:00 - 11:00

참가자 7: 11:15 - 12:15

참가자 8: 12:30 - 13:30

백업 세션

참가자 9: 14:00 - 15:00

이 경우에도 이틀 모두 예비 참가자를 모집해 두어도 된다.

이는 그저 세션을 계획할 수 있는 몇 가지 사례일 뿐, 모두에게 적합하지는 않을 것이다. 예를 들어, 학기 중에 교사들과 유저 리서치를 해야 한다면 세션을 저녁 시간대에 잡아야 할 것이다. 세션마다 장소를 옮겨가며 사람들을 만나야 하는 경우는 위에 설명한 것과는 굉장히 다른 하루를 보내야 할 것이다. 오고 가는 시간을 고려해야 하기 때문이다. 가능한 한 서로 가까운 거리에 있는 장소들을 방문할 수 있도록 일정을 잡는 것이 좋다. 이런 경우에는 아마도 하루에 최대 두 번에서 네 번밖에 진행하지 못할 것이다. 참가자들의 일터에 직접 방문해서 리서치를 할 예정이라면, 가능하다면 동일한 장소에서 진행할 수 있도록 일정을 잡도록 하라. 그들의 업무 우선순위가 여러분의 리서치 계획에 영향을 미칠 수 있으므로, 언제, 누구와 이야기하는지에 대해 유동적일 필요가 있다.

리서치 장소

장소는 리서치의 계획과 실행, 그리고 비용에도 영향을 미친다. 여러분이 선택한 리서치의 유형에 따라 장소가 다를 것이다. 표 1.1에는 여러분이 고려해 볼 수 있는 서로 다른 장소들의 장단점을 정리해 놓았다.

표 1.1 대면 리서치를 진행하기 위한 장소 선정 시 고려해야 할 비용 편익 분석

장소	장점	단점
여러분(또는 클라이언트)의 회사	쉽게 장소를 하루 동안 대여할 수 있다. 여러분이 쉽게 접근할 수 있다! 예약을 할 수 있으면 좋겠지만, 공간이 제한적이라면 예약이 어려울 수도 있다. 시설 사용료를 지불하지 않아도 된다. 도움이 필요할 때 쉽게 여러분의 팀원들에게 요청할 수 있다. 여러분의 IT 기기 등에 접근하기가 용이하다.	참가자들이 리서치를 조금 부담스러워할 수도 있다. 몇몇 사람들에게는 여러분이 매일 노력을 기울이고 있는 바로 그 장소에서 여러분의 제품을 비판해야 한다는 사실이 불편할 수도 있다. 또 몇몇 사람들은 전혀 신경 쓰지 않고 정확하게 그들의 생각을 말해 줄 것이다. 사무실의 위치가 주요 고려 대상이다. 참가자들이 쉽게 찾아올 수 있는 곳인가? '평범한' 회의실을 사용할 때는 여러분의 동료들이 리서치를 관찰할 수 없을 것이다. 참가자들이 건물에 들어오고 나가는 것에 대한 현실적인 부분들도 고려해야 할 것이다.
유저 리서치 랩	여러분이 리서치를 편리하게 할 수 있도록 설계되었다. 여러분의 세션을 녹화해 주고 데이터도 제공한다. 참가자들을 안내해 주는 사람을 지원해 줄 것이다. IT 지원이 된다. 보통 관찰실이 있다. 이해관계자들이나 동료들이 같이 참석해도 된다.	비용이 주요 고려 대상이다. 비용이 많이 들기 때문에 이와 같은 시설을 사용할 때는 신중하게 계획해야 한다. 어디에서 리서치를 할지에 따라 주변에 이용 가능한 랩실이 있는지도 알아볼 필요가 있다.

장소	장점	단점
컨퍼런스 시설 또는 호텔	다양한 가격대의 옵션들이 준비되어 있다. 참가자들을 안내해 주는 일을 기꺼이 도와주고자 할 것이다. IT 지원을 일부 제공할 수도 있다. 중립적인(여러분의 사무실이 아닌) 장소이다. 참가자들이 멀리 있어도 여러분이 참가자들이 있는 곳으로 찾아갈 수 있다.	여러분에게 필요한 장비나 IT 지원이 여러분의 사무실과 같은 방식으로 갖춰져 있지 않을 수도 있다. 여러분의 팀원들과 이해관계자들이 리서치를 관찰하지 못할 수도 있다. 중립적인 환경이기는 하나 참가자들이 편하다고 생각하는 환경은 아닐 수도 있다. 이는 사실 장소에 따라 다를 것이다.
공공장소, 도서관, 카페	무료로 사용할 수 있지만 주인/관리자의 승인이 필요하다. 중립적인(편안한) 장소다. 사람들이 많이 찾는 장소라면 누구나 참여할 수 있는 '게릴라 리서치'를 하기에 아주 좋다.	프라이버시가 없다. 리서치 질문의 내용에 따라 신중하게 고려해야 할 부분이다. 카페 같은 곳에서는 소음이 문제가 될 수도 있다. 다른 사람들에게 방해가 될 수도 있다. 장비나 지원에 문제가 발생할 가능성이 있다.

장소	장점	단점
사람들의 집/직장을 직접 방문	일부 리서치는 여러분이 직접 사용자들이 있는 곳으로 찾아가야 할 수도 있으며, 그것 외에는 다른 선택지가 없을 수도 있다. 사용자의 환경을 더 깊이 이해할 수 있고, 보다 현실적으로 데이터를 수집할 수 있다. 장소 대여 비용을 내지 않아도 된다.	오고 가며 발생하는 비용을 고려할 필요가 있다. 데이터를 수집할 때 시간이 오래 걸릴 확률이 높다.

참고: 애자일 기법이나 사용자 중심적인 방식을 도입한 큰 조직들은 사무실 안에 직접 리서치 랩을 세우기 시작했다. 물론 초기 비용이 꽤 많이 들어가기는 하지만, 주기적으로 유저 리서치를 하게 될 경우 비용 대비 효율이 훨씬 좋을 것이다. 조금 앞서 나가는 이야기인 것 같지만, 꿈을 가져 보는 것은 좋다!

원격 리서치를 위한 옵션들

원격 리서치는 쉽게 말해 리서처와 참가자가 서로 다른 장소에 있다는 것을 뜻한다. 표 1.2에는 원격 리서치의 장단점이 정리되어 있다.

원격 리서치는 크게 두 가지 방식이 있는데, 진행자가 있는 리서치와 진행자가 없는 리서치이다. 진행자가 있는 원격 리서치는 전화 인터뷰, 영상, 화면 공유 등이 있으며, 리서처와 참가자가 어느 정도 상호 작용을 하는 상황이다. 진행자가 없는 원격 리서치의 예시로는 온라인 설문 조사, 인포메이션 아키텍처 검증 등이 있다. 참가자와 리서처 간의 접촉이 없는 상태로 참가자들이 원하는 시간대에 리서치를 완료한다. 이는 여러 명이 동시에 리서치를 진행할 수 있다는 것을 의미하기도 한다. 리서치 장소가 따로 필요하지 않기 때문에 시간과 비용을 아낄 수 있지만, 그래도 적확한 리서치 참가자를 모집해야 하는 부분은 동일하다.

파일럿 테스트의 중요성

만약에 시간적으로 여유가 있고 초반에 리서치 세션이 얼마나 걸릴지 잘 모르겠다면 파일럿 테스트(pilot testing)를 해 보는 것도 좋다. 실제로 리서치를 진행하기 전에 리서치 방법론을 미리 해 보는 것은 모범 실무(best practice)로 간주된다.

여기서 파일럿 테스트라 함은, 리서치 세션을 어떻게 진행하고 싶은지에 대한 개요를 잡아 보는 것을 말한다. 예를 들어, 참가자들에게 하고 싶은 말, 참가자들이 앞으로 하게 될 과업에 대한 설명, 혹은 참가자들에게 물어볼 질문 등이 여기에 포함된다. 연습 세션(참가자와 비슷한 사람과 하는 것이 가장 이상적이겠지만, 불가능할 경우에는 동료에게 참가자 역할을 부탁하여 진행한다)을 시도해 보라. 파일럿 테스트를 하면 여러분이 작성한 초안에서 어떤 것들이 가능하고 어떤 것들이 가능하지 않은지 파악할 수 있게 된다. 참가자들에게 혼란을 줄 수 있거나 답을 유도하는 질문 또는 과업에 대해 더 이상 고칠 것이 없다고 생각될 때까지 초안을 수정해 나가면 된다.

표 1.2 원격 리서치를 위한 비용 편익 분석

장점	단점
해외에 거주하고 있는 청중을 비롯하여 아주 넓은 지역에 있는 사람들과도 리서치를 진행할 수 있다. 비용이 더 적게 든다. 계획하고 수행하기는 원격 리서치가 더 빠를 수 있다.	인터넷 접속이 용이하지 않은 사람들을 배제하게 된다. 실생활에서 사람들을 관찰하면서 얻을 수 있는 디테일들을 놓칠 수 있다.

리서치 세션을 관찰할 수 있도록 사람들 초대하기

대면 리서치나 진행자가 있는 원격 리서치를 수행할 때 적절한 환경이 갖춰졌다면, 세션을 관찰할 수 있도록 사람들을 초대할 수도 있다. 가장 좋은 예시로는 이해관계자들이 사용성 테스트를 직접 참관하도록 초대하는 것이다. 즉, 참가자들이 여러분의 제품 혹은 서비스와 상호 작용하는 것을 관찰하는 것이다.

▹ 시나리오

여러분이 웹 사이트를 개선한다고 가정해 보자. 지금 여러분은 관찰실이 있는 유저 리서치 랩에 있으며, 이해관계자들이 참가자가 힘겹게 과업을 완료하는 것을 지켜보고 있다. 참가자는 좌절하고 짜증을 내다 결국 과업을 포기하기에 이른다. 이는 이해관계자들이 직접 여러분의 제품 및 서비스를 실생활에서 사용할 때 어떠한지 실시간으로 확인할 수 있는 매우 효과적인 방식이다.

관찰자를 리서치에 참여시키기

운 좋게 여러분의 조직/프로젝트 팀 사람들이 리서치를 관찰하기로 했다면 그들이 적극적으로 필기하도록 한다. 가능하면 리서치에서 발생하고 있는 일들에 대해 다양한 시각들을 얻는 것이 좋다. 관찰자가 여러 명 있다면 그들이 관찰하고 필기하기 전에 몇 가지 규칙들을 정하는 게 좋을 것이다. 그 규칙들은 관찰자들의 눈에 잘 띄는 곳에 두는 것이 이상적이다. 관찰은 아래 내용처럼 진행할 수 있다.

- 참가자가 재미있는 이야기나 리서치에 관련된 이야기를 하거나 행동할 때마다 각각의 관찰들을 따로 나눈다.
- 관찰할 때마다 어느 참가자(참가자 ID를 사용)가 무슨 말을 했는지 구별할 수 있도록 필기한다. 가능하다면 관찰한 시간도 함께 적는다.
- 여러분이 보고 들은 것을 해석하려고 해서는 안 된다. 보이고 들리는 것만 기록한다.
- 포스트잇처럼 공유할 수 있는 형식으로 관찰을 기록한다.

참가자들이 힘겹게 과업을 수행해 나가는 것을 이해관계자들이 하루에 다섯 번이나 보았다는 것은, 수정이 필요한 부분이 있다는 사실을 알려주는 구체적인 증거가 된다. 이는 바쁜 사람들에게 제대로 작동하지 않는 부분이 있다고 단순하게 말로 알려주는 것이 아니라, 작동하지 않는 부분을 직접 확인시켜 주는 것이다. 뒷부분에서 다룰 예정인 하이라이트 영상들도 직접 참관하지 못하는 이들에게 효과적이다.

영국 정부 디지털 서비스국(UK Government Digital Service)에는 유저 리서치를 관찰할 때마다 지키는 만트라(mantra, 주문, 좌우명)가 있다. 각 팀원은 6주마다 두 시간씩 유저 리서치를 관찰해야 한다는 것이다. 여러분에게 비현실적일 수도 있지만, 이는 이해관계자들이 관찰에 참여하는 것이 얼마나 중요한지를 보여주는 예시이다.

리서치에 참가할 인원 모집하기

여기에서 핵심 질문은 '이 사람들을 찾아내서 그들의 귀한 시간을 얻어내는 것이 얼마나 쉬운 또는 어려운 일인가'이다. 예를 들어, 법률 리서치 데이터베이스를 구축해야 할 경우 변호사, 법정 변호사, 준법률가(법적 전문 기술은 있으나 변호사는 아닌 사람), 법대생, 판사 등을 만나야 할 것이다. 이들은 전문가 청중의 아주 좋은 예시이다. 그들은 비교적 소규모 그룹(예를 들어, 온라인 음악 감상하는 이들에 비하면 상대적으로 소규모다)이며, 시간에 쫓기는 사람들이다. 이러한 사람들과 리서치를 할 때는 본격적으로 시작하기 전에 비교적 리드 타임(lead time, 일반적으로 제품 생산부터 완성까지 걸리는 시간을 뜻하나, 여기에서는 참가자 모집부터 리서치를 시작할 때까지의 기간을 의미한다)을 길게 잡고 참가자들이 각자의 일정에서 시간을 낼 수 있도록 여러 차례 알려야 한다. 본인 업무 시간에 다른 장소로 이동하는 참가자들이 있을 때는 특히 이 부분에 신경을 쓰도록 한다.

온라인 쇼핑 고객들을 찾고 있다면, 훨씬 일이 간단하다. 전문가들을 모집할 때보다는 시간이 덜 들겠지만 그럼에도 시간을 들여야 하는 일이다. 리서치에 정확히 누가 참여해야 할지 결정한 순간부터는 일반적으로 참가자 인원 모집에 최소 2주, 전문가 그룹의 경우는 조금 더 긴 시간을 배정할 것을 조언한다. 참가자들을 모집하는 방법에는 여러 가지가 있다. 더 자세한 부분은 2장을 참고하기 바란다.

결과 분석 및 공유 계획 세우기

리서치 프로세스는 데이터 수집에서 끝나지 않는다. 데이터를 분석하고 결과를 공유할 수 있는 시간과 자원도 계획해야 한다. 데이터 분석에 소요되는 시간은 데이터의 양에 따라 다를 것이다.

데이터 분석을 도와줄 사람들을 구할 수 있다면 큰 도움이 된다. 여러 사람이 리서치를 관찰할 때와 마찬가지로 다양한 시각들은 더 좋은 인사이트를 얻게 해 줄 것이며, 경험이 많은 여러 두뇌가 만나 데이터를 분석하면 업무 부담이 줄어들 것이다. 대부분의 경우 리서치를 관찰하지 않았다고 해도, 리서치의 목적과 목표, 맥락을 충분히 이해하고 있다면 데이터 분석을 같이 할 수 있다.

만약에 그 사람들이 리서치도 함께 관찰했다면 리서치가 종료되자마자 바로 그룹 분석 시간을 잡아, 방금 전에 마친 리서치에 대한 보고를 공유한다(이에 관한 더 자세한 내용은 3부를 참고하라). 또 리서치 결과를 공유할 수 있는 관계자들과 때맞춰 일정을 잡아야 한다. 이미 머릿속에 리서치 계획과 기간이 명확하게 그려져 있다면 참가자들을 모집하기 훨씬 전부터 이 부분을 준비하는 것도 좋을 것이다. 특히 일부 이해관계자들이 굉장히 시간에 쫓기는 사람들이라면 빨리 준비할수록 더 좋다.

애자일 또는 린을 사용하는 환경에서 유저 리서치 계획하기

우선, 애자일과 린(lean, '린' 기법은 목표 고객들에게 가장 적절한 제품을 가장 빠르게 제공하는 것을 목적으로 하는 개발 방식이다) 접근법을 사용한다고 할 때, 사용자와 유저 리서치를 배제하겠다는 뜻이 아님을 강조하고 싶다. 린 UX를 사용할 때 '노유저(no user)' 접근법을 도입한 프레젠테이션을 몇 번 보았다. 나는 개인적으로 사용자가 없는 사용자 경험은 있을 수 없다고 생각한다.

애자일 환경에서 일하고 있다면, 다각적인(multidisciplinary) 팀과 일하고 있기를 바란다. 그리고 이상적으로는 헌신적인 유저 리서처가 함께 일하고 있는 다각적인 팀이기를 바란다. 만약 여러분이 바로 그 헌신적인 유저 리서처라면, 훌륭하다! 그렇지 않다 해도 팀에서 유저 리서처의 역할을 맡는다는 것은 굉장히 어려운 일이다. 하지만 분명 유의미한 일이므로 여러분에게 경의를 표하고 싶다.

린 접근법은 애자일의 기본 원칙과 매우 유사하다. 단지 린은 조금 더 비즈니스 전체를 아우르는 기법이라면 애자일은 소프트웨어 개발에 더 집중한다.

이 분야를 더 깊이 파고들기 전에 몇 가지 강조하고 싶은 부분이 있다. 첫째, 시간과 자원을 확보하기 위해 유저 리서치를 계획 단계에 포함해야 한다. 이는 여러분의 조직에서 애자일을 어떻게 진행하느냐에 따라 다르겠지만, 이상적으로는 사용자들 앞에 내놓지 않으면서 개발, 디자인, 진행을 한 번에 2, 3주 넘게 작업하지는 않을 것이다. 2부에서는 린과 애자일에서 도입할 수 없는 몇 가지 방법론들을 살펴볼 것이다.

유저 리서치를 계획에 포함하는 것에는 데이터 분석과 인사이트 공유도 포함된다. 애자일 환경에서(또는 타임 스케일이 촉박할 때)는 그룹 분석이 매우 유용하다. 이는 업무 부담을 나눌 수 있을 뿐만 아니라, 얻은 인사이트를 다른 팀원들이 다음 작업 단계에 포함시킬 수 있기 때문이다(그룹 분석에 대한 자세한 내용은 3부에서 찾아볼 수 있다). 모든 사람이 리서치나 분석 단계에 참여할 수는 없을 것이다. 그렇기에 당시 내용을 회고하거나 '보여주고 설명하는(show and tell)' 방식으로 인사이트를 공유할 수 있다. 애자일은 협력하면서 일하는 것을 최우선으로 하며 단독으로 일을 진행하지 않는다. 애자일에서는 문서화하는 부분이 적고 예쁘게 꾸미는 데 시간을 덜 들인다. 3부에서는 애자일 방식으로 인사이트를 공유할 때 어떤 방법론이 유용한지 다룰 예정이다.

각 스프린트(sprint, 업무 주기)에서 하게 될 리서치 유형은 스프린트가 무엇에 중점을 두느냐에 따라 다를 것이다. 팀 전반에 걸쳐 합의된 리서치의 목적, 목표, 범위는 보다 유용하고 실행 가능한 리서치를 할 수 있게 해 준다. 애자일 방식 업무에 맞춰 리서치의 주제도 더 좁고, 리서치에 참가하는 사람들의 수도 비교적 적겠지만, 여전히 유의미할 것이다.

2장 유저 리서치 실무

누가, 무엇을, 어떻게, 왜

| 어떤 참가자가 필요한가

여러분의 제품, 서비스, 콘텐츠를 사용하는 사람들을 표현하는 방법은 여러 가지가 있다. 사용자, 청중, 고객, 그리고 소비자이다. 리서치에 적확한 사람을 포함시키는 것은 좋은 리서치의 기본 중 하나다. '그들'이 누구인지 잘 이해하지 못하면, '그들'에게 적절한 것을 제공해 주지 못하기 때문이다.

여러분이 어떤 조직에서 일하든 여러분이 하는 것 또는 제공하는 것에 관심이 있는 특정 그룹의 사람들이 있을 것이다. '모든 사람'을 사용자로 둔 조직은 극소수다. 중앙 정부나 아마존(Amazon)이나 페이스북(Facebook)처럼 국제적인 기업에서 일하더라도 모든 사람이 여러분이 하는 일의 모든 부분을 궁금해 하지는 않을 것이다. 조금 추상적으로 들릴 것 같아 예시를 하나 들어보겠다. 정부는 실제로 내국인과 일부 외국인들을 청중으로 두고 있다. 하지만 그들을 하나의 거대한 그룹으로 보는 것은 바람직하지 않다. 그들을 이해하려면 어디서부터 시작해야 하겠는가? 큰 그룹을 조금 더 작고 관리할 수 있는 크기의 덩어리로 나눌 필요가 있다. 리서치에서 모든 사람과 모든 것들을 다루려고 하면 큰 진전이 없을 것이다. 가장 기본적인 질문은 바로, '여러분이 이해해야 하는 사람들은 누구인가'이다.

여기에는 현재 사용자와 잠재적 사용자를 포함시킬 수 있을 것이다. 비슷한 행동을 하거나 니즈를 가진 사용자들은 '사용자 그룹'이라는 동일한 그룹으로 한데 묶을 수 있다. 여러분이 현재 작업하고 있는 대상에 따라 여러 개의 다양한 사용자 그룹이 있을 수 있다.

간단한 지식

서로 다른 사용자 그룹은 일관되게 '행동'하지 않기 때문에, 누구를 선택하느냐에 따라 리서치 결과에 다른 영향을 미치게 될 것이다.

시나리오

예를 들어, 여러분이 대학교에서 학계의 수학 전문가들을 위한 소프트웨어를 개발하고 있다고 가정해 보자. 그렇다면 그 소프트웨어를 개선하기 위해 영문과 학부생들과 리서치를 할 수는 없을 것이다. 이는 아주 극단적인 예지만 내가 하고자 하는 말을 분명하게 보여주고 있다. 영문과 학부생들이 세상을 살아가며 사용하게 되는 지식은 수학 박사 과정 학생들과 굉장히 다를 것이다. 서로 다른 두 대상을 서로 대체하여 사용하는 것은 적절하지 않다. 여러분이 소프트웨어를 제공하고자 하는 분야의 사람들을 참여시켜야 할 것이다. 이렇게 말하니 너무 당연한 내용 같지만 리서처들은 아래와 같이 다양한 이유로 엉뚱한 참가자들을 모집한다.

- 사용자가 누구인지 모른다.
- 사용자들에게 접근하기 어렵다(변호사, 의사, 대기업 CEO, 중환자실에 있는 환자들과 그들의 보호자 등).
- 원하는 사용자들을 참가자로 모집하기에는 비용이 너무 많이 든다.

주요 팁

유용하고 사용 가능한 결과를 얻기 위해서는 부적절한 참가자를 여러 명 모집하는 것보다 목표 사용자 몇 명을 모집하는 것이 더 중요하다.

이 규칙이 지켜지지 않을 때가 있는데, 게릴라 리서치를 하는 상황 같은 때가 그러하다. 그 부분은 15장에서 더 자세히 다루도록 하겠다. 이제부터 리서치를 위해서는 사용자/청중/고객을 참가자로 고려하도록 하자.

| 적확한 참가자는 어떻게 구하는가

유저 리서치와 시장 조사 참가자들을 전문으로 모집하는 에이전시들이 있다. 에이전시들은 다양한 리서치에 참여하기로 동의한 사람들의 정보를 보유하고 있다. 그들은 에이전시에 자신에 대한 정보나 그들이 좋아하는 것이 무엇인지에 대한 정보를 일부 공유한 사람들이며, 이로써 리크루팅 에이전시들은 여러분의 리서치에 적확한 사람이 누구인지 찾아 줄 수 있다. 비용이 조금 들 수도 있지만 여러분의 예산, 시간, 자원 그리고 목표 참가자에 따라 좋은 선택이 될 수도 있다.

리서치 참가자들을 모집하기 위해 여러분이 속한 조직의 뉴스레터를 구독하는 사람들이나 고객 데이터베이스를 사용할 수도 있을 것이다. 물론 그러한 목적으로 사용할 수 있는 권한이 있다면 말이다. 여러분이 직접 참가자를 모집하든 리크루팅 에이전시와 협력하든, 다음 두 가지가 필요할 것이다. 바로 모집 개요와 모집 스크리너(screener, 선별)다. 모집 개요에는 정확히 어떤 사람이 참여했으면 하는지(또 몇 명이 필요한지)에 대한 내용이 담겨 있으며, 모집 스크리너는 그 리서치에 적합한 참가자인가를 판별하기 위한 질문들이 담겨 있는 설문지다. 이 두 가지를 제대로 갖추는 것이 얼마나 어려운지에 대해 이야기하자면 책 한 권을 쓸 수 있을 정도이다. 하지만, 여러분이 리크루팅 에이전시와 협력할 때 성공적으로 참가자를 모집하거나 현명한 고객이 될 수 있을 만큼의 지식을 충분히 나누고자 한다.

모집 개요 작성하기

모집 개요를 작성하려면 다음의 내용이 포함되어야 한다.

- 리서치 날짜
- 장소
- 리서치 세션 소요 시간
- 필요한 참가자 수
- 리서치를 하고자 하는 시간대
- 사례금(각 참가자에게 제공할 수고비)
- 여러분이 원하는 참가자들의 인구통계 정보 또는 성향

이때 참가자들의 인구통계 정보만을 포함시키지 않는 것이 중요하다. 그 정보들이 유용하기는 하지만, 일차원적이기 때문이다. 수년째 돌고 있는 아주 유명한 사례가 표 2.1에 소개되어 있다. 서면으로 봤을 때, 찰스 왕세자(Prince Charles)와 오지 오스본(Ozzy Osbourne, 영국 헤비메탈 밴드 블랙 사바스의 리드 보컬)은 인구통계 프로필에 따르면 동일 인물이다.

적확한 참가자들을 모집하는 방법을 인터넷에 검색해 보면 온갖 팁들이 나오는데, 거기에는 내성적인 사람, 낯을 가리는 사람, 조용하고 '표현을 제대로 못하는' 사람들은 피하라는 내용들이 있다. 이 조언들은 무시해 주기 바란다. 사용자 그룹을 구성하기에 적합한 성향이나 행동을 하는 사람들이라면, 거의 모든 사람이 어떤 식으로든 여러분 리서치에 기여할 수 있는 무언가를 갖고 있을 것이다. 유독 답변을 얻어내기 어려운 참가자가 있을 수도 있다. 하지만 인내심과 스킬로 그들에게서 아주 중요한 정보들을 얻어낼 수 있을 것이다. 특정 성향을 선별해 내기 시작하면 리서치 데

이터와 결과가 왜곡될 위험이 있다.

함께 일하기 어렵거나 도움이 되지 않는 참가자들을 만날 때도 있을 것이다. 흔하지는 않지만, 인생의 일부일 뿐이다. 일반적으로 내가 경험한 바에 의하면 사람들은 도움을 주고 싶어 한다. 2장의 뒷부분에서는 관찰의 중요성과 적절한 질문을 하는 법을 배울 것이다. 이를 통해 그저 우리가 듣고 싶은 내용이 아닌 사실을 얻을 수 있게 된다. 여러분의 사용자를 떠올릴 때 모집하기 더 어려운 사람들이라는 이유로 또는 그들이 어떤 면에서든 약자라는 이유로 특정 사람들을 배제하지 않기 바란다. 여기서 말하는 약자란 문해력이 높지 않거나, 디지털 기기를 잘 다루지 못하거나, 영구적이거나 일시적인 인지 장애, 청각 장애, 시각 장애, 언어 장애, 운동 장애를 갖고 있는 이들을 모두 포함한다.

표 2.1 인구통계 정보의 한계

A의 인구통계 정보	B의 인구통계 정보
1948년 출생	1948년 출생
영국에서 성장	영국에서 성장
재혼	재혼
자녀 2명	자녀 2명
성공한 사업가	성공한 사업가
부유함	부유함
알프스에서 겨울 휴가를 보냄	알프스에서 겨울 휴가를 보냄
반려견을 키우고 있음	반려견을 키우고 있음
찰스 왕세자	오지 오스본

모집 개요의 예

표 2.2는 가상의 온라인 여행 회사를 위한 참가자들을 모집하기 위해 작성한 모집 개요의 예시이다. 표 2.3, 2.4, 그리고 2.5는 리크루팅 에이전시가 중점을 두었으면 하는 참가자들의 성향을 자세히 담고 있다. 이러한 성향들은 큰 틀에서 볼 때 상호 배타적인 것은 아니다. 예를 들어, 기차를 자주 이용하는 고객 중 한 명은 항상 온라인에서만 티켓을 구매하는 사람이지만, 다른 한 명은 항상 기차역에서 티켓을 구매할 수 있다.

여러분이 같이 대화하고 싶지 않은 사람을 분명하게 밝히는 것도 도움이 된다. 예를 들어, 기차로 여행하지 않는 사람이나 앞으로 기차로 여행할 계획이 없는 사람들이 여기에 포함될 수 있다.

표 2.2 모집 개요에 포함되어야 하는 실행 계획

조직	온라인 기차표 판매 회사
리서치 날짜	10월 22일
장소	센트럴 유저 리서치 랩 거리 AW1 JHD(영국의 우편 번호)
필요 참가자 수	6명
세션 길이	45분
리서치 세션 일정	참가자 1: 10:00 - 10:45 참가자 2: 11:00 - 11:45 참가자 3: 12:00 - 12:45 참가자 4: 13:15 - 14:00 참가자 5: 14:15 - 15:00 참가자 6: 15:15 - 16:00
사례금	참가자 당 X원

표 2.3 모집 개요에 포함되어야 하는 참가자들의 특징

대화하고 싶은 대상	개요에 포함시키고 싶은 특징	원하는 참가자 수
기차로 여행하는 사람들, 정기적으로 여행하는 사람들과 비정기적으로 여행하는 사람들 (본 리서치에서는 두 유형의 고객들이 동등하게 중요하다)	자주 여행하는 사람 (1주일에 몇 번)	2명
	가끔 여행하는 사람 (1달에 한두 번)	2명
	자주 여행하지 않는 사람 (1년에 한두 번)	2명

표 2.4 리서치 참가자들에게 원하는 온라인 경험의 범위

대화하고 싶은 대상	개요에 포함시키고 싶은 특징	원하는 참가자 수
인터넷 사용에 익숙한 사람 또는 익숙하지 않은 사람	*굉장히 자신 있음*: 가능한 많은 과업을 온라인에서 수행함 온라인에서 새로운 것을 시도해 보는 것을 좋아함	1명
	자신 있음: 대부분의 과업을 온라인에서 수행함 온라인에서 새로운 것을 시도해 보는 것을 가끔 꺼려함	3명
	자신 없음: 일부는 온라인에서 함 온라인에서 하는 과업을 늘리고 싶지 않음	2명

표 2.5 모집한 참가자들이 갖고 있으면 하는 여행 관련 예약 습관의 조합

대화하고 싶은 대상	개요에 포함시키고 싶은 특징	원하는 참가자 수
온라인/오프라인으로 여행을 예약하는 사람들	여행 관련 예약은 모두 온라인으로 하는 사람들	1명
	온라인으로도 하고 오프라인으로도 예약하는 사람들	3명
	여행 관련 예약은 모두 오프라인에서 하는 사람들	2명

참가자 선별하기

▹ 스크리너 질문

잠재적 참가자 그룹을 위한 스크리너 질문(screener questionnaire)에 대한 예시를 소개하겠다. 지금 시점에서는 리서치의 목적에 대한 정보를 너무 많이 알려주지 않도록 해야 한다. 모집하려는 사람의 유형을 예측하고 답변을 왜곡하는 상황을 피하기 위함이다. 물론 참가자들을 모집하고 난 뒤에는 여러분이 하게 될 리서치의 특성에 대해 더 자세한 내용을 제공할 수 있다. 하지만 참가자들이 편향되지 않도록 세부 정보를 모두 알려주어서는 안 된다.

주요 팁

- 사람들이 직접 자신의 행동을 평가하게 될 것이라는 사실을 잊어서는 안 된다. 이는 충분히 어려울 수도 있는 일이다. 따라

서 최대한 명확하게 설명해야 한다.

- 여러분이 찾고 있는 것을 유도할 수 있는 질문들만 포함시키지 말고, 잠재적 참가자들에게 자신의 행동을 반추할 수 있는 중립적인 질문을 제공한다.
- 리크루팅 에이전시와 협력할 때는, 에이전시 측에서 이미 정보를 일부 갖고 있을 것이므로 인구통계 정보를 포함시킬 필요가 없다. 직접 참가자들을 모집하는 경우에는 적절한 범위의 참가자들을 선택할 수 있도록 인구통계 정보를 일부 추가하는 것이 좋다.

설문지는 이메일로 전달하거나 웹 사이트, 소셜 미디어에 업로드하거나 전화상으로 또는 대면으로 진행할 수 있는데, 다음과 같은 핵심 요소들을 담고 있다.

- 소개
- 실행 계획
- 인구통계 정보
- 행동
- 자신감 수준
- 기술 및 기기 사용 정도
- 비밀 유지 및 공개
- 접근성

소개

리서치 참가자들에게 여러분과 프로젝트에 대해 소개한다. 이 시간은 스크리너가 잠재적 참가자들이 리서치 참가자로 적합한지 알아내기 위한 기회임을 설명하고, 또 적합하지 않을 시에는 참가하지 못할 수도 있다는 점을 명시할 수 있는 기회이다.

실행 계획과 타이밍

리서치 장소와 일정에 대한 세부 정보들을 참가자들에게 공유하라. 이는 초반에 하는 것이 가장 좋은데, 리서치를 진행할 예정인 요일이나 시간대에 참여할 수 없는 참가자들이 불필요하게 다른 질문들에 답하지 않아도 되기 때문이다.

인구통계 정보 및 행동

이러한 질문들은 여러분에게 필요한 유형의 사용자들을 파악할 수 있게 도와줄 것이다. 이 시점에서 제공하는 옵션에는 여러분의 리서치에 추가하고 싶거나 추가하고 싶지 않은 인구통계 정보와 행동을 모두 포함시켜야 한다. 지금 현재의 관심사가 아닌 옵션들도 포함시키다 보면, 본 리서치에 적합하지 않은 사람들을 걸러낼 수 있기 때문이다.

나는 기본적으로 여러분이나 여러분의 클라이언트와 동종업계의 사람들, 경쟁 조직, 또는 웹 사이트나 앱 디자인, 사용성 분야에서 일하는 참가자들은 제외해야 한다고 생각한다. 하지만, 이는 테스트 세션이나 리서치의 구체적인 특성에 따라 다를 것이다.

자신감 수준

이 부분에서는 잠재적 참가자들이 리서치 주제에 대한 자신의 자신감 수준을 스스로 평가할 수 있는 질문들을 한다. 상단의 스크리너 예시는 가상 조직이 온라인 여행 회사이므로, 디지털 부분에 대한 참가자들의 자신감 수준을 묻고 있다.

기술 및 기기

참가자들이 어떤 기술이나 기기들을 사용하는지에 대해 이해하는 것은 두 가지 이유에서 유용하다. 첫 번째로 기기를 여러 대 지원해야 할 때는 참가자들이 리서치 세션에서 사용하게 될 기기의 정보도 포함하는 것이 좋을 것이다. 두 번째, 이는 잠재적 참가자들이 앞서 공유한 디지털 기기에 대한 자신감 수준 정보와 같이 한 그룹으로 묶을 수 있다. 테스트 결과들이 편향되지 않도록 다양한 경험 수준이 혼합되어야 하기 때문이다.

비밀 유지 및 공개

만약에 비밀 유지 계약서 또는 비슷한 서류들에 참가자들의 서명이 필요하다면, 이는 스크리너 단계에서 알리는 것이 좋다. 참가자들이 자신의 서명이 필요할 수도 있다는 사실을 인지하고 있어야 하고 무엇보다도 가장 중요한 부분은, 서명이 왜 필요한지에 대해서도 알고 있어야 한다.

프로젝트의 특성에 따라 참가자들에게 제공하는 피드백은 비밀로 유지될 것이며, 리서치 세션이 관찰되거나, 녹화 또는 녹음될 수 있다는 점도 알리는 것이 좋다. 이를 불편해 하는 참가자가 있다면, 그들에게 거절할 수 있는 기회를 제공한다.

접근성

리서치를 수행하게 될 장소의 접근성이 좋지 않다면 이 정보는 프로세스 초반에 분명히 공유되어야 하며, 참가자들을 수용하기 위해 다른 장소를 구해야 한다. 모든 스크리너에는 참가자들이 리서치에 참여하기 위해 추가적으로 하드웨어나 소프트웨어가 필요한지 체크할 수 있는 질문도 추가해야 한다.

| 사람들의 참여를 유도하기 위해 사례하기

사람들의 참여를 유도하는 가장 쉬운 방법은 바로 돈을 지급하는 것이다. 이러한 설득 방법은 두 가지 조건을 포함하고 있다. 리서치 일정을 잡는 것에 동의하는 것, 그리고 리서치 당일에 참석하는 것이다.

사례금의 액수는 여러분이 원하는 사람과 진행하려는 리서치의 유형에 따라 다르다. 또한, 리서치를 수행하게 될 국가, 문화, 경제에 따라 다르기도 하다. 사례금으로 얼마를 지급해야 할지 잘 모르겠다면 리서치를 수행하게 될 지역에 있는 리서치 참가자 리크루팅 에이전시에 연락하여 조언을 구해도 좋다. 나의 경험은 주로 영국에서 이루어졌기에, 다음 예시들은 영국에 한한다.

30분 30파운드(한화 약 4만 5천 원)

45분 45파운드(한화 약 6만 7천 원)

60분 60파운드(한화 약 9만 3천 원)

사례금 액수는 리서치 세션의 길이에 따라 또 다르다. 참가자들의 교통비가 발생할 경우에는 적어도 그 비용은 사례금에 포함시켜야 한다. 소도시에 거주하는 참가자들보다는 대도시에 거주하는 참가자들이 더 많은 비용을 기대할 것이다. 고소득 직업 종사자나 전문직 종사자들은 자신들의 업무와 관련이 없는 유저 리서치라 할지라도 본인들의 시간을 할애하는 것에 대해 더 큰 액수를 기대할 것이다. 사람들마다 다르게 지급하는 것이 불공평하고, 실제로 그렇게 실행하는 것이 불편하게 느껴질 수도 있다. 하지만 특정 그룹의 사람들은 자신들의 시간에 더 큰 가치를 부여하며, 사례금의 액수는 주로 여러분이 리서치 참가자로 원하는 사람들을 유도하기 위해 이러한 부분들을 반영한다는 점을 기억하길 바란다.

참가자들에게 온라인 설문 조사를 부탁하는 상황에서는 상품권 추첨을 통해 사례금을 지급할 수도 있다. 예를 들면, 1등은 10만 원 상품권(1명), 2등은 5만 원 상품권(2명) 이런 식이다. 하지만 사례금은 여러분이 리서치하려는 제품, 서비스, 경험과 관련되어 있지 않아야 한다. 윤리적인 문제를 떠나 리서치 결과에도 영향을 미칠 것이기 때문이다. 만약에 여러분의 조직과 관련된 상품권을 제공하면 참가자들은 자신들 앞에 주어진 것들을 더 긍정적으로 평가하게 될 것이다.

스크리너의 예시

가상의 온라인 기차표 회사를 위한 다음의 스크리너 각 섹션별 제목들은 앞서 언급한 내용과 정확히 일치하지는 않는다. 잠재적 참가자들이 앞으로 각 섹션에서 어떤 질문들을 받게 될지 더 빨리 이해하기 위해서 보다 적절하고 이해하기 쉬운 제목으로 수정했기 때문이다. 스크리너 질문 응답자들은 다양한 배경과 경험을 보유하고 있는 사람들일 것이기 때문에 가능한 한 항상 쉬운 말로 쓰도록 한다. 표 2.6에는 우리가 앞서 이야기한 주제와 스크리너 섹션이 어떻게 서로 관련되어 있는지 보여주고 있다.

표 2.6 주제와 스크리너 섹션

주제	스크리너 섹션
소개	소개 및 환영의 글
실행 계획	리서치 관련 세부 정보
인구통계 정보	본인 소개
행동	여행 예약하는 방법
자신감 수준	온라인 경험
기술 및 기기	기술 및 기기
접근성	접근성 요구 사항
비밀 유지 및 공개	비밀 유지 및 공개

참고: 인구통계 정보에 관한 질문은 대부분 선택 사항이다. 여러분의 리서치와 관련이 있는 내용들만 포함시키도록 한다. 내가

추가하지 않은 인구통계 정보들 중에 여러분의 리서치와 관련된 것들이 있을 수도 있다. 아래는 가상의 온라인 여행사를 위한 모집 스크리너이다.

▹ 소개 및 환영의 글

저희는 서비스 개선 방법을 모색하고 있는 한 여행 티켓 판매 회사를 위해 리서치를 진행할 예정입니다. 이 리서치에 참가하실 분들을 찾고 있습니다.

▹ 리서치 관련 세부 정보

표 2.7

리서치 날짜	**10월 22일**
장소	센트럴 유저 리서치 랩 거리 AW1 JHD
세션 길이	45분
사례금	45파운드(한화 약 6만 7천 원)

▹ 아래 세션들 중에서 여러분이 참여하실 수 있는 시간대가 있으십니까?

표 2.8

시간	가능 여부
10:00 - 10:45	예 아니오
11:00 - 11:45	예 아니오
12:00 - 12:45	예 아니오
13:15 - 14:00	예 아니오
14:15 - 15:00	예 아니오
15:15 - 16:00	예 아니오

▹ 본인 소개

귀하에 대한 정보를 간단히 소개해 주시기 바랍니다.

표 2.9

나이	18세 이하 18세 - 24세 25세 - 34세 35세 - 44세 45세 - 54세 55세 - 64세 65세 이상
성별	여성 남성 트랜스젠더 여성 트랜스젠더 남성 논바이너리(Non-binary) 팬젠더(Pangender) 밝히고 싶지 않음

교육 수준	정규교육 과정 미이수 중등교육 과정(GSCEs) BTEC 과정[*] 일반 국가 직업 자격증/특정 국가 직업 자격증(GNVQ/NVQ) AS 레벨 A 레벨[**] 학사 학위 석사 학위 박사학위 도제(apprenticeship) 훈련 제도 전문 직업훈련 기타(설명 필요)
결혼 여부	미혼 동거 기혼 시빌 파트너십[***] 별거 사별 이혼
자녀 수	자녀 없음 1명 2명 3명 4명 이상

* BTEC(Business and Technology Education Council)과정은 영국의 직업 교육 과정 중 하나다.

** A 레벨(A Level, Advanced Level General Certificate of Education)은 중등 교육 과정을 마친 후 치르게 되는 영국의 대학 입학시험으로 총 2년(AS 레벨과 A2 레벨)으로 구성되어 있다.

*** 시빌 파트너십(Civil partnership)은 동성 간에 인정된 혼인 관계다.

인종	**백인** 영국인/아일랜드인/집시 또는 유랑민 기타 백인(설명 필요) **혼혈/복합 인종(multiracial)** 백인-흑인 카리브인 백인-흑인 아프리카인 백인-아시아인 기타 혼혈/복합 인종(설명 필요) **아시아인/아시아계 영국인** 인도인 파키스탄인 방글라데시인 중국인 기타 아시아계 배경(설명 필요) **흑인/아프리카인/카리브인/흑인계 영국인** 아프리카인 카리브인 기타 흑인/아프리카인/카리브인(설명 필요) **기타 인종** 설명 필요
고용 상태	전업 파트타임 자영업 현재 무직이지만 구직 중 주부 학생 군인 은퇴 취업불능자 자원봉사자
직책	[열린 텍스트 필드 또는 구체적으로 업계 명시]

▹ 어떻게 여행하시나요?

평소 선호하시는 이동 수단에 대한 정보를 공유해 주십시오.

표 2.10

이동 수단	빈도수
자동차	상용 고객(일주일에 두 번 이상) 정기적으로 이용하는 고객(한 달에 두세 번) 비정기적으로 이용하는 고객(일 년에 두세 번) 한 번도 이 이동 수단을 이용한 적이 없으며, 앞으로도 이용할 의사 없음 현재는 이 방식을 이용하지 않으나, 향후에는 이용할 의사 있음
오토바이/스쿠터	상용 고객(일주일에 두 번 이상) 정기적으로 이용하는 고객(한 달에 두세 번) 비정기적으로 이용하는 고객(일 년에 두세 번) 한 번도 이 이동 수단을 이용한 적이 없으며, 앞으로도 이용할 의사 없음 현재는 이 방식을 이용하지 않으나, 향후에는 이용할 의사 있음
자전거	상용 고객(일주일에 두 번 이상) 정기적으로 이용하는 고객(한 달에 두세 번) 비정기적으로 이용하는 고객(일 년에 두세 번) 한 번도 이 이동 수단을 이용한 적이 없으며, 앞으로도 이용할 의사 없음 현재는 이 방식을 이용하지 않으나, 향후에는 이용할 의사 있음
버스	상용 고객(일주일에 두 번 이상) 정기적으로 이용하는 고객(한 달에 두세 번) 비정기적으로 이용하는 고객(일 년에 두세 번) 한 번도 이 이동 수단을 이용한 적이 없으며, 앞으로도 이용할 의사 없음 현재는 이 방식을 이용하지 않으나, 향후에는 이용할 의사 있음

이동 수단	빈도수
기차	상용 고객(일주일에 두 번 이상) 정기적으로 이용하는 고객(한 달에 두세 번) 비정기적으로 이용하는 고객(일 년에 두세 번) 한 번도 이 이동 수단을 이용한 적이 없으며, 앞으로도 이용할 의사 없음 현재는 이 방식을 이용하지 않으나, 향후에는 이용할 의사 있음
튜브(Tube, 영국의 지하철)	상용 고객(일주일에 두 번 이상) 정기적으로 이용하는 고객(한 달에 두세 번) 비정기적으로 이용하는 고객(일 년에 두세 번) 한 번도 이 이동 수단을 이용한 적이 없으며, 앞으로도 이용할 의사 없음 현재는 이 방식을 이용하지 않으나, 향후에는 이용할 의사 있음
트램(Tram)	상용 고객(일주일에 두 번 이상) 정기적으로 이용하는 고객(한 달에 두세 번) 비정기적으로 이용하는 고객(일 년에 두세 번) 한 번도 이 이동 수단을 이용한 적이 없으며, 앞으로도 이용할 의사 없음 현재는 이 방식을 이용하지 않으나, 향후에는 이용할 의사 있음
택시/우버/캡(cab)	상용 고객(일주일에 두 번 이상) 정기적으로 이용하는 고객(한 달에 두세 번) 비정기적으로 이용하는 고객(일 년에 두세 번) 한 번도 이 이동 수단을 이용한 적이 없으며, 앞으로도 이용할 의사 없음 현재는 이 방식을 이용하지 않으나, 향후에는 이용할 의사 있음
비행기	상용 고객(일주일에 두 번 이상) 정기적으로 이용하는 고객(한 달에 두세 번) 비정기적으로 이용하는 고객(일 년에 두세 번) 한 번도 이 이동 수단을 이용한 적이 없으며, 앞으로도 이용할 의사 없음 현재는 이 방식을 이용하지 않으나, 향후에는 이용할 의사 있음

▹ 이동 수단 예약 방법

선호하시는 이동 수단 예약 방법은 무엇입니까?

표 2.11

모두(또는 가능한 한) 온라인으로 예약한다	웹 사이트 앱
일부는 온라인으로, 일부는 오프라인으로 예약한다	웹 사이트 앱 티켓 판매기 매표소 여행사에서 구매 직접 여행사에 전화하여 구매 검표원에게 직접 구매
모두 오프라인으로 예약한다	티켓 판매기 매표소 여행사에서 구매 직접 여행사에 전화하여 구매 검표원에게 직접 구매

▹ 온라인 경험

온라인에서는 어떤 활동들을 선호하시나요?

표 2.12

보통 온라인으로 어떤 활동들을 하시나요?	쇼핑 예약 은행 업무 TV/영화/비디오 보기 SNS 행정 업무 이메일(답변 작성) 음악 감상 정보 검색 기타(설명 필요)

선호하지 않는 온라인 활동은 어떤 것이 있나요?	쇼핑 예약 은행 업무 TV/영화/비디오 보기 네트워킹 행정 업무 이메일 작성 음악 감상 정보 검색 기타(설명 필요)

▹ 기술 및 기기

표 2.13

인터넷을 사용할 때는 주로 어떤 기기를 사용하시나요?	데스크톱 PC 아이맥(iMac) 노트북 PC 맥북 아이패드 태블릿 스마트폰 아이폰 스마트TV 스마트워치 해당사항 없음 기타(설명 필요)

▹ 접근성 요구 사항

리서치 장소에 도착해서 휠체어를 사용하셔야 하거나 계단을 이용하실 때 보조가 필요하신 경우와 같이 접근성과 관련된 요구 사항이 있으실 경우 알려주시면 감사하겠습니다. 스크린 리더

(screen reader, 시각 장애인들에게 화면의 정보들을 음성으로 출력해 주는 소프트웨어)처럼 장애인 보조 기술이 필요한 경우에도 알려주시기 바랍니다.

▹ 비밀 유지 및 공개

본 리서치에 참여하시게 될 경우, 비밀 유지 계약서에 귀하의 서명이 필요합니다.

▹ 다음 단계

본 리서치에 참여하시게 될 경우, 저희 리크루터(recruiter, 모집자)가 귀하께 연락을 드릴 것입니다.

만약 현재 모집 스크리너를 작성 중이라면 이 예시를 참고하여 사용하여도 좋다. 리크루팅 에이전시에 스크리너 초안 작업을 부탁하였다면, 이 책을 통해 새로 알게 된 지식들을 활용하여 초안 내용을 검토할 수 있을 것이다.

| 관찰의 중요성 이해하기

사람들의 말과 행동은 일치하지 않는다

사람들이 어떻게 행동하는지에 대해 이해하고 싶다면 훨씬 더 소규모 인원으로 리서치를 진행하면 된다. 서비스 또는 제품(디지털/비디지털 제품 모두)의 맥락 안에서의 행동이라 함은, 일반적으로 사람들이 과업을 어떻게 수행하고 완료하는지에 관한 것이다. 유사한 배경과 동기를 지닌 사람들은 보통 일관된 행동을 보인다.

우리는 서로 굉장히 다르고, 예측이 불가능한 사람들이라고 생각하기 쉽다. 하지만 그것은 사실이 아니다. 우리 모두 주변이 어떻게 돌아가는지에 대한 학습된 행동, 거시적 수준(사회)과 미시적 수준(가족, 개인)에서 공통된 문화적 이해와 사회적 이해가 있다. 깊이 파고들수록(점점 더 미시적인 수준으로) 올바르게 나뉜 소규모 사용자 그룹은 유사한 경험들이 있을 것이며, 이에 따라 주변이 어떻게 돌아가는지에 대해서도 유사하고 공통된 이해가 있을 것이다. 그리고 디자이너들은 이미 이러한 사실을 잘 알고 있을 것이다. 바로 이 공통된 이해가, 무언가를 설계할 때 필요한 디자인 패턴이 있는 이유이다.

> 의견은 사람마다 굉장히 다르고, 개인의 의견도 시간에 따라 달라진다. 따라서 의견을 고려할 때는 더 많은 사람에게 질문할 필요가 있다.

사용성 테스트의 경우 참가자들이 동일한 과업을 수행하는 모습을 몇 번 보고 나면, 사람들이 어떻게 행동하고 과업을 완료하는지 반복되는 부분이 눈에 들어오기 시작할 것이다. 하지만 각자 자신이 경험한 것에 대해 어떻게 생각하고 느끼는지에 있어서는 굉장히 다를 수도 있다. 의견이 까다로운 몇 가지 이유는 사람들이 항상 기꺼이 자신의 실제 생각을 공유하고 싶어 하지는 않는다는 것, 또 본인이 실제로 무슨 생각을 하는지 알지 못한다는 것이다. 유저 리서치를 하면서 사람들에게 본인의 의견을 물었을 때 나는 다음과 비슷한 내용의 답변을 자주 들었다. '대부분의 사람들은 이 웹 사이트에서 장갑을 구매할 때 고생도 조금 하고 마음에 들어 하지도 않겠지만, 저한테는 굉장히 쉬웠고 재미있기까지 했어요. 왜냐하면, 저는 인터넷 전문가거든요.' 사실 우리는 다른 사람들이 어떻게 생각하는지에 대해서 잘 알 수 없다.

자기 보고(self-reporting)는 사람들이 직접 자기 자신과 자신의 행동을 객관적으로 분석하기 어려워한다는 점에서 쉽지 않은 일이다. 예를 들어 참가자들에게 설문 조사를 부탁할 때, 여러분도 그들이 사실을 말하고 자기 자신에 대해 솔직하기를 기대하는 수밖에 없다. 온라인 설문 조사는 특히나 전체를 대표하는 그룹이 수행한 리서치가 아니라 본인들 스스로 선택하여 수행한 리서치이기 때문이다.

선호도 데이터를 수집할 때는 반드시 인간 본성을 고려해야 한다. 과거 행동을 이야기할 때, 사용자들의 자기 보고 데이터는 보통 사실로부터 세 단계 정도 떨어져 있다.

- 사람들은 질문에 답할 때(특히 포커스 그룹에서는) 본인이 생각하기에 여러분이 듣고 싶을 것이라고 생각되는 답변 혹은 자신이 속한 그룹에서 사회적으로 용납되는 답변에 가깝게 사

실을 왜곡해서 말한다.

- 사람들은 자신의 행동에 대해 이야기할 때 사실 자신이 기억하고 있는 행동만을 알려준다. 인간의 기억력은 믿을 수 없다. 특히 사소한 디테일은 더욱 믿을 수 없다. 사용자들은 어떤 디테일을 아예 기억해 내지 못하기도 한다.
- 자신이 실제 기억하는 것을 보고하는 과정에서 사람들은 실수를 자기 자신의 잘못이 아니라고 해명하면서 자신의 행동을 합리화하거나, 자신의 잘못이 아닌 것에 책임을 지기도 한다.

주요 팁

사람들에게 의견을 물을 때는 편향된 데이터나 질이 낮은 데이터를 수집하지 않도록 반드시 적절한 질문을 해야 한다.

케이스 스터디 *행동과 의견의 차이*

나는 컨설턴트로 일할 당시에 영국 국회의사당과 긴밀한 협조 관계를 유지했다. 국회에서 하는 일과 국회 웹 사이트에 나와 있는 내용들은 매우 흥미롭다. 혹시 관심이 있다면, 국회 사이트를 방문하면 더 자세한 정보들을 찾아볼 수 있을 것이다.

하루는 사용성 테스트 세션 중 참가자 한 명이 영국 국회 사이트에서 과업을 수행하는 것을 관찰하고 있었다. 나는 그녀가 다양한 과업들을 수행하면서 언제, 어느 부분에서 막혔는지, 또 모든 과업을 성공적으로 마치기 위해서 어떻게 했는지 등을 관찰하며 노트에 필기했다. 흔히 그렇듯 어떤 과업은 다른 과업보다 쉬웠다. 참가자는 과업을 수행하는 동안 나에게 이야기를 하였고, 나는 그녀에게 적당한 시기에 적절한 질문들을 하였다. 세션이 끝날 무렵, 그녀에게 웹 사이트에서 다양한 과업들을 수행하며 경험한 것들을 전반적으로 떠올려 볼 것을 부탁하였다. 그녀는 그 웹 사이트가 정말 최악이었고, 사용법이나 무엇인가를 검색하기에도 정말 불편했다고 말하면서 그녀가 얼마나 총리를 싫어하고 그의 임기 동안 그가 얼마나 끔찍한 일들을 했는지에 대해서 말하기 시작했다.

이 참가자는 본인이 평소에 갖고 있던 총리와 그의 정치 활동에 대한 개인적인 감정을 웹 사이트에서의 경험과 분리시키지 못하였다. 만일 그녀가 웹 사이트를 이용하던 모습을 내가 직접 관찰하지 못한 채 그녀의 의견을 물어보았으면 웹 사이트 경험에 대한 굉장히 편향되고 부정확한 데이터를 얻었을 것이다. 이는 참가자들의 말에만 귀 기울여서는 안 되며, 관찰이 얼마나 중요한지를 보여주는 아주 좋은 예시이다.

위의 예시는 일반적인 상황과 반대된다. 대부분의 경우 사람들은 지나치게 예의를 갖추며, 비판하는 것을 불편해한다. 참가자들이 과업을 어려워하거나 실패하는 모습을 여러분이 관찰을 통해 확인했음에도 그들은 사용하기 어렵지 않았다거나, 좋았다는 식의 답변을 할 것이다.

고려해야 할 사항이 한 가지 더 있다. 가끔은 참가자들이 스스로 자신이 과업을 올바르게 수행했다는 사실을 잘 알 수도 있지만, 잘 모를 수도 있다. 이 부분 또한 자신이 수행한 과업에 대한 참가자들의 의견과 관점에 영향을 미칠 수 있다. 예를 들어, '이 웹 사이트에서 장갑을 구입하시오'와 같이 성공적인 과업이 무엇인지 잘 전달되지 않으면 참가자들은 자신이 과업을 실패한지도 모른 채 굉장히 긍정적인 경험을 했다고 생각할 수도 있다.

마지막으로, 참가자들이 방금 수행한 과업에 객관적일 수 없다면 앞으로 어떻게 행동할지에 대해 예측해 달라는 부탁을 해서는 안 된다. 그들도 자신이 무엇을 원하는지 잘 모르기 때문이다.

| 적절한 질문하기

어느 방법론을 선택하든, 양질의 결과를 얻기 위해서는 적절한 질문을 하는 것을 빼놓을 수 없다.

첫 번째 원칙: 포용적이어야 한다

특수 용어나 전문 용어는 피하도록 하라. 최대한 쉬운 문장을 사용해야 한다. 특수 용어를 사용해야 한다면, 정확한 뜻을 설명해야 한다. 사람들이 쉽게 이해할 것이라고 가정해서는 안 된다. 그렇지 않을 경우, 두 가지 상황이 발생할 수 있다. 첫 번째, 여러분에게 설명을 요구한다. 설명하는 것은 어렵지 않지만, 이는 그들이 리서치를 편안하게 수행하는 데 도움이 되지 않는다. 두 번째, 여러분에게 설명을 요구하지 않는다. 그리고 완전하게 이해하지 못한 질문에 추측하거나 지어내서 답할 수 있다. 그러면 여러분은 부정확한 데이터를 얻게 될 것이다. 전문가 청중과 리서치할 때에도 일단 용어들에 대한 공통된 이해를 갖추어야 한다. 전문가들 사이에서도 다양한 범주의 지식, 경험, '전문성'이 존재한다는 것을 잊지 말아야 한다.

쉬운 문장들을 사용하면 포용적인(inclusive) 리서치를 하는 데 도움이 될 것이다. 명확하고 간단한 언어를 사용하면 참가자들이 여러분의 말을 더 잘 이해할 수 있을 뿐 아니라, 참가자들이 리서치에 참가하는 동안 더 편안함을 느끼고 잘 적응할 수 있을 것이다.

두 번째 원칙: 설명적 리서치에서는 중립적인 개방형 질문을 사용한다

예/아니오 형식의 답변을 요구하는 폐쇄형 질문(closed question, 선택형 질문)이 필요하고 유용할 때도 있다. 하지만 설명적 리서치(explanatory research), 인터뷰, 또는 사용성 테스트 등을 하는 상황에서는 최대한 개방형 질문(open-ended question, 서술형 질문)을 하는 것이 좋다. 여기에서 개방형 질문은 특정 답변을 짐작하지 않는 질문 또는 한 단어로 된 답변을 유도하지 않는 질문 같은 것을 의미한다.

질문의 형식에는 당연히 모범 사례와 나쁜 사례가 있다. '마음에 드십니까?'와 같은 질문은 나쁜 사례다. 제품 및 서비스 예시를 소개할 때 사람들에게 물어볼 수 있는 굉장히 합리적인 질문같이 보이지만 참가자들에게 질문 없이 자연스럽게 주어졌을 때보다 더 긍정적인, 적어도 덜 부정적인 답변을 유도하게 된다. 사람들은 대체로 다른 사람의 감정을 상하게 하고 싶지 않기 때문에 자신에게 제시된 것이 마음에 들지 않는다고 답하기 어려울 것이다.

이처럼 간단한 질문은 추가적인 설명이 없어도 예/아니오의 답변을 유도할 수 있다. 중립적인 개방형 질문을 만들기 위해서는 응답자들에게 선택지를 제공하고, 그들에게 영향을 미치지 않도록 해야 한다. 우리가 생각하는 것보다 인간은 훨씬 더 외부의 영향을 잘 받기 때문에, 선호도 질문은 조금 더 균형이 잡힐 수 있도록 해야 한다. '어떤 것이 가장 마음에 드시나요?' 이 질문은 항상 균형을 잡기 위해 다음과 같은 질문을 추가로 던져야 한다. '(혹시 있다면) 어떤 것이 가장 마음에 들지 않으시나요?' 어떤 것이 마음에 드는지를 묻는 질문은 표면상으로는 무해한 것처럼 보일 수 있으나, 무의식적으로는 상대에게 영향을 미칠 수 있다. '어떤 것이 가장 마음에 드시나요'라는 질문에 '혹시 있다면' 같은 말을 덧붙이는 것만으로도 응답자들은 마음에 들지 않는다는 말을 할 수 있는 면책 문구를 얻게 되는 것이다.

가능하면 긍정적인 단어와 부정적인 단어를 한데 사용하는 것을 피하도록 한다. 물론 이는 쉽지 않거니와 적절하지 않은 경우가 많다는 사실을 알고 있다. 아래에 예시들을 준비해 보았다.

xxx에 대한 경험이 어떠했습니까?

xxx를 할 때 어떠했습니까?

여러분을 위해 디자인된 것 같다는 느낌이 드십니까? 혹은 여러분과 관련이 없는 것이라고 생각되십니까?

어떤 리서치를 하던 처음 질문을 작성할 때는 사람들에게 질문을 해 보고 어떤 답변들이 나오는지 봐야 한다. 이 연습을 통해 가장 효과적인 답변을 끌어낼 수 있는 질문으로 수정할 수 있을 것이다. 최대한 중립적으로 질문을 구성하기 위해 시간을 투자하는 것은 가치가 있는 일이다.

▹ 예시

참가자에게 어떤 내용을 읽는 것을 부탁했다고 상상해 보자. 내용이 명확하게 작성되었는지 알고 싶지만(이에 관한 자세한 내용은 5장을 참고하길 바란다), 현재로서는 아래의 세 가지 질문과 그것에 함축된 의미들을 고려하여 간단히 설명하겠다.

1. (내용이) ***이해가 되셨습니까?*** 이 질문은 교묘하게 참가자들이 내용을 이해했을 것이라 가정하고 있으며, 이는 아마도 예/아니오 형식의 답변으로 이어질 것이다. 후속 질문을 하지 않는 이상 그 답변이 사실인지, 왜 그러한지에 대해서는 알 수 없다.
2. (이 내용에 대해) ***무엇을 이해하셨습니까?*** 이 질문 방식도 여전히 교묘하게 참가자들이 어느 정도 내용을 이해했을 것이라고 가정하고 있는데, 실제로는 이해하고 있지 않을 수도

있다. 하지만 이러한 질문은 참가자들이 이해한 부분을 이야기해 줄 수 있도록 한다.

3. (이 내용이) *여러분에게 어떤 의미가 있습니까?* 지인에게 이에 대해 설명하신다면 어떻게 하시겠습니까? 이러한 방식의 질문이 가장 중립적이다. 참가자가 '이해'했는지 여부에 대한 추측을 배제하고 있으며 그저 그들에게 어떤 의미가 있는지에 대한 설명만을 요구한다. 분석할 때, 참가자들이 질문을 얼마나 잘 파악했는지 알 수 있을 것이다.

세 번째 원칙: 키워드를 피한다

리서치 결과에 영향을 미치지 않는 유용한 기술 하나는 질문과 과업에서 키워드를 제한적으로 사용하는 것이다. 이는 여러분이 무엇을 리서치하든 모두 적용 가능하다. 가장 쉽게 설명하는 방법은 예시를 사용하는 것이므로, 아래 예시를 준비했다.

▹ 시나리오

그림 2.1은 내가 만들어 낸 '서포트 채리티(Support Charity)'라는 가상의 자선 단체 웹 사이트의 홈페이지 스크린 숏이다. 여러분이 이 웹 사이트에 대한 사용성 테스트를 하게 되었다고 상상해 보자. 여러분이 보기에 이 웹 사이트는 자선 단체에서 진행 중인 기금 모금 행사나 활동을 알아보거나 신청하기 어렵게 디자인되어 있는 것 같다. 그림 2.2는 이벤트를 클릭했을 때 연결되는 랜딩 페이지(landing page, 검색 엔진, 광고 등을 통해 이용자가 최초로 보게 되는 웹 페이

지)를 보여주고 있다.

참가자들이 웹 사이트에서 어떻게 모금 행사를 확인하고 참가 신청을 하는지 알고 싶다면 개방형 과업을 설정하면 된다. 다음과 같이 작성할 수 있을 것이다.

옵션 1: 현재 귀하께서는 서포트 채리티에서 주최하는 스포츠 행사에 참여하여 단체의 기금 모금 활동에 참여하려고 합니다. 귀하께서 계신 곳 주변에서 곧 있을 자선 행사는 언제 어디에서 진행될 예정인지 알아보려 합니다.

옵션 2: 현재 귀하께서는 스포츠 활동을 통해 서포트 채리티의 기금 모금을 도우려 합니다. 귀하께서는 현재 계신 지역과 가까운 곳에서 언제 어디에서 진행 예정인지 알아보려고 합니다.

두 문장에 사용된 언어는 다르지만, 동일한 과업이다. 차이점이 왜 중요한지 알아보도록 하자. 옵션 1은 키워드를 사용하고, 옵션 2는 키워드를 사용하지 않았다(여기에서 '키워드'는 웹 사이트상에서 내비게이션 레이블로 사용된 단어를 뜻한다). 그림 2.3부터 2.5는 여러분이 서포트 채리티의 기금 모금을 위한 스포츠 행사들에 참여할 수 있는 세 단계를 보여주고 있다.

1. 홈페이지의 메인 내비게이션에서 '참여하기' 클릭하기(그림 2.3).
2. 두 번째 레벨 내비게이션의 드롭다운 메뉴에서 '행사'와 '행

사 찾기' 클릭하기(그림 2.4).

3. 지역 내 스포츠 행사 찾기(그림 2.5).

그림 2.1 서포트 채리티 웹 사이트의 홈페이지

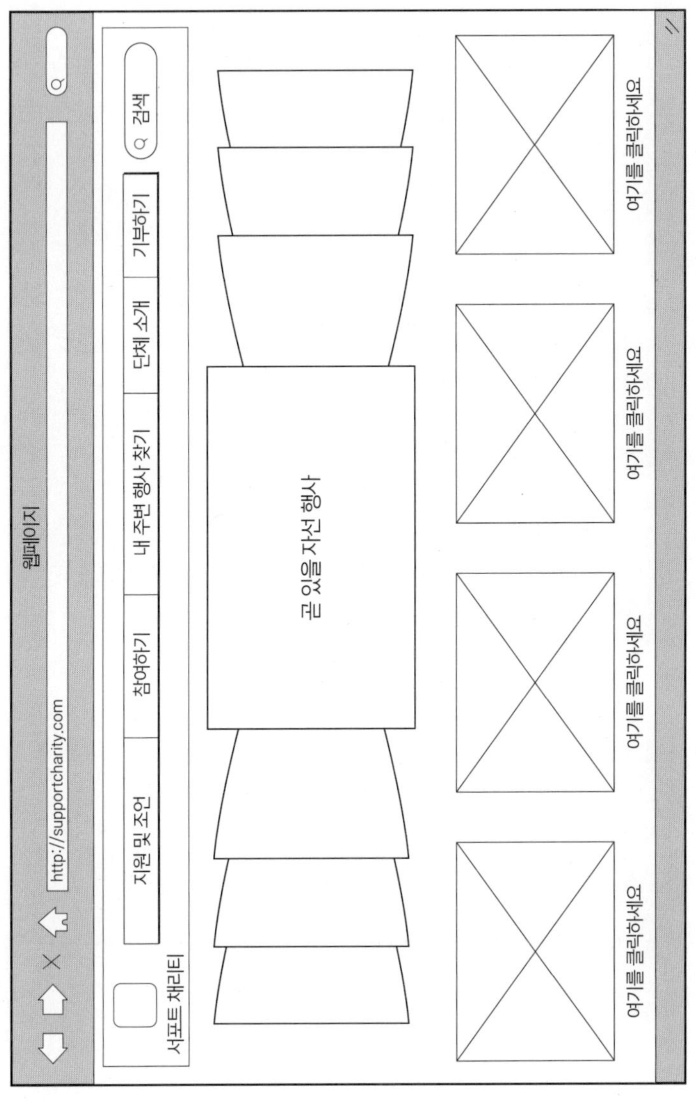

그림 2.2 서포트 채리티 웹 사이트의 행사 페이지

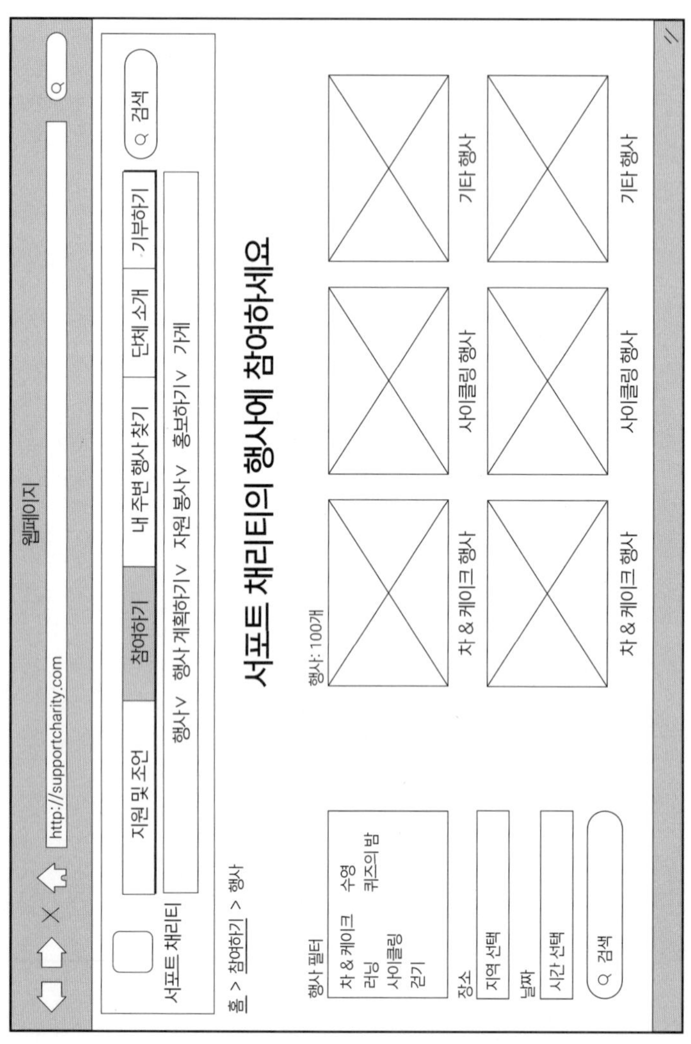

그림 2.3 과업 수행 1단계

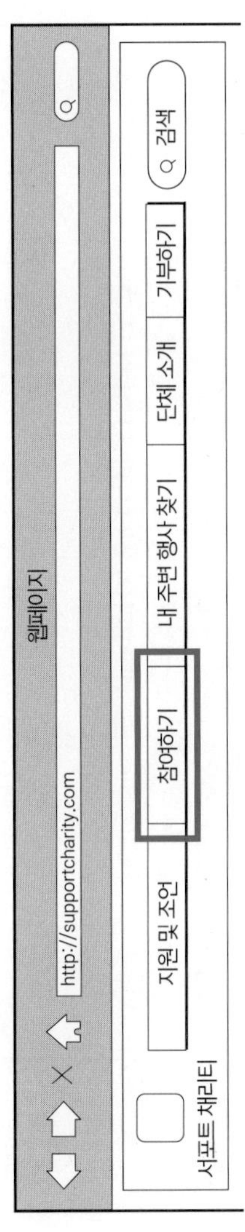

그림 2.4 과업 수행 2단계

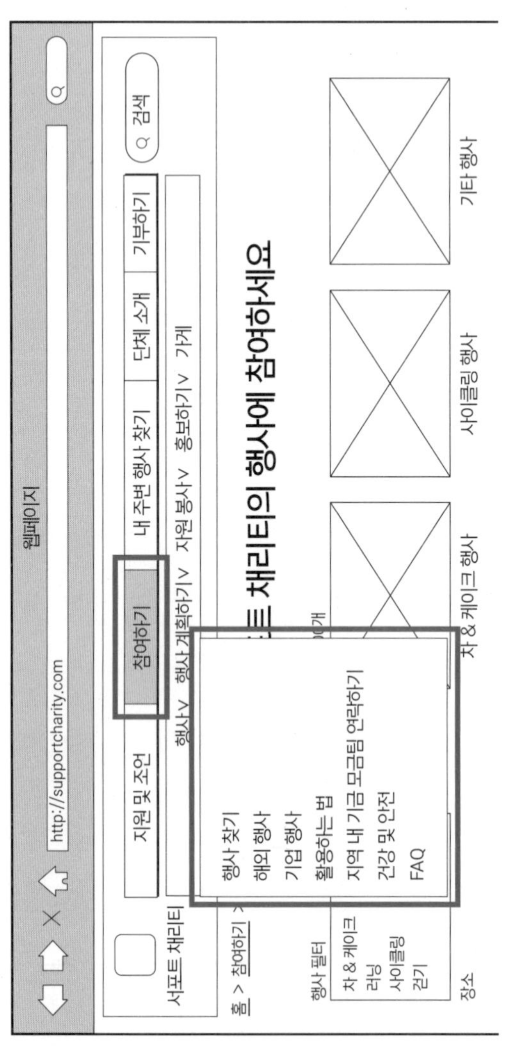

그림 2.5 과업 수행 3단계

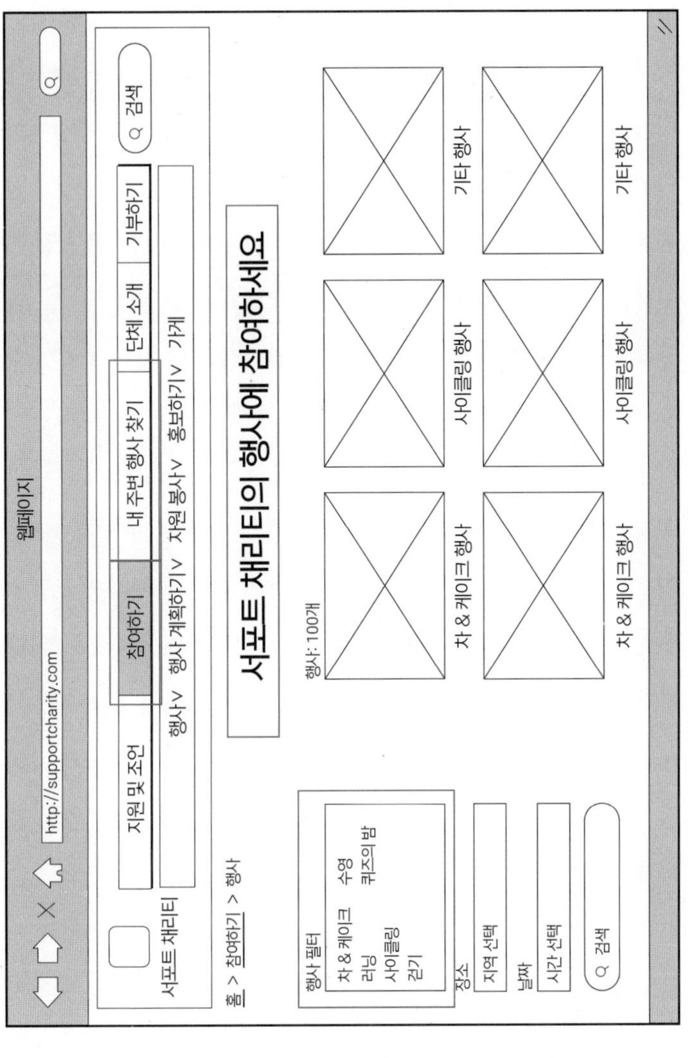

다시 옵션 1로 돌아가 보자. '옵션 1: 현재 귀하께서는 서포트 채리티에서 주최하는 스포츠 행사에 참여하여 단체의 기금 모금 활동에 참여하려고 합니다. 귀하께서 계신 곳 주변에서 곧 있을 자선 행사는 언제 어디에서 진행될 예정인지 알아보려 합니다.' 여기에서는 과업에서 찾을 수 있는 모든 키워드를 강조했다. 이 예시에서 키워드를 추가함으로써 얻을 수 있는 효과는 두 가지이다. 첫 번째, 참가자들은 어떻게 과업을 수행해야 할지 알아보기 위해 웹 사이트를 구경하는 동안 빠르게 키워드를 찾아낼 수 있을 것이고 다음 과업으로 넘어가기 위해 그것들을 클릭하는 데 집중할 것이다. '참여하기', '행사 찾기', '서포트 채리티의 행사에 참여하세요', '행사 필터' 등의 키워드들 말이다. 참가자들은 혼자 집에서 과업을 수행할 때보다 더 빠르고 쉽게 수행할 수 있게 된다. 두 번째, 웹 사이트에서는 다른 기능을 갖고 있는 '주변'이라는 단어를 언급함으로써 의도치 않게 참가자들이 혼자 했을 때와는 다른 길로 새어나가게 할 수 있다. 과업에 제시되어 있기 때문에 참가자들이 웹 사이트에서 그 단어를 찾기 시작할 수도 있다. 물론 이 문구가 없이도 그렇게 할 가능성이 있지만, 직접적인 이유를 제공하지 않는 것이 좋다.

옵션 2인 '현재 귀하는 스포츠 활동을 통해 서포트 채리티의 기금 모금을 도우려 합니다. 귀하는 현재 계신 지역과 가까운 곳에서 언제 어디에서 진행 예정인지 알아보려고 합니다.'는 키워드를 포함하고 있지 않기 때문에 잠재적인 거짓 양성(false positives, 실제 답은 거짓이지만 결과는 사실로 나오는 것)과 거짓 음성(false negatives, 실제 답은 사실이지만 결과는 거짓으로 나오는 것)을 피하면서, 참가자들이 직접 자신의 기기를 사용해서 본인이 원하는 방식으로 과업을 수행할 수 있게 해 준다.

앞서 제시한 예시는 디지털 형식에 대한 것이지만, 종이 문서와 같이 디지털이 아닌 형식에도 같은 규칙이 적용된다. 참가자들이 문서를 작성할 때 어느 부분에서 어려워하는지 알아보고 싶다면 키워드를 사용하지 않도록 한다.

네 번째 원칙: 규칙들을 언제 어겨야 하는지 안다.

14대 달라이 라마(Dalai Lama)는 '규칙들을 제대로 어기기 위해서는 우선 규칙을 배워야 한다'와 같은 말을 한 것으로 알려져 있다. 현자가 했을 법한 말이다. 이러한 규칙들에 익숙해지고 편해지면 언제 어겨야 할지에 대해서도 알게 된다. '규칙을 어겼을' 때를 기록해 두고, 어떤 방식으로 어겼는지도 기록해야 한다. 이는 리서치 결과를 분석할 때 고려해야 하는 부분이기 때문이다.

▹ 시나리오 1: 반응이 없는 참가자

리서치를 많이 진행하다 보면 말을 잘 하지 않으려 하는 참가자들과 만나게 되는 날도 있다. 답변을 자연스럽게 설명해 주지 않는 사람들이 있다. 그들에게도 제공할 수 있는 엄청난 인사이트가 있지만, 어떻게 표현해야 하는지 잘 모르는 것이다. 그들의 답변을 얻어내기 위해서는 많은 스킬과 연습이 필요한데, 어떤 때는 직접적이고 유도하는 질문을 해야 할 때도 있을 것이다. 아주 간단한 예시를 들어보겠다.

질문: 가상의 기차 회사 앱에서 기차표를 구매하는 경험을 설명해 주실 수 있습니까?

답변: 괜찮았습니다.

추가 질문: 어려웠던 부분은 없으셨습니까?

답변: 신용카드 세부 정보를 입력할 때 여러 차례 시도해야 했는데, 그 부분은 조금 만족스럽지 못했습니다.

추가 질문: 어느 부분이 좋았다고 생각하십니까?

답변: 기차 시간을 선택하는 부분은 쉬웠습니다.

이 굉장히 단순한 대화문에서 자칫 얻어내지 못했을 참가자들의 경험에 대한 인사이트를 얻기 위해 유도 질문이 사용된 것을 확인할 수 있다.

▹ 시나리오 2: 사용성 테스트 개입

참가자가 굉장히 애를 먹고 있다면 아마도 지금 큰 스트레스와 좌절감을 겪고 있을 것이다. 리서치 세션을 바로 종료할 수 없는 단계라면 참가자의 건강을 위해서라도 그들이 다음 단계로 진행할 수 있도록 도움을 주어야 한다.

▹ 시나리오 3: 설문 조사

설문 조사는 다른 성격을 가졌으며, 폐쇄형 질문을 가장 잘 활용할 수 있다. 물론 잘 만들어진 질문들이어야 한다. 사람들에게 폐쇄형 질문으로도 선택지를 줄 수 있다. 예를 들어, 다음과 같이 어떤 의견에 대해 동의하거나 동의하지 않는지를 묻는 것이다. '저희 서비스에 대한 의견입니다. 이 의견에 얼마나 동의하시거나 동의하지 않으십니까(표 2.14 참고)?' 어떤 기법을 사용하든 항상 참가자들에게 자신들이 원하는 방식으로 표현할 수 있도록 선택권을 주어야 한다.

표 2.14

매우 동의	동의	보통	동의하지 않음	매우 동의하지 않음	해당되지 않음

| 접근성과 포용성

나는 앞서 여러분의 제품 및 서비스가 모두를 만족시킬 수는 없을 것이라고 언급한 바 있다. 그러나 목표 청중들을 최대한 포용할 수 있어야 한다. 특정한 그룹 내에서도 여러 다양성이 존재하며, 각자 보유하고 있는 능력의 범위도 광범위할 것이다. 따라서 시작부터 접근성과 포용성을 고려하는 것이 좋다. 여기에서는 접근성과 포용성에 대해 자세히 다루지는 않을 것이다. 두 주제 모두 관련 내용으로 책을 한 권씩 낼 수 있을 정도로 중요하기 때문이다. 대신 리서치를 시작할 수 있을 만큼의 지식을 전달하고자 한다. 여러분이 제시하게 될 제품 및 서비스에 대한 참가자들의 접근성을 용이하게 한다는 말에는 많은 의미가 담겨 있으므로, 어떻게 해야 할지에 대한 개요를 짧게 준비해 보았다.

자동 접근성 테스트(Automated accessibility testing)

제품을 디자인하고 개발하고 또 개선할 때 접근성이 얼마나 좋은지 확인해 볼 수 있는 자동 툴이 여러 개 있다. W3C(World Wide Web Consortium)에는 웹 접근성 평가 툴들이 적힌 아주 유용한 리스트가 있는데, 이 툴들을 이용하면 이슈를 20~30퍼센트까지 찾아낼 수 있다.

수동 접근성 테스트(Manual accessibility testing)

개발 주기 동안 디자이너와 개발자는 보조 공학(예: 스크린 리더, 스크린 확대기, 음성 인식 소프트웨어 등)을 사용할 수 있는데, 이를 통해 자신들이 개발하고 있는 제품 또는 서비스가 사용자들에게 적합한지 확인할 수 있다. 보조 공학 기기들을 구입해야 할 수도 있지만 투자할 만한 가치가 있다. 기타 고려해야 할 접근성은 다음과 같다.

- 사용자들의 니즈에 따라 디지털 아이템의 색상 대비를 변경할 수 있게 한다.
- 아이템을 선택할 수 있는 버튼 또는 체크 박스와 같은 타깃들의 크기를 고려한다. 감각 운동 장애가 있는 사람들도 사

용이 가능한가?

- 마우스 없이 키보드만으로도 디지털 아이템을 이용할 수 있는가?

전문가들에게 작업 검사받기

기술 접근성 전문가들에게 여러분의 디지털 제품 및 서비스를 검사받을 수 있다. 그리고 만약 검사를 받을 예정이라면, 가능한 한 업무의 시작 단계에서 시작하는 것이 좋을 것이다. 뒤로 미뤄 둘수록 문제들을 수정하기 더 어려워질 것이다. 전문가들은 시각, 청각, 인지, 감각 운동 장애로 발생할 수 있는 잠재적 문제들을 모든 범위에서 검토할 수 있다. 이를 통해 문제가 발견될 것이고, 이 부분에 시간과 돈을 투자하는 것은 항상 그만한 가치가 있다. 하지만 이 전문가들은 해당 분야의 전문가들이므로, 여러분의 사용자들을 대체할 수는 없다.

보조 공학을 이용한 사용성 테스트

모든 유저 리서치가 그러하듯, 리서치 과정 자체에 사용자들을 직접 포함시켜야 한다. 여러분이 제공하고자 하는 디지털 제품 및 서비스에 대한 사용성 테스트를 사용자들과 같이 진행하는 것은 문제들을 찾아낼 수 있는 아주 좋은 방법이다. 다양한 보조 공학 기술들로 테스트하는 것도 좋지만, 그 기술에 수반되는 다양한 경험들도 함께 테스트해 보는 것이 좋다. 특정 보조 툴을 처음 접하는 사용자는 예전부터 사용해 온 사용자의 경험과는 또 다른 문제

상황을 겪을 것이기 때문이다.

포용성

포용성(Inclusion)은 단순히 '보조 공학 접근성'에만 국한되지 않는다. 인간이 보유하고 있는 능력을 모든 범위에서 생각해 봤을 때 일시적 장애와 영구 장애, 그리고 문해력과 디지털 기술 활용 능력도 고려해야 한다.

제품 및 서비스를 개발하거나 개선할 때, 낮은 문해력과 디지털 기술 활용 능력(혹은 여러분의 제품 및 서비스를 사용하기 위해 필요한 모든 기술)을 보유하고 있는 사람들을 어떻게 지원할 수 있을지 고려해야 한다. 접근 가능한 제품과 서비스는 단순히 암호화와 스크린 리더, 그리고 적절한 색상표에 관한 것이 아니다. 포용성은 다양한 형태를 갖출 수 있다.

쉬운 문장을 사용하고, 서로 다른 능력을 보유하고 있는 사람들이 모두 이해할 수 있는 명료하고 자세한 내용을 사용하도록 한다. 명료성은 이제 막 글을 배우기 시작한 사람에게도, 고학력자에게도 중요하다. 난독증이 있는 사람으로서 나는 이 부분을 굉장히 감사하게 생각한다.

디지털 부분에서는 컴퓨터에 쉽게 접근할 수 없는 사람 또는 낮은 디지털 활용 능력을 보유하고 있는 사람들의 니즈를 어떻게 충족시켜 줄 수 있을지 고려해야 한다. 만약 여러분의 제품 및 서비스에 접근하기 위한 채널이 여러 개라면 각각의 채널이 동일한 수준의 경험을 제공하는지 이해하기 위해 리서치를 하는 것이 좋다.

이는 사용자들이 원하는 것과 해야 하는 것을 달성할 수 있게 해 줄 것이다. 낮은 문해력과 디지털 활용 능력을 보유하고 있는 사람들이 여러분의 제품을 사용할 때 전문 사용자들과는 다른 이슈와 걸림돌을 겪게 될 것이다. 스펙트럼 양 끝단에 있는 이들을 모두 충족시키기 위해 중간에서 균형점을 찾는 일은 어렵지만, 매우 가치 있는 일이다.

3장 유저 리서치 실행 계획

에이전시, 시설, 계약

실행 계획

안전 우선

시작하기도 전에 겁부터 주고 싶지는 않지만, 유저 리서치를 할 때는 본인과 타인의 안전을 고려하는 것이 아주 중요하다. 리서치를 수행하려는 장소가 어디든, 반드시 여러분의 팀/동료들에게 리서치 세션의 장소와 시간을 알려야 한다. 여러분을 도와줄 수 있는 사람이 있다면 더욱 좋다. 참가자들이 건물 안으로 들어오거나 나갈 때 안내를 돕고, 음료수를 전달해 주거나, 사례금을 지급하는 일 등을 할 수 있을 것이다. 이를 통해 모든 일이 훨씬 더 순조롭게 진행될 수 있을 것이고, 뭔가 잘못된 것 같다는 생각이 들었을 때 도움을 요청할 수도 있을 것이다. 참가자들이 무례하거나 거칠 경우에는 웃으면서 참지 말아야 한다. 너무 당연한 말 같지만, 매우 중요한 내용이다. 이는 용납되어서는 안 되는 행위이며 당장 세션을 종료하고 참가자들에게 나가 달라고 말해야 한다.

참가자가 본인에 대한 정보를 속이고 있음이 분명한 경우가 있다. 예를 들어, 교사용 교재에 관한 리서치를 하고 있는데 참가자의 답변에서 교수법에 대한 지식이 전혀 없는 것이 분명히 드러나는 경우, 세션을 멈추고 참가자에게 떠날 것을 요구해야 한다. 이는 요령 있고 차분하게, 또 여러분의 동료가 함께 있는 상황에서 진행되어야 한다. 가끔은 참가자들이 순순히 자진해서 나가겠지만, 가끔은 어찌 됐든 사례금을 지불해야 할 때도 있을 것이다. 여러분의 리서치에 도움도 안 되는 거짓 데이터를 제공하는 사람에게 시간과 에너지를 낭비할 필요는 없다.

직접 참가자들의 환경으로 가서 수행해야 하는 리서치는 두 명이 함께 가는 것을 권장한다. 참가자들이 여러분을 자신의 집에 들이면 이는 상호 간의 신뢰 계약이며 모두 안전하다고 느낄 필요가 있다. 이를 위해 참가자들에게 두 명이 방문할 예정이라고 알려야 한다(이는 12장의 맥락적 조사 부분에서 더 자세히 논의될 예정이다). 예를 들어, 옆에서 필사를 돕기 위해 동료가 동행하는 경우, 두 사람의 역할과 방문 목적을 분명하게 알고 있는 것이 참가자도 마음이 편할 것이다.

리서치 세션이 시작하기 전에 혹시나 여러분이 알고 있어야 할 질병이 있다거나, 발생할 수도 있는 응급 의료 상황에 대해서도 물어볼 수 있을 것이다. 물론 질문에 답하지 않을 권리가 있음을 상기시켜 줄 수도 있다. 예를 들어, 누군가 갑자기 호흡곤란 증세를 보일 때, 그가 평소 천식을 앓고 있다는 사실을 알고 있으면 흡입기를 찾아 주거나 119에 연락할 수 있다.

대면 리서치에서의 용모와 인식

방 안에 참가자들과 같이 있다 보면 그들 또는 여러분이 서로에 대해 성급한 판단을 내리는 것은 어쩔 수가 없다. 따라서 어떤 인상을 남기고 싶은지 한 번 생각해 볼 필요가 있다.

가능하면 참가자들과 비슷한 복장을 갖추도록 한다. 잘 모르겠다면 단정하게 차려입고 튀지 않도록 해야 한다. 대부분의 경우 멋을 내면 안 되는데, 이는 지나치게 권위적으로 보이는 것을 피하고 참가자들이 불편함을 느끼지 않도록 하기 위함이다. 하지만 경우에 따라 정장을 갖추어 입어야 할 때도 있다.

리서치를 시작하기 전에 장비가 모두 준비가 되어 있는지, 잘 작동하는지, 또 필요한 것을 다 갖추었는지 확인해야 한다. 참가자들이 리서치 장소로 찾아오는 경우에는 언제든지 바로 시작할 수 있도록 그들이 도착하기 전에 모든 준비를 마친다. 여러분이 참가자들이 있는 곳으로 직접 찾아가는 경우에는 모든 준비물이 손에 잘 닿는 범위에 있고, 잘 정리되어 있어서 도착하자마자 빠르게 준비를 마칠 수 있도록 해야 한다.

문화 차이 인지

여러분의 문화와 다른 문화 맥락 내에서 리서치를 수행할 때는 여러분이 마주하게 될 차이점들에 미리 익숙해지는 것이 좋다. 해외 리서치, 탑 업계 관련 리서치, 또는 다른 사회경제적 그룹과 리서치를 진행하게 될 수도 있다. 예를 들어, 언어 장벽, 지역 관습 또는 그 문화에서 기대할 수 있는 행동 등을 고려해야 할 것이다. 이러한 잠재적 차이들을 미리 인지하고 있으면 다음과 같은 부분에서 도움이 된다.

- 리서치 계획을 적절하게 세울 수 있다.
- 허용되는/되지 않는 행위의 차이에 준비할 수 있다.
- 수집하는 데이터의 맥락을 이해할 수 있다.

아이들과 진행하는 유저 리서치

만약 여러분의 제품 및 서비스의 주 고객층이 어린이라면 유저 리서치를 계획하고 수행하는 데 추가적으로 고려할 사항들이 몇 가지 있다. 짧게 요약하자면, 주요 고려 사항은 다음과 같다.

- 영국에서 리서치를 진행할 예정이라면 영국의 범죄 경력 조회국(Criminal Records Bureau)의 범죄 경력 조회를 거쳐야 한다. 영국 이외의 국가라면 이와 유사한 규정들이 있는지 확인해 보는 것이 좋을 것이다.
- 아이들의 부모/보호자의 동의가 필요하며, 리서치를 수행하는 동안 성인이 동반해야 한다.
- 영국에서는 아이들에게 현금 사례금을 지불하는 것이 금지되어 있지만, 상품권으로 대체될 수 있다. 리서치를 수행하는 지역이 어디든 법이 어떻게 규정하고 있는지 확인해 볼 필요가 있다.
- 리서치 세션의 길이를 고려해야 하며 리서치에 참가하는 아이들의 주의 집중 시간도 고려해야 한다. 여러분이 달성하고자 하는 것에 굉장히 집중해야 할 것이다.

| 에이전시에 의뢰하기, 시설 선정하기, 계약서 서명하기

사용 가능한 예산에 따라 다양한 방식으로 사용할 수 있다.

최소 예산

참가자들이 무보수로 참여하도록 설득하지 않는 한, 현재 보유하고 있는 예산은 모두 사례금에 사용해야 한다. 기본적으로 프로젝트 전반을 여러분 혼자 진행해야 한다.

저예산

리서치 참가자 리크루팅 에이전시에 의뢰해 적합한 참가자들을 찾는 방법을 고려해 볼 수 있다. 참가자들을 일일이 찾아 일정을 잡는 것은 많은 시간이 소요되는 일이므로 예산을 여기에 투자하는 것은 전혀 아깝지 않다. 참가자 모집을 아웃소싱하는 것으로 좋은 리서치에 필요한 다른 요소들에 집중할 수 있게 된다.

중간 예산

이는 아래 요소들을 조합하여 사용될 수 있다.

- 유저 리서치를 수행할 전문 시설
- 리서치를 대행할 전문 에이전시/계약자
- 참가자 모집 비용 및 사례금
- 반복적인 세션의 진행

예산을 시설에 사용할지, 스킬에 사용할지, 아니면 더 많은 리서치를 사용할지 결정하는 것은 여러분의 요구 사항과 선택한 방법론에 따라 다르다. 2부를 마무리할 즈음엔 어떤 선택이 더 적합한지에 대한 감이 잡힐 것이다.

대규모 예산

대규모 예산으로는 모든 부분을 아웃소싱 하는 방법과 본인이 직접 리서치를 더 많이 수행하는 대신 다음과 같은 부분에 예산을 사용하는 방법이 있다.

- 참가자 모집 비용 및 사례금
- 유저 리서치를 수행할 전문 시설(요구 사항과 선택한 방법론에 따라)
- 리서치를 대행할 전문 에이전시/계약자
- 반복적인 세션의 진행하거나 보다 깊이 있는 리서치 진행

만약 대규모 예산을 보유하고 있다고 해도 먼저 이 책을 통해 좋은 리서치에 대해 잘 이해해야 한다. 그다음 정부 디지털 서비스국에서 서비스를 어떻게 보다 구조적으로 얻을 수 있을지에 대해 알아보기를 추천한다. 이 가이드는 다음과 같은 부분에서 도움이 될 것이다.

- 여러분의 요구 사항을 설명해 준다.
- 공급자들과 효과적으로 의사소통할 수 있게 해 준다.

- 공급자들의 제안을 평가할 수 있게 해 준다.
- 여러분에게 적합한 공급자를 선정할 수 있게 해 준다.
- 여러분과 공급자를 모두 보호할 수 있는 좋은 계약서를 작성하게 해 준다.

정부에서 제시하는 조언들을 문자 그대로 따를 필요는 없다. 정부는 납세자들의 돈을 사용하므로 당연히 엄격한 요소들을 따라야 한다. 하지만 한 번도 전문 서비스를 의뢰해 본 경험이 없다면 선정 과정을 어떻게 설계하고, 적합한 제품과 서비스를 어떻게 구입하고, 어떻게 하면 예산을 현명하게 쓸 수 있을지에 대한 개념을 잡는 데 도움이 될 것이다.

이 주제와 관련하여 마지막으로 한 가지 언급하자면, 전문 시설과 서비스는 주요 도시가 아닌 지역에서는 찾기 힘들다는 사실을 인정하는 것이 좋다. 따라서 여러분이 직접 리서치를 수행하고, 상황에 따라 점점 더 넓고 깊게 리서치를 수행하는 데 예산을 사용하는 것이 더 현명한 선택일 것이다.

| 1부 요약

기억해야 할 주요 사항은 다음과 같다.

- 리서치 주제를 명확히 한다.
- 적확한 참가자를 선정한다.

- 윤리적 이슈에 주의한다.
- 여러분과 참가자 모두를 만족시킬 수 있는 방법으로 리서치를 정리하고 계획한다.
- 관찰의 중요성을 잊어서는 안 된다. 사람들이 말하고 행동하는 것은 별개의 문제다.
- 적절한 질문을 해야 한다.
- 접근성과 포용성을 고려해야 한다.
- 순조로운 리서치를 위해서는 안전은 필수다.
- 예산은 현명하게 사용하고 좋은 계약을 맺는다.

2부

유저 리서치 방법론의 선택과 사용

2부에서는 여러분이 경험하게 될 상황들에 대해 알아보고, 어떤 방법론을 선택해야 하는지에 대해 조언하고자 한다. 12개의 방법론들에 대한 개요와 함께 이를 어떻게 수행해야 하는지부터 필요한 툴들에 대한 내용까지 상세히 설명할 것이다.

2부에서는 현재 여러분의 리서치에서 필요한 것이 무엇인가에 따라 적절한 방법론을 선택하고 각각의 방법론들을 효과적으로 사용할 수 있는 방법을 알아볼 것이다. 필요한 답변을 얻기 위해 여러 개의 방법론을 사용해야 할 때가 많다. 예를 들어, 사용자가 누구인지 이해하려면 설문 조사를 통해 사용자에 대한 고급 정보들을 수집하고 분석하는 것으로 시작할 수 있다. 설문 조사가 끝나면 사용자들에 대한 보다 깊이 있는 이해, 특히 그들이 어떻게 생각하고 행동하는지 이해하기 위해 인터뷰를 진행할 수 있다.

첫 번째 단계는 현재 유저 리서치에서 필요한 것들을 파악하는 일이다. 그림 4.1에 예시들이 소개되어 있다. 여러분이 현재 하고 있는 작업에 어울리는 시나리오가 있는가? 딱 들어맞는 건 없더라도 대략적으로 여러분의 상황을 그려내고 있는 시나리오가 있는가? 여러분에게 들어맞는 시나리오가 한 개 이상일 수도 있다. 하지만 한 번에 한 문제씩 집중하거나 명확하게 관련되어 있는 질문 여러 개에 집중할 것을 추천한다.

간단했으면 하는 우리의 희망 사항과 달리, 시나리오마다 가장 적절한 방법론이 하나씩 있지는 않다. 유용한 방법론이 여러 개 있을 가능성이 크다. 가장 적절한 방법론을 고르기 전에 우선 여러 방법론에 대해 읽어봐야 한다. 리서치를 하면 할수록 방법론을 고르는 일은 점점 더 쉬워질 것이다.

현재 여러 개의 시나리오를 동시에 경험할 수도 있으며 한 번에

그림 4.1 어떤 문제들을 경험하고 있는가?

생소한 콘셉트임	이해관계자들이 동의하지 않음	CEO에게 아이디어가 있음	xxx는 왜 사용자들을 만족시키지 못하는가?
xxx에 대한 전환율은 왜 낮은가?	분석은 무엇을 의미하는가?	사용자들에 대해 알아야 함	사용자가 누구인가?
사용자들은 실제로 우리 제품을 어떻게 사용하고 있는가?	이 문제를 해결할 수 있는 해결책이 여러 개 있음	사용자들은 xxx에 대해 어떻게 생각하는가?	우리 제품의 사용자 경험은 어떠한가?
우리의 디지털 제품은 조직의 구조를 반영함	새롭게 재구축해야 함	리브랜딩(rebranding, 브랜드 이미지 쇄신)을 해야 함	작업 방식을 바꿔야 함

모든 문제를 해결해 줄 수 있는 방법론을 하나 고르고 싶은 유혹에 빠질 수도 있다. 그러나 그 길을 택하지 않는 것을 추천한다. 리서치를 따로 진행하려면 시간도 더 오래 걸리고 노력도 많이 필요하겠지만 유저 리서치는 일회성으로 끝나는 작업이 아니다. 또한, 한 번에 너무 많은 것들을 해결하려고 하지만 않는다면 애매모호한 이슈들을 피하고 결과와 권고 사항의 효과를 약화시키지 않을 수 있다.

그림 4.2 본 섹션에서 다룰 예정인 유저 리서치 방법론

사용성 테스트	콘텐츠 테스트	카드 소팅	설문 조사
사용자 인터뷰	다이어리 스터디	인포메이션 아키텍처 검증	에스노그라피
맥락적 조사	A/B 테스트	이해관계자 워크숍	게릴라 리서치

그림 4.2는 이 책에서 다루고 있는 유저 리서치 방법론들을 보여주고 있다. 방법론마다 개요와 함께 다음의 정보들을 제공할 것이다.

- 방법론의 장점
- 방법론의 단점
- 필요한 노력
- 진행 방법
- 필요한 툴

표 4.1 방법론 매트릭스

시나리오	사용성 테스트	콘텐츠 테스트	카드 소팅	설문 조사	사용자 인터뷰	다이어리 스터디	인포 메이션 아키텍처 검증	에스노 그라피	맥락적 조사	A/B 테스트	이해 관계자 워크숍	게릴라 리서치
생소한 콘셉트임					■	■		■	■		■	▒
이해관계자들이 동의하지 않음	■	■	■	■	■				■	■	■	
CEO에게 아이디어가 있음	■	■	■	■	■				■	■	■	▒
xxx는 왜 사용자들을 만족시키지 못하는가?	■	■	■	■	■		■			■		
전환율은 왜 낮은가?	■	■	■	■			■			■		
사용자는 누구인가?				■	■			■	■			
사용자를 알아야 함				■	■	■		■	■			
분석의 의미는?	■	■	■				■				■	
사용자들은 실제로 어떻게 사용하는가?	■				■	■		■	■			▒
여러 가지 해결책들	■	■	■				■			■		▒
사용자들은 xxx에 대해 어떻게 생각하는가?	■	■			■	■		■	■			▒
사용자들은 어떤 경험을 하고 있는가?	■	■			■	■		■	■			▒
새로 시작해야 함	■	■	■	■	■	■		■	■		■	▒
작업 방식을 변경해야 함				■	■	■		■	■		■	
조직이 사용자 중심적이지 않음		■	■				■					

이 책의 3부에서는 여러분이 배우고 개발해야 할 또 다른 스킬인 데이터 분석에 대해 더 자세히 다룰 것이다. 표 4.1은 여러분이 우선 어떤 방법론에 대해 배워야 할지 결정하는 데 도움이 될 것이다. 주어진 시나리오가 여러분이 경험하고 있는 상황과 유사하여 선택의 범위를 좁혀 주었기를 바란다.

중요 참고 사항

게릴라 테스트는 단독으로 진행해서는 안 된다. 결정을 내리고 특정 이슈들을 발견해 내는 데 유용한 약식의 방법론이긴 하나, 단독으로 사용될 만큼 체계적인 방법론은 아니다.

애자일이나 린 환경에서 작업하고 있다면 에스노그라피와 다이어리 스터디처럼 일정 기간에 걸쳐 발생하는 변화를 이해하기 위해 사용되는 방법론을 제외하고는, 대부분 짧은 기간에 맞춰 사용할 수 있다.

4장 사용성 테스트

관찰을 통한 인사이트 얻기

| 사용성 테스트란 무엇인가

사용자 테스트로도 알려진 사용성 테스트(Usability testing)는 흔히 사용되는 방법론으로, 사용자가 제품 또는 서비스 과업을 수행하는 과정에서 어느 부분에서 문제를 겪는지 파악하기 위해 리서처가 사용자들을 관찰하는 방법이다. 사용성 테스트는 정량적, 정성적으로도 또 진행자가 있는 방식과 없는 방식으로도 다양하게 사용될 수 있다.

진행자가 있는 사용성 테스트

대면 테스트는 리서처와 사용자가 동시에 같은 장소에서 상호작용한다. 반면, 원격 테스트는 리서처와 사용자가 다른 장소에 있지만, 스크린 공유 기술을 사용하여 상호 작용한다.

진행자가 없는 사용성 테스트

원격 테스트는 사용자가 원하는 시간대와 장소에서 리서치 과업을 수행하는 동안 리서처는 개입하지 않는다. 반면, 대면 테스트는 리서처와 사용자가 동시에 같은 장소에 있지만, 사용자가 과업을 수행하는 동안 리서처는 개입하지도, 사용자와 대화하지도 않는다(가장 흔하지 않은 기법).

1장에서는 세션 길이에 관한 실행 계획을 다루었다. 순수주의자들은 '우리의 유일한 목적은 이슈에 대해 얼마나 상세하게 리서치할 수 있느냐이다'라고 말하겠지만, 실제 세계에서는 그것만이 결정 요인은 아니며, 이것이 바로 실용주의자들의 주장이다. 예를 들어, 특정 날짜에 구체적인 수의 사람들과 이야기를 해야 할 수도 있다. 또는 현재 보유하고 있는 예산에 따라 참가자들과 보낼 수 있는 시간이 정해지기도 한다. 예를 들어, 현재 예산으로는 변호사나 의사처럼 '높은 가치를 지닌' 참가자들의 시간을 30분밖에 얻지 못할 수도 있다. 이는 곧 리서치를 현재의 한도에 맞게 맞추어야 할 수도 있다는 것을 의미한다. 주어진 시간 내에 우선순위들을 다룰 수 있는지 먼저 파일럿 테스트를 해 보는 것이 좋다.

| 진행자가 있는 사용성 테스트의 기본 원칙

진행자가 있는 사용성 테스트의 장점

진행자가 있는 테스트에서는 더 많은 통제권을 가질 수 있다. 진행자는 필요할 경우 참가자들의 질문에 답변해 주거나, 참가자들의 질문을 기록할 수 있다. 이는 발생하고 있는 상황을 이해할 수 있는 굉장한 인사이트를 제공한다. 또한, 참가자들과 깊이 있는 대화를 나눌 수도 있다. 후속 질문들을 통해 그들이 하는 말과 행

동, 그리고 감정에 대해 더 잘 이해할 수 있게 될 것이다.

여러분의 관찰을 토대로 리서치를 응용할 수 있다. 이 유형의 리서치에서는 여러분이 한 번도 고려해 보지 못했던 것을 발견해 내는 일이 흔하다. 진행자가 있는 세션에서는 대화하다 보면 주제가 허용되는 범위 내에서 옆길로 새는 것이 가능하다. 필요할 경우, 다른 참가자들과 진행하는 후속 리서치 세션을 새롭게 발견한 아이템에 맞춰 논의할 수도 있다. 다만, 이는 조심할 필요가 있다. 세션마다 과업을 바꾸거나 리서치 질문을 바꾸는 것은 권장하지 않는데, 결과물에서 일관성이 보이지 않을 것이기 때문이다. 하지만 가끔 발견되는 아이템의 심각성에 따라 필요할 수도 있다.

상대적으로 저렴하다. 별다른 특별한 장비가 필요하지 않다. 사용자들 옆에 앉아 그들이 대화하는 것을 기록하면 된다. 몇몇 사용자들로부터 데이터를 수집하는 데는 대략 하루쯤 소요되는데, 그 정도면 대부분의 중요한 인사이트를 얻는 데 충분하다.

결과물이 탄탄하다. 편견이 들어간 질문들만 피한다면 여전히 꽤 좋은 리서치 결과물을 얻을 수 있을 것이다. 또한, 결과들도 설득력이 있다. 같은 피드백도 여러분이 직접 팀원들에게 전달하는 것보다 고객들의 입에서 나오는 것이 훨씬 더 강력할 것이다. 나머지 팀원들이 소리 내어 말하는 리서치 세션에 몇 번 참관하게 하는 것은 그들의 시간도 얼마 빼앗지 않으면서도 사용성에 관심을 가질 수 있도록 하는 아주 좋은 방식이다.

보조 공학 기술 사용자들과 접근성 사용성 테스트를 해야 하는 상황일 때 유용하다. 이는 모든 디지털 개발 및 개선 프로젝트

를 할 때 고려되어야 할 사항이다. 또 개발에 진전이 있을 때마다 반복적으로 진행되어야 한다. 보조 공학 기술 사용자들이 여러분의 직장이나 유저 리서치 스튜디오에 방문해야 할 때는 평소에 준비해 두는 툴이 참가자들에게 익숙하지 않을 것이라는 점을 인지하고 있어야 한다. 이는 곧 그들이 본인에게 맞는 방식으로 원하는 툴을 준비하는 데 소요되는 시간도 고려해야 한다는 것을 의미한다. 여러분이 보조 공학 기술 사용자들이 있는 환경으로 찾아가는 것이 가장 바람직하다.

진행자가 있는 사용성 테스트의 단점

진행자가 있는 사용성 테스트는 시간이 많이 소요된다. 언제 어떻게 리서치를 해야 할지에 제약이 있기 때문에 리서치 일정을 잡는 일도 더 어렵다. 따라서 리서치 기간이 굉장히 제한적이며 미리 계획하는 것이 어려운 상황에서는 이 방법론이 여러분의 첫 번째 선택지가 아닐 가능성이 크다.

진행자가 있는 테스트는 소수의 인원만 다루기 때문에 통계적으로 유의미하지 않다. 유저 리서치가 처음인 이해관계자들은 행동과 의견의 차이점을 알지 못할 경우 '겨우 5명에서 얻어낸' 인사이트를 신뢰하지 않을 때도 있다. 5명의 의견을 토대로 여러분의 제품 및 서비스를 수정하기 위해 돈을 쓰는 것에 이해관계자들은 동의하기 어려울 수도 있다(이는 3부에서 데이터를 분석하고 발표하는 부분에서 더 자세히 다룰 예정이다). 단, 결과물을 발표함으로써 리서치의 맥락적 배경을 제공하는 데 도움이 될 것이며, 이해관계자들이 직접 결과물을 보게 하는 것이 유용할 것이다. 가끔은 유저 리서치에 익숙하지 않은 사람들을 설득하기 위해 추가적으로 리서치(예: 정량 연구)를 해야 할 수도 있다.

만약 여러분이 '자연스러운' 행동을 이해하고 싶다면 이 방법론은 적합한 선택이 아니다. 대부분의 사람들은 하루 종일 혼잣말을 하지 않기 때문에 본인이 어떤 행동을 하고 무슨 생각을 하는지에 대해 쉴 새 없이 이야기를 나누는 것이 굉장히 이상하다고 느껴질 수도 있다. 그러나 참가자들은 보통 최선을 다하려고 하며 굉장히 빨리 과업에 몰입한다. 대부분의 사람들은 소리 내어 생각하기에 금방 익숙해지며 세션 도중에 조금씩 참가자들을 유도해 주면 그 동력을 유지해 나갈 수 있을 것이다.

이러한 유형의 리서치 수행에 필요한 노력

사용성 테스트는 배우고 연습하기 가장 쉬운 방법론 중 하나이다. 기초 내용을 배우는 것이 비교적 쉬운 편이며, 모범 실무의 기본 원칙을 잘 숙지하고 있다면, 곧바로 사용성 테스트를 시작해도 된다. 그러나 숙련된 진행자가 되기 위해서는 시간과 노력이 필요하다.

방법론이 리서치에 영향을 미치는 것을 '관찰자 효과(observer effect)'라고 하는데, 이는 물리학에서 유명한 현상이다. 관찰하고 있는 대상의 행동이 관찰에 따라 바뀌는 현상을 의미한다. 사용성 테스트 또한, 참가자들을 지켜보고 그들과 대화하는 행위가 만약 여러분이 그 자리에 없었더라면 하지 않을 수도 있는 행동을 유발했을지도 모른다는 사실로부터 자유롭지 못하다. 진행자 경험이 적으면 적을수록 관찰자 효과가 발생할 확률이 더 높을 것이라는 점에 유의해야 한다. 경험이 더 많이 쌓일수록 그 효과도 점차 줄어들겠지만, 진행자가 있는 유저 리서치에서는 항상 발생할 요소이므로, 사용성 테스트 입문자라는 사실로 흥미를 잃지 않기 바란다.

케이스 스터디 **사용성 테스트의 예**

사용성 테스트는 내가 박사학위 연구 당시 독학했던 첫 번째 유저 리서치 방법론이다. 나는 영국 레이크 디스트릭트(Lake District)의 특정 지역에서 환경적으로 발생하고 있는 변화에 대한 대학원생들의 이해를 돕기 위해 복수의 지리적 데이터 세트(data set)를 결합해 인터랙티브한 소프트웨어를 테스트하고 있었다.

나는 리서치 모범 실무의 기본 원칙들을 읽은 경험이 있기 때문에 사용성 테스트를 통해 소프트웨어의 사용성 이슈만 파악하는 데서 멈추지 않았다. 더 나아가 다른 사용자 그룹들이 찾아낸 다른 종류의 이슈들도 보여줄 수 있었다. 여기에서 다른 사용자 그룹은 석사 과정 학생들과 박사 과정 학생들, 그리고 경험이 풍부한 교수들이었다. 이는 리서치와 관련이 있는 사용자 그룹과 함께 리서치를 진행하는 것이 얼마나 중요한 일인지 보여주는 사례이다.

진행자가 있는 사용성 테스트는 언제 해야 하는가

이는 유연한 방법론으로, 개발 주기의 초기 페이퍼 프로토타입(paper prototype, 종이와 펜으로 계획을 구성하는 것) 단계에서부터 완전히 구현되어 실행 중인 시스템, 서비스, 그리고 경험까지, 어느 단계에서나 사용 가능하다. 가능하다면 대면으로 정량적 사용성 테스트를 해 볼 것을 추천한다. 사람들의 표정과 보디랭귀지를 관찰하면 현재 발생하고 있는 일들을 더 잘 이해할 수 있기 때문이다. 참가자들이 해외에 있거나, 여러분이 참가자들이 있는 곳으로 이동할 수 없고, 참가자들도 여러분이 있는 곳으로 올 수 없다면, 진행자가 있는 원격 사용성 테스트가 아주 좋은 선택이 될 것이다.

진행자가 있는 사용성 테스트를 하는 방법

우리는 이미 '사용성 테스트'의 의미를 앞에서 다루었다. 이제 아래의 단어들의 의미를 알아보도록 하자.

- 진행자가 있는 세션: 세션 도중에 여러분이 참가자들에게 말을 걸고, 참가자들은 주어진 다양한 과업들을 수행하면서 대화에 참여한다.
- 대면: 진행자와 참가자가 동시에 같은 방에 있다.
- 원격: 진행자와 참가자가 서로 다른 장소에 있다.
- 정성적: 조사 결과가 통계적으로 유의미하지 않다. 또 참가자들이 과업을 완료하기까지 클릭을 몇 번 했는지 세거나, 시간이 얼마나 걸렸는지 재는 일은 하지 않아도 된다.

이미 앞에서 사용성 테스트를 수행하기 위해 리서치하려는 문제/이슈 선택하기, 참가자 선정하기(또 사례금을 어떻게 지급할지) 등 필요한 몇 가지 준비 단계를 고려해 보았다. 그리고 리서치 날짜, 시간, 장소를 정하고 나면 초안을 작성하여 프로토콜(protocol, 사용성 테스트 과정을 기록한 문서)을 파일럿 테스트해 보고 마침내 리서치를 수행하면 된다!

프로토콜 또는 스크립트를 작성하는 방법

프로토콜 또는 스크립트는 참가자에게 전달하고 싶은 내용, 하고 싶은 질문들, 참가자들이 수행해야 하는 과업, 그리고 여러분이 잊지 않고 관찰해야 하는 특정 대상에 관한 내용 등을 담고 있다. 데이터마다 이 문서를 다양한 방식으로 설명한다. 단순히 의미상의 차이일 수도 있으나, 단어들 간의 미묘한 차이점이 분명 있기 때문에 보다 명확한 의미 전달을 위해 내가 이해한 내용을 여러분에게 공유하고자 한다. 이는 내가 사용자 경험 컨설턴트로서 버니풋(Bunnyfoot)이라는 에이전시와 협력할 때 얻은 지식이다.

'사용자 테스트 스크립트'는 문서에 적힌 순서 그대로 따라 말하고 행동하기 위해 사용되는 문서이다. 헷갈리게도 '사용자 테스트 프로토콜'도 스크립트와 똑같이 생겼다. 하지만 프로토콜은 사용법이 다르다. 스크립트와 달리, 적혀 있는 내용을 그대로 따라 하지 않아도 된다. 리서치를 하다 보면 특정 참가자에게 해당되지 않는 질문이나 과업이 분명 있는데, 그럴 때는 그 부분들을 완전히 건너뛸 수도 있다. 또는, 일부 과업은 상황에 맞게 순서를 바꿔서 수행할 수도 있다. 프로토콜의 가장 큰 이점은 참가자가 두 가지 과업을 한 번에 다 해냈을 때 다음 단계로 편하게 넘어갈 수 있다는 것이다.

스크립트, 프로토콜 중 어느 것을 사용할지는 여러분의 선택이다. 두 방식 모두 정당하다. 개인적으로는 프로토콜을 선호하지만, 사용성 테스트에 이제 막 입문한 사람에게는 리서치에서 필요한 내용을 모두 다룰 수 있게 스크립트 방법을 사용하는 것이 더 편할 수도 있다. 프로토콜 방식을 사용할 예정이라면 여러분이 이를 공유하게 될 사람들과 리서치 세션 관찰자, 그리고 프로토콜 문서를 참고하여 세션을 따라가고 있는 사람들을 위해 첫 장 하단에 작은 고지 사항을 적어 두는 것이 좋다. 여러분이 헷갈리지 않게 이제부터 사용성 테스트를 기록한 문서를 프로토콜이라고 부를 것이다.

관찰자들에게 프로토콜 설명하는 법

테스트 세션에 대한 관찰을 토대로 프로토콜을 조금씩 수정할 수 있는 기회가 있을 것이다. 일반적으로 과업은 완전히 고정된 것이 아닌 세션이 진행되는 동안 안내 정도로 사용된다는 점을 참고하기 바란다. 진행자는 테스트 세션이 진행되는 도중에 사용자가 앞서 진행한 과업의 성과를 보니 앞으로 하게 될 과업이 무의미할 것 같다고 판단할 수도 있다. 따라서 과업 일정은 유연하게 변경할 수 있다. 과업을 사용자들의 반응에 따라 수정함으로써 보다 현실적인 반응을 기록할 수 있게 될 것이다.

프로토콜에는 어떠한 것들이 포함되는가

1. 소개 및 1장에서 다룬 윤리적·법적 문제(5분)
2. 과업 수행 전 짧은 인터뷰 질문(5분)
3. 리서치 과업
4. 과업 수행 후 짧은 인터뷰 질문(5분)

위의 리스트에서 제안하는 바와 같이, 소개와 과업 전/후에 진행하는 인터뷰에는 5분 정도의 시간을 두어야 한다. 필요에 따라 더 연장할 수도 있겠지만, 리서치 과업에 집중해야 하기 때문에 10분을 넘어가는 것은 추천하지 않는다.

▹ **1.** 소개

앞서 1장의 윤리적, 법적 문제들에 관한 논의에서 어떻게 리서치 세션을 시작하는지 예시를 들었다. 참가자들에게 리서치를 소개하고, 앞으로 세션이 어떻게 진행될지, 만약 세션이 기록으로 남는다면 어떻게 기록되는지, 또 수집된 데이터는 어떻게 사용할지 등을 설명해야 한다. 리서치 세션을 시작할 수 있는 좋은 방법은 바로 맥락을 제공하는 것이다. 인터뷰 질문이나 과업을 작성할 때는 2장의 적절한 질문을 하는 방법 부분을 참고하길 바란다.

▹ **2.** 과업 수행 전 짧은 인터뷰 질문들

스크리너 설문지를 통해 참가자들에 대해 조금 알게 되었을 것이다. 리서치에 본격적으로 착수하기 전에 참가자들에게 기본적인 질문들을 물어봄으로써 참가자들에 대한 정보도 얻을 수 있고 긴장도 풀 수 있는 기회가 된다. 질문에는 참가자들이 과업이나 리서치 분야에 관련된 경험이 있는지에 대한 인사이트를 얻는 것에 중점을 둘 수도 있다. 이를 통해 리서치 세션 동안 관찰되는 참가자들의 모습 즉, 어떻게 그리고 왜 그러한 행동을 하는 것이며, 과업은 어떻게 완료하는지, 특정 문제들을 겪고 있는지, 문제들을 어떻게 해결하는지 등을 더 잘 이해할 수 있게 될 것이다.

여러분이 속해 있는 업계나 조사하고자 하는 분야에 대한 정보 없이 어떤 질문들을 해야 하는지 답하기는 어려울 것이다. 감을 잡는 데 도움이 되고자 디지털 경험에 대한 질문들을 예시로 준비해 보았다.

A. 귀하의 가정에서 사용하고 있는 기기가 있으십니까? 있으시다면 어떤 제품입니까? (데스크톱, 노트북, 태블릿 PC, 스마트폰, 스마트워치, 스마트 TV, 게임 콘솔 등)

B. 귀하의 직장에서 사용하고 있는 기기가 있으십니까? 있으시다면 어떤 제품입니까? (데스크톱, 노트북, 태블릿 PC, 스마트폰 등)

C. 다음 과업 중, 귀하께서 온라인으로 즐겨 하시는 과업이 있으십니까? (검색하기, 티켓/여행 예약, 게임, SNS, 은행 업무, 쇼핑, 이메일 업무, 독서, 음악 감상, TV/영화/브이로그/기타 비디오 감상 등)

D. 다음 과업 중, 귀하께서 온라인으로 하고 싶지 않은 과업이 있으십니까? (검색하기, 티켓/여행 예약, 게임, SNS, 은행 업무, 쇼핑,

이메일 업무, 독서, 음악 감상, TV/영화/브이로그/기타 비디오 감상 등)

C와 D에 대한 프롬프트: 귀하께서 왜 이 업무를 온라인으로 수행하기 좋아하시는지/싫어하시는지에 대해 더 설명해 주실 수 있으시겠습니까?

프롬프트에 관한 간단한 참고 사항

위의 질문에서 '프롬프트(prompt)'라는 용어가 사용된 것을 알아챘을 것이다. 프롬프트는 리서치 세션 중 아무 때나 사용될 수 있는 설명 및 후속 질문이다. 프롬프트를 통해 참가자들의 답변을 더 깊게 파고들거나, 참가자들이 어려워하는 문제가 있을 때 예시를 제공할 수 있다. 예시는 유용하다는 장점이 있지만 본질적으로 답변을 유도하는 특징이 있고, 참가자들의 답변을 왜곡할 수 있다는 점에서 최대한 제한적으로 사용해야 한다.

프롬프트가 필요한 상황을 항상 예상할 수는 없지만 리서치를 많이 하면 할수록 프롬프트 사용에 익숙해질 것이다. 언젠가 다시 또 사용하게 될 수도 있으므로 리서치 세션 동안 예상하지 못한 프롬프트들을 기록해 두는 것이 좋다. 또한, 프롬프트를 통해 준비해 놓은 과업 중에서 고쳐야 할 부분을 발견할 수도 있을 것이다.

▹ **3.** 리서치 과업

사용자 테스트 세션을 진행할 때, 여러분의 리서치 목표에 따라 구체적인 과업(specific task)과 개방형 과업(open-ended task)을 사용할 수 있다. 구체적인 과업과 질문은 구체적인 이슈 또는 이슈들에 중점을 두고 싶을 때 사용할 수 있다. 예를 들면, '왜 장바구니 단계에서의 이탈률(shopping cart abandonment)이 높은가' 또는 '왜 특정 시점에서 사용자들이 이탈하는가'와 같은 질문들이 이에 해당된다. 구체적인 과업은 사용자들이 어떠한 행동을 해야 하고, 어떠한 기능에 대해서 이야기해야 할지에 대한 명확한 가이드를 제공한다. 구체적인 과업의 장점은 여러 가지가 있다.

- 특정한 특성 또는 기능을 테스트해 보고 싶을 때 사용할 수 있다.
- 사용자 여정 또는 경험에서 사용자들이 빠져나가는 특정 시점이 있다면, 그 원인을 이해하기 위한 맥락과 인사이트를 볼 수 있도록 참가자들에게 여정을 재현해 줄 것을 부탁할 수 있다.
- 복잡한 제품을 사용자들이 처음 사용할 때 진입 장벽이 높아 학습곡선(learning curve, 제품의 학습성을 평가하는 방법으로, 사용자들이 처음에는 사용법을 어려워하나, 점차 숙련되게 사용할 수 있다)이 있다면, 사용자들을 안내하고 맥락을 설명할 수 있는 구체적인 과업을 사용하는 것이 좋다(예: 투자 은행 업무, 주식 및 증권 앱).

하지만, 여전히 구체적인 반응을 암시하거나 정확하게 지시를 전달하는 등 편향된 질문은 피해야 한다. 참가자들이 스스로 해결해 나가도록 한다.

개방형 과업은 참가자들에게 어떻게 과업을 수행해야 하는지에 대하여 최소한의 정보와 설명만 제공하여 그들이 스스로 해답이나 해결책을 발견할 수 있도록 하는 방법이다. 만약 현재 새로운 제품이나 서비스를 개발하여 프로토타입을 테스트하는 상황이라면 리서치의 범위가 굉장히 넓을 가능성이 크다. 참가자들이 어떻게 사용하고 경험하는지에 관심이 있기 때문이다. 따라서 참가자들이 어떻게 수행해 나가야 할지에 대해서는 너무 구체적으로 접근하지 않을 것이다.

개방형 과업을 통해 관심 주제를 찾을 수도 있다. 리서치 초반에 어디에 중점을 두어야 할지 잘 모르겠다면 후속 테스트들을 하면서 점차 그 범위를 좁혀 나갈 수 있을 것이다. 개방형 과업과 질문들은 탐색적 조사(exploratory research, 연구 주제에 대한 지식이 부족하거나 특정 주제를 탐색해야 할 때 진행하는 예비 조사)에 적합하다. 이는 사람들에게 여러분의 서비스나 제품을 어떻게 사용해야 하는지 또는 앞으로 맞닥뜨리게 될 문제들을 구체적으로 알려주는 대신 그들이 직접 어떻게 사용하는지 관찰할 수 있기 때문이다. 고장이 난 부분이나 사용자들과 마찰을 일으킬 만한 것들도 파악할 수 있다. 사용자들이 자유롭게 탐구할 수 있도록 하면, 여러분이 인지하지 못했던 이슈들을 알아낼 수 있을 것이다.

1부에서 언급된 바와 같이, 개방형 과업과 탐색적 조사도 여전히 명확하게 정의된 목표가 필요하다는 사실을 기억해야 한다. 개방형 과업과 구체적인 과업은 두 가지 방식으로 정의될 수 있다. 첫 번째로 사전에 정의된 과업(pre-defined tasks)은 세션에서 반드시 다루어야 하는 주제와 이슈에 관한 과업이며 두 번째, 사용자에 의해 정의된 과업(user-defined tasks)은 참가자들이 직접 선택한 과업 또는 참가자들이 선택할 수 있도록 돕는 과업이다. 참가자가 경쟁사의 제품 및 서비스에 대한 과업을 이미 수행했다고 알려주는 것과 같이 사전 인터뷰 단계에서의 질문들은 과업을 선정할 때 도움이 된다.

리서치의 주제에 따라 두 유형의 과업을 한 리서치 세션에서 모두 사용할 수도 있고, 하나만 사용할 수도 있다. 프로토콜의 핵심은 참가자들이 수행하게 될 과업들이 적혀 있는 목록이다. 사전에 정의되어 있지 않다면 참가자들이 과업을 수행할 때 그 내용을 적어 두도록 한다.

▹ '소리 내어 생각하기' 기법 활용하기

소리 내어 생각하기(Think aloud) 기법은 진행자가 있는 테스트를 수행할 때 사용되는 주요 방법론이다. 소리 내어 생각하기란, 참가자들이 리서처 또는 참가자 스스로가 정의한 과업을 하는 도중에 자신들이 무엇을 하고 있으며, 어떠한 생각을 하고 느끼는지 말로 표현하는 것이다.

소리 내어 생각하기는 참가자들이 과업을 수행하는 동안 벌어지는 사고 프로세스에 대한 심도 있는 인사이트를 도출해 내는 데 유용하다. '긍정적인 면'으로는 그들이 마음에 들어 하는 부분은 무엇인지, 그들이 즐겁고 놀라워하는 부분은 무엇인지, 어느 부분을 수월하게 진행할 수 있는지 등을 알 수 있다는 것이다. '부정적인

면'에는 어느 부분이 수행하기 어려운지, 어느 부분이 마음에 들지 않았는지, 어느 부분에서 만족스럽지 않았는지, 또 그들이 갖고 있는 오해 등을 알 수 있다. 특히 참가자들이 여러분이 의도한 바와 다르게 이해하는 부분이 있을 때 그것을 파악해 내는 데 유용하다. 콘텐츠, 디자인, 프로세스를 어떻게 해야 실용적으로 수정할 수 있을지 파악하기 위해, 어느 부분이 사용자들을 만족시키고 있고 어느 부분이 만족시키지 못하고 있는지에 대한 인사이트를 얻는 것이 중요하다.

잊지 말아야 할 중요한 사실은, 2장에서 논의한 대로 소리 내어 생각하기를 세션 관찰과 병행하는 법을 배워야 한다. 사람들은 대부분 정직하고 솔직하게 말하겠지만 항상 그렇지는 않다. 예를 들면, 때때로 자신이 어느 부분에서 고전하고 있거나 유독 어려운 부분이 있다는 사실을 인정하지 않으려 하거나, 그것을 대수롭지 않게 여기려고 하는 사람들이 있을 것이다.

사용성 테스트에서 소리 내어 생각하기 기법을 처음 사용할 때는, 참가자들이 갑자기 말을 멈춘 순간 질문들로 그 공백을 모두 채우고 싶은 유혹이 들 것이다. 그 공백을 채우려다 리서치 주제에서 벗어나 유도하는 질문이나 편향된 질문들을 하는 등의 실수로 여러분이 들었을 수도 있었던 답변들을 듣지 못하게 될 수도 있다. 종종 어색한 정적이 흐르도록 내버려 두는 것도 도움이 된다. 대부분의 참가자들은 그 공백을 코멘트와 자신의 생각들로 메우기 위해 노력할 것이다. 또한, 참가자들에게 방해가 되지 않으면서도 말을 계속 이어나갈 수 있게 '음'이나 '응'과 같은 표현을 하는 것에도 익숙해질 것이다. 경험이 쌓이다 보면 언제 참가자들이 생각을 말로 표현할 수 있게 격려해 줘야 하는지, 또 언제 조용히 있어야 하는지에 대한 감이 생길 것이다.

참가자들이 과업을 수행하다 막히면 여러분에게 질문을 할 텐데, 처음 겪으면 딜레마에 빠진 느낌이 들 것이다. 물론 참가자들의 불만/불안/스트레스를 완화하고 싶은 마음이 드는 것이 일반적이다. 하지만 그렇게 할 때, 편향성이 개입된다. 그러한 상황을 대처할 수 있는 몇 가지 팁이 있다.

- 참가자들의 질문과 과업의 어느 부분에서 그 질문을 했는지 바로 기록한다.
- 질문에 답해 주기 전에, 만약 참가자들이 혼자 수행해야 하는 상황이라면 어떻게 해결했을지 한번 물어보도록 한다. 이는 그들이 직접 문제를 해결할 수 있는지 확인하거나, 만약 여러분이 세션을 관찰하고 있지 않은 상황이라면 정확히 어느 시점에서 포기했을지 파악하는 데 도움이 된다.
- 리서치 세션을 수행하는 데 있어 대단히 중요한 질문이 아니라면 질문에 답하지 않는다. 다음 단계로 넘어가 줄 것을 부탁한다. 또한, 중요한 질문은 세션 종료 후에 답변해 주겠다고 말한다.
- 리서치 세션을 수행하는 데 있어 그 시점에서 반드시 해결해야 하는 문제라면 도움을 주되, 참가자들이 스스로 진행하지 못했다는 사실을 꼭 기록으로 남겨 두어야 한다. 이는 굉장

히 심각한 사용성 이슈이기 때문이다.

▹ **4.** 과업 수행 후 인터뷰

다루어야 할 과업을 모두 완료하고 나면, 혹은 주어진 시간 내에 최대한 많이 다루었다면, 몇 가지 인터뷰 질문들로 리서치 세션을 마무리할 수 있도록 마지막 5분은 남겨 두는 것이 좋다. 이 질문들은 우리가 이미 세워 놓은 규칙들을 따라 중립적이고 개방적이어야 한다. 물어보고 싶은 것은 무엇이든 물어볼 수 있으나, 아래에 제시한 질문들과 같이 미리 몇 가지 질문들을 갖춰 두면 도움이 될 것이다. 여러분이 세션에서 보고 들은 내용에 따라 특정 질문들은 수정하거나, 추가하거나, 또는 배제해도 된다. 리서치 세션에 관련된 내용이라면 어떠한 질문도 괜찮다.

참가자들이 마지막에 하는 말들은 그들이 전에 경험한 것을 항상 정확하게 반영해 내지는 못한다는 사실을 알고 있어야 한다. 간혹 참가자들의 평가가 지나치게 긍정적이거나 부정적인 경우가 있기 때문이다. 과업 수행 후 참가자들에게 물어볼 수 있는 몇 가지 질문들을 아래에 정리해 봤다.

- 전반적으로 오늘 경험하신 웹 사이트를 어떻게 설명하시겠습니까?
- 기대하셨던 것과 같았습니까? 예상하지 못했던 부분은 없었습니까?
- __부분을 찾는 일은 쉬우셨습니까? 어렵다고 느끼셨습니까?

- __는 전반적으로 이해하기 쉬우셨습니까? 어렵다고 느끼셨습니까?
- 현재 사이트에서 제공되는 것을 보셨는데, 혹시 추가했으면 하는 것이 있으셨습니까? 모두 다루어졌다고 생각되십니까?
- 오늘 보신 것 중에서 한 가지만 변경하실 수 있으시다면, 무엇을 바꾸시겠습니까?
- 더 언급하시고 싶은 부분이 있으십니까?

감사 인사는 '참가해 주셔서 정말 감사드립니다. 사용자분들이 더 편하게 사용하실 수 있도록 X를 개선하는 과정에 큰 도움이 될 것입니다.'와 같은 문장으로 마무리 짓는 것이 좋다. 만약에 후속 세션을 진행할 예정이라면 지금이 참가자들에게 다시 한번 상기시켜주기 좋은 시점이다. 또 필요할 경우 이 시점에서 사례금을 지급하면 된다.

테스트 종료 후 커닝페이퍼 작성

여유가 된다면 세션 도중 틈틈이 중요한 내용들을 아직 기억이 생생할 때 기록해 두면 좋다. 아래의 제목들을 참고할 수 있다.

참가자 이름/번호

과업명

완료한 과업/부분적으로 완료한 과업/실패한 과업

이슈 Top 3
긍정적인 부분 Top 3
유용한 대화 인용

원격 테스트 시 고려 사항

진행자가 있는 원격 테스트는 프로토콜 초안 작성 부분에서 대면 사용성 테스트와 준비 과정이 비슷하다. 원격 사용성 테스트와 대면 사용성 테스트의 주요 차이점은 서로 다른 장소에 있는 사람들을 연결시켜 주는 데 사용되는 기술에 있다. 사람들의 보디랭귀지나 표정을 쉽게 관찰할 수 없으므로 프롬프트나 질문이 대면 사용성 테스트보다 몇 개 더 필요할 것이다. 리서치 세션 시기를 고려할 때는 항상 세션을 준비할 때 시간이 더 걸린다는 점을 염두에 두어야 한다. 참가자와 리서처 모두 세션을 준비하고 사용 툴에 로그인하는 데 시간이 더 걸릴 것이기 때문이다. 원격 테스트에도 대면 테스트와 동일한 원칙들이 적용된다. 만약에 리서치 세션을 기록하거나 참관자가 있을 경우에는 참가자들에게 그 내용을 고지해야 한다.

진행자가 있는 사용성 테스트를 위한 툴

▹ 준비물 체크 리스트

- 프로토콜(한 부 또는 참가자별로 한 부씩)
- 필기할 수 있는 대상

- 테스트 대상이 디지털 기기이거나 디지털과 관련되어 있을 때는 기기(데스크톱, 노트북, 태블릿 PC, 스마트폰)를 준비해야 한다. 모바일 기기일 경우, 운영 체제가 다르기 때문에 사용자들이 사용할 수 있는 기기를 한 대 이상 준비하는 것이 좋다. 익숙하지 않은 기기를 사용하면 결과들이 왜곡될 수도 있으므로 참가자들에게 익숙한 기기가 준비되어 있는 것이 좋다.

참고: 나는 프로토콜을 사용할 때, 특정 과업이나 관련된 질문 옆에 직접 필기하는 것을 좋아하기 때문에 참가자별로 한 부씩 프린트해서 준비해 둔다. 다른 사람들은 프로토콜을 한 부만 프린트해서 개인 공책이나 노트북 같은 곳에 필기하기도 한다.

▹ 선택 사항

- 참가자들 어깨너머로 계속 관찰할 필요 없이, 그들이 사용하고 있는 기기를 미러링(mirroring, 작업하고 있는 화면을 다른 모니터에서 동시에 볼 수 있게 화면을 전송해 주는 기술)해 주는 세컨드 스크린 구비
- 세션을 기록할 수 있는 방법(컴퓨터에서 할 수 없으면 영상으로 녹화): 데스크톱이나 노트북 사용자라면 화면 녹화 소프트웨어를 사용할 수 있다. 테크스미스(TechSmith)의 모래(Morae)나 캠타시아(Camtasia)와 같은 사용성 테스트 세션을 녹화하고 편집할 수 있는 전문 소프트웨어들이 있다.
- 모바일 기기에서 테스트할 때는 사용 가능한 웹캠이 부착된

장치들이 많이 있다.

시선 추적 장치는 개인적으로 소장하기에는 고가이지만 전문 랩실에는 종종 구비되어 있다. 추가적으로 사용할 수 있으면 유용하지만 반드시 필요한 것은 아니다. 시선 추적 장치는 참가자들이 무엇을 보고 있고, 어느 부분에서 집중하고, 어느 부분을 무시하는지 보여주므로 관찰할 때 아주 유용하게 쓰인다. 이것을 사용할 수 있다면 관련 글을 찾아볼 것을 추천한다.

▹ 원격 테스트용 툴

이제는 영상 회의나 화면 공유 툴을 무료로 사용하는 것이 가능하고, 심지어 작동법도 간단해졌다. 이미 여러분이 속한 조직에서는 원격 테스트용 툴이 갖추어져 있을지도 모른다. 하지만 여러분의 참가자들도 그 툴을 사용할 수 있는지, 기술을 사용하는 데 한계는 없는지 등을 고려해야 한다.

이러한 툴들을 활용할 수 있는 방법은 테스트하려는 제품 및 서비스를 어떻게 준비하느냐에 따라 다를 것이다. 예를 들어, 지금 사용되고 있는 웹 사이트의 경우에는 참가자들에게 웹 사이트에 접속하여 그들의 화면을 공유해 줄 것을 부탁하면 된다. 이는 가장 빠르고 간편하게 원격 테스트를 할 수 있는 방법이다. 안전한 서버에 올라가 있는 프로토타입을 테스트한다면 여러분 컴퓨터에서 프로토타입에 접속한 뒤, 참가자들이 직접 프로토타입과 상호 작용할 수 있도록 화면 공유 권한을 부여할 수 있다. 가끔 지연될 수도 있지만, 일반적으로 크게 문제되지는 않는다. 서버 접속과 관련해서는 IT 부서에 도움을 요청해야 할 수도 있다.

원격 테스트의 예

나는 촉박한 일정으로 진행되었던 교사들을 위한 교육용 소프트웨어를 살펴보는 프로젝트에 참여한 적이 있다. 학기 중에 학교에서 이틀 정도 테스트를 진행하였다. 그 말은 곧 일부 참가자들(교사들)이 자신의 점심시간이나 휴식 시간을 이용해 진행자가 있는 원격 사용성 테스트에 참가했다는 것을 뜻한다. 나는 교사들이 세션에 참여할 수 있도록, 각자 본인 컴퓨터에 소프트웨어(원격 테스트 툴)를 다운로드할 수 있는지 리서치 수행 하루 전날 확인해야 했다.

참고할 만한 무료(또는 무료 체험판) 영상 회의 툴과 화면 공유 툴은 다음과 같다. 사이트는 https://www.join.me/, https://www.gotomeeting.com/, https://www.screenleap.com/, https://www.skype.com과 같이 여러 선택지가 있으며, 새로운 툴들이 계속해서 나오고 있다. 여러분과 참가자들이 스크린에 대한 권한을 공유할 수 있는 옵션이 있는지 찾아보도록 한다. 이를 통해 서로의 화면으로 상호 작용을 할 수 있을 것이다.

| 진행자가 없는 사용성 테스트의 기본 원칙

진행자가 없는 사용성 테스트란 무엇인가

진행자가 없는 사용성 테스트는 참가자들이 진행자의 개입 없이 구체적인 과업이나 사전에 정의된 과업을 완료하는 것으로, 주로 디지털 관련 제품들을 리서치할 때 사용된다. 진행자가 있는 테스트와 마찬가지로, 진행자가 없는 테스트도 대면 또는 원격으로 진행이 가능하다.

진행자가 없는 사용성 테스트의 장점

진행자가 없는 사용성 테스트에서는 참가자들이 시간과 장소, 기기의 제약 없이 리서치를 완료할 수 있으며, 이를 통해 여러분과 참가자 모두는 융통성을 가질 수 있다. 어떤 사람들은 이 방식이 진행자가 있는 사용성 테스트보다 더 현실적이며 편견이 개입되지 않는다고 주장하기도 한다. 소리 내어 생각하기나 참가자에게 질문하는 방식이 과업을 수행할 때 영향을 미칠 수 있는 것은 사실이다. 그러나 리서치 목표에 따라서는 깊이 있는 정성 데이터에서 얻게 되는 효익이 훨씬 더 클 때도 있다.

진행자가 없는 사용성 테스트는 오로지 관찰을 통해 참가자들이 실제로 어떻게 과업을 완료하는지 이해하는 데 효과적인 방법론이다. 참가자들이 과업을 수행하는 중에는 말을 걸거나 무엇을 하고 있는지, 또 왜 하는지 물어볼 수 없다. 이는 다음과 같은 목적으로 사용할 때 아주 유용하게 활용할 수 있다.

- *큰 표본이 필요할 때*: 디자인 관점에서는 대면 사용성 테스트 세션의 소규모 표본으로도 충분히 행동을 이해할 수 있다. 그러나 일부 이해관계자들은 적은 숫자들을 토대로 의사 결정을 내리는 것을 꺼려한다. 많은 사람과 리서치를 진행하는 것이 소규모 표본의 가치를 설득하는 것보다 쉬울 수도 있다.
- *청중을 접하기 어려울 때*: 참가자들이 지리적으로 흩어져 있다거나 시간에 쫓기는 사람들이어서, 또는 여러 가지 다른 이유로 여러분이 있는 곳으로 이동할 수 없을 수도 있다. 원격 테스트의 경우 큰 비용을 치르지 않고도 리서치를 수행할 수 있다.
- *기간이 촉박할 때*: 애자일 환경에서 일하는 것을 예로 들 수 있겠지만, 우리 모두 촉박한 기간 내에 프로젝트를 작업할 때나 일정에 뒤쳐졌을 때 어떠한 상황인지 잘 알고 있다. 리서치를 빨리 하는 것만이 유일한 선택지일 것이다. 진행자가 없는 테스트는 시작부터 끝까지 이틀 정도면 충분하다. 하지만 반복적인 테스트를 할 때는 이 방법이 유일한 선택이어서는 안 된다. 다양한 유형의 리서치를 업무 일정에 차차 포함시켜 나가야 할 것이다.
- *특정 맥락이 유효한 인사이트를 얻는 데 필수적일 때*: 일부 제품 및 서비스는 랩/사무실 환경에서 구현이 불가능하고, 특정한 환경에서 사용되거나 발생하기도 한다. 야외 오리엔티어링(orienteering, 지도와 나침반만을 이용하여 험한 지형에서 미션을 완수하는 야외 스포츠)을 할 때 사용하는 앱 또는 응급 의료

지원팀에서 사용하는 서비스 등이 그 예이다.

- *예산이 한정되어 있을 때*: 진행자 없이 원격으로 진행되는 테스트는 지정된 장소가 딱히 없고 툴 비용도 조정이 가능하기 때문에, 적당하다고 생각되는 만큼만 지불하면 된다.

진행자가 없는 사용성 테스트의 단점

모든 방법론이 그러하듯, 진행자가 없는 사용성 테스트를 적용하는 데에는 한계가 있다.

- 적확한 사람들을 모집할 수 있는가? 진행자가 없는 테스트를 선택한다는 것은 컴퓨터나 인터넷을 쉽게 사용할 수 없거나, 낮은 디지털 문해력을 보유한 참가자들을 배제하게 되는 것이다. 리서치에 필요한 참가자들의 범위는 방법론을 선택할 때 고려해야 할 사항이다. 또한, 진행자가 없는 테스트는 참가자들이 단순히 사례금을 위해서 참여하게 되는 위험도 있다.
- 깊이 있는 대화가 불가능하다. 사용자들에게 개방형 질문들이 담긴 문서들을 전달할 수는 있지만, 참가자들과의 대화를 통해 얻을 수 있는 깊은 수준의 인사이트는 얻을 수 없다.
- 상황을 통제하기 더 어렵다. 과업이 완료되었는지를 판단하는 것은 사용자의 손에 달려 있기 때문에, 다음 과업으로 성급하게 넘어갈 수도 있다.

이러한 유형의 리서치 수행에 필요한 노력

진행자가 있는 사용성 테스트와 마찬가지로 진행자가 없는 테스트의 기초 지식도 빠르게 습득할 수 있다. 요점은 과업 작성에서의 모범 실무를 잊지 않는 것이다. 그것 외에는 진행자가 없는 테스트를 준비하는 데 큰 문제는 없을 것이다. 원격으로 테스트할 예정이라면 어떤 제품 및 서비스를 테스트하느냐에 따라, 또 어떤 툴을 선택했느냐에 따라 준비 과정에서 기술적 도움이 필요할 수도 있다. 언제 도움이 필요할지 기술 인력들에게 미리 알려주는 것이 좋을 것이다.

진행자가 없는 사용성 테스트는 언제 하는가

진행자가 없는 원격 사용성 테스트는 정량 데이터가 중요하기 때문에 참가자들이 많이 필요할 때 사용된다. 데이터가 확보되면 분석할 수 있도록 원격 테스트와 대면 테스트 모두 참가자들의 행동을 어떤 방식으로든 추적/녹화한다.

진행자가 없는 사용성 테스트를 하는 법

양질의 진행자가 없는 사용성 테스트를 수행하기 위해서는 준비가 잘되어 있어야 한다. 첫 번째 질문은 형식에 관한 것인데, 이는 충실도가 낮은 프로토타입과 충실도가 높은 프로토타입으로 나뉜다.

- *디지털/페이퍼 프로토타입*: 종이에 그려진 그림들을 사진으

로 찍거나 기능이 추가되지 않은 간단한 와이어 프레임(디지털 스케치)을 사용한다.

- *낮은 충실도의 프로토타입*: 흑백 와이어 프레임으로 일부 간단한 기능이 포함되어 있다(예: 클릭형 버튼 몇 개와 그것을 클릭했을 때 반응이 있음).
- *높은 충실도의 프로토타입*: 인터랙티브 와이어 프레임으로 비주얼 디자인이 포함되어 있다. 완성된 웹 사이트에 가까운 모습을 하고 있다.
- *실제 테스트 환경*: 완벽하게 완성되지 않았거나 아직 공적으로 이용할 수는 없으나, 사용이 가능한 버전의 웹 사이트이다.
- *실제 공적으로 이용할 수 있는 웹 사이트*
- *기타 관련 에셋*(assets, 요소): 진행자가 없는 대면 테스트를 수행할 경우 필요한 물리적 제품(artefact)을 포함한다.

진행자가 없는 사용성 테스트 유형 선택하기

어떤 관찰을 기록하고 싶은지 결정해야 한다. 원격 테스트에서는 어떤 관찰을 기록하고 싶은지에 따라 여러분이 선택한 툴에 영향을 미칠 수 있다. 대면 테스트의 경우에는 관찰자들에게 제공할 설명문을 작성할 때 도움이 될 것이다. 또한, 기록하고자 하는 지표(metrics)도 알아봐야 한다.

- 과업 완성률
- 과업당 소요되는 시간

- 페이지당 머무른 시간
- 과업당 클릭 수
- 웹 분석 데이터(브라우저, 운영 체제, 화면 해상도, 기기 등).

진행자가 없는 사용성 테스트를 위한 프로토콜 초안 작성하기

시작하는 글: 참가자들이 과업을 시작하기 전에 읽고 동의할 수 있는 글을 준비하라. 여기에는 앞으로 참가자들이 어떠한 것들을 기대해야 할지(과업과 세션 길이), 리서치의 주제는 무엇인지, 데이터는 어떻게 수집될 것이고, 리서처는 수집한 데이터를 어디에 쓸 것인지, 어떻게 또 얼마 동안 보관할 것인지 등을 설명할 것이다. 또 시작하는 글이 끝나면, 과업을 시작하기 전에 참가자들에 대해 물어볼 수 있는 설문 조사 질문을 몇 가지 준비하는 것을 추천한다.

과업 준비하기: 명확하고 구체적인 과업이 준비되어야 한다. 진행자가 없이 진행되므로 과업은 간결하고 쉽게 따라 할 수 있어야 한다. 참가자들에게 혼란을 줄 수 있으므로 한 개의 질문에 두 가지 과업이 들어가지 않도록 주의해야 한다. 한 번에 한 개의 과업만 완료하는 것이 중요하다.

파일럿 테스트 수행하기: 리서치에 포함하고 싶은 과업들을 완료하는 데 평균적으로 얼마 정도 걸리는지 보려면 파일럿 테스트를 수행하라. 개인적으로 진행자가 없는 테스트에는 짧은 세션(최대 30분)이 더 효과적인 것 같다고 생각하는데, 이는 참가자들의 자발적 동기에 의존해야 하기 때문이다.

과업/테스트 수행 후 질문들: 각각의 과업이 종료되고 난 뒤에 또는 모든 과업이 완료되거나 시도되고 난 뒤에 질문한다. 과업을 종료할 때마다 참가자에게 과업에 대한 만족도를 질문할 수 있다. 이를 측정하기 위한 방법론은 여러 가지가 있는데, 예를 들어 고객 경험을 추적하는 유료 솔루션인 NPS(Net Promoter Score)가 있다. 또 시스템 사용성 척도(System Usability Scale, SUS)도 있는데, 이를 사용할 때는 참가자들은 다음 10가지 항목에 점수를 매겨야 한다. 물론, 관련된 질문이라면 무엇이든 사용할 수 있다.

1. 나는 이 시스템을 자주 사용하게 될 것 같다.
2. 나는 이 시스템이 불필요하게 복잡하다고 생각한다.
3. 나는 이 시스템의 사용법이 어렵지 않다고 생각한다.
4. 나는 이 시스템을 사용하려면 전문가의 도움이 필요하다.
5. 시스템 내 다양한 기능들이 잘 통합되어 있는 것 같다.
6. 시스템이 지나치게 일관성이 없다고 생각한다.
7. 대부분의 사람들은 이 시스템 사용법을 금방 배울 수 있을 것 같다.
8. 시스템이 굉장히 복잡하고 느리다고 생각한다.
9. 시스템을 자신 있게 사용할 수 있다.
10. 시스템을 시작하기 전에 많은 것들을 배워야 했다.

다음의 예시처럼 명확한 척도를 사용할 것을 추천한다.

- 매우 동의

- 동의
- 동의하지도, 비동의하지도 않음
- 동의하지 않음
- 매우 동의하지 않음

참가자들이 과업을 수행하는 동안 개방형 질문(난이도가 더 높고 참가자들이 답변하는 시간도 오래 걸리고 추후에 여러분이 분석하는 데 시간이 많이 소요된다)에 답변을 입력하게 하는 것보다는 리서치와 관련된 답변을 선택할 수 있는 폐쇄형 질문을 제공하라. 가끔은 규칙을 어겨야 할 때도 있다. 참가자들의 이해도를 조사하는 경우에는 참가자들이 이해한 것을 표현할 수 있게 텍스트 필드와 개방형 질문을 포함시켜야 할 수도 있다.

과업 종료 후 참가자들에게 설문 조사를 부탁할 수도 있지만, 연구에 따르면 사람들은 자신이 한 행동을 정확하게 기억해 내는 것을 어려워한다고 한다. 일부 진행자가 없는 원격 사용성 테스트 툴들은 참가자들이 과업을 수행하는 과정에서 필기하거나 주석을 달 수 있는 기능을 제공한다. 진행자가 참가자에게 질문을 하는 방식과 유사하게 필기하는 것은 과업의 자연스러운 흐름에 일정 부분 방해가 된다. 따라서 이는 어떤 목적으로 리서치를 수행하고자 하는가에 달려 있다. 각각의 방법론에는 장단점이 있기 때문이다. 정확한 관찰(참가자들이 과업 수행 중 필기하거나 소리 내어 생각하는 것을 녹음하는 것을 허용)을 원하는지, 아니면 현실적이고 자연스러운 과업 수행(참가자들의 생각을 알고 싶을 때는 과업 종료 후 설문 조사를 진행)

을 원하는지 결정해야 한다.

감사 문구

이는 원격 리서치 세션을 마무리 짓는 마지막 장으로 사용되거나 세션 종료 후 이메일로 전달될 수 있다. 사용하는 툴이 어떻게 작동하느냐에 따라 다르다. 대면일 경우에는 참가자들에게 마지막에 구두로 전하면 된다. 시간을 내어 참가해 준 것에 대한 감사가 담긴 짧은 문구와 함께, 후속으로 진행될 예정인 리서치가 있으면 그 부분을 상기시켜 주고, 혹시 참가자들이 질문이 생겼을 때 연락할 수 있는 연락처도 전달한다.

진행자가 없는 대면 사용성 테스트 시 고려 사항

진행자 없이 대면으로 진행하는 리서치의 경우, 참가자들은 리서치 랩(혹은 어디든 리서치를 수행하게 될 장소에서)에서 수행해야 하는 과업들과 홀로 남겨져 있다. 여러분은 다른 장소에서 지켜보거나 참가자 옆에 앉아서 관찰할 수 있다. 여러분의 리서치 목적에 따라 소리 내어 생각하기 기법을 사용할 수도 있고, 안 할 수도 있다. 이 방법론은 일반적이지 않고 자주 사용되지는 않지만, 진행자가 있는 테스트와 비교했을 때 참가자들이 제품 및 서비스와 보다 자연스럽게 상호 작용할 수 있는 환경을 제공한다는 점에서 고려해 볼 만하다. 물론 참가자들의 집이나 직장이 아니라면 상대적으로 덜 자연스러운 환경이기는 하다.

리서치 랩을 이용할 때는 시선 추적 기술의 도움을 받아 관찰할 수 있다. 시선 추적 기술이 사용된 진행자가 없는 테스트에서는 아래의 질문들을 물어볼 수 있다.

- 참가자들이 xx를 알아챘는가?
- 참가자들이 xx를 사용할 수 있는가?
- xx를 페이지에 두었을 때 인지 부하(cognitive load, 사용자가 학습 또는 과업을 수행할 때 요구되는 정신적 노력의 총량을 의미한다)는 어떠한가? xx가 참가자들이 필요한 것을 찾는 데 도움이 되는가, 방해가 되는가?

참가자들이 가까이에 있으므로, 과업이 종료되었을 때 그들의 경험에 대해 질문할 기회가 있다. 이는 여러 가지 방법으로 진행할 수 있다.

- *온라인 또는 종이 설문지*: 참가자들이 각 과업을 완료할 때마다 몇 가지 질문들에 답한다. 흐름에 지장을 덜 주지만 깊이 있는 질문들을 얻기에는 어렵다.
- *짧은 인터뷰*: 참가자들의 경험에 대해 몇 가지 질문하거나 짧게 토의한다. 참가자들이 자신이 방금 한 일과 그에 대한 감정을 정확하게 기억할 수 있기를 기대하는 수밖에 없다.
- *경험 이후 시선 추적을 활용한 프로토콜*(Post Experience Eye-tracked Protocol, PEEP): 참가자들이 과업을 수행하는 모습이 담긴 영상을 참가자와 함께 시청한다. 특정 지점에서 영상을

잠시 멈추고 그 시점에 참가자가 무엇을 하고 있었는지 또는 어떤 생각을 했는지 질문할 수 있다. 이 방법론은 관찰자/진행자가 참가자들에게 묻고 싶은 내용들을 정확하게 시간과 날짜를 적어 가며 기록해야 한다는 점에서 노동 집약적이다. 여러 개의 과업에 사용할 경우에는 세션의 흐름에 방해가 되며, 한 리서치 세션에 겨우 몇 개의 과업만 완료할 수 있을 것이다. 이 방법론의 최대 장점은 참가자들의 회상과 기억에만 의존하는 것이 아니기 때문에 그들의 경험에 대해 더 정확하고 심도 있는 토론이 가능하다는 것이다.

진행자가 없는 대면 사용성 테스트의 예

나는 참가자들이 애자일 업무 환경에서 과업을 수행할 때 본인에게 도움이 될 만한 온라인 가이드와 자료를 어떻게 찾는지 보기 위해 진행자가 없는 대면 사용성 테스트를 해 본 적이 있다. 그들이 애자일 업무 방식이나 애자일 용어를 이해하고 있는지 여부에 따라 과업을 완료하거나 완료하지 못하는 것을 볼 수 있었다. 자신이 찾은 설명서에 사용된 용어들을 이해하지 못했을 때, 참가자들이 언제 집요하게 과업을 수행하는지, 언제 포기하고 다른 설명서를 찾으러 가는지가 더 뚜렷하게 드러났다. 다른 유저 리서치 방법론들과 함께 사용했을 때 전문 용어가 너무 많이 사용되었는지 확인할 수 있는 방법이 되기도 했다. 또 애자일을 새로 접하는 사람들과 애자일 전문가들 모두에게 도움이 될 수 있는 언어가 무엇일지, 그 찾기 어려운 균형점에 대해 생각해 볼 수 있는 인사이트도 제공해 주었다.

진행자가 없는 원격 사용성 테스트에 필요한 툴

현재 보유하고 있는 자산을 활용하여 테스트를 수행할 수 있게 해 주는 툴을 찾도록 한다. 대부분의 툴은 요청하면 시연을 해 주거나, 적합한 툴인지 확인할 수 있게 무료 체험판을 제공해 줄 것이다. 다음과 같은 예시들이 몇 가지 있다.

- 루프1(Loop1): https://www.loop11.com/
- 유저테스팅닷컴(Usertesting.com): https://www.usertesting.com/
- 유저줌(UserZoom): https://www.userzoom.com/
- 왓유저스두(WhatUsersDo): https://whatusersdo.com/homepage
- 저브(Zurb): https://zurb.com/
- 룩백(Lookback): https://lookback.io/

| 요약

사실상 진행자가 있고 없고의 문제가 아니다

진행자가 있는 테스트와 없는 테스트는 상호 보완적이다. 따라서 두 유형의 리서치를 모두 수행할 수 있다. 예를 들어, 프로토타입에서 진행자가 없는 사용성 테스트를 수행하고 난 뒤에 주요 사용성 이슈들을 해결해 나갈 수 있다. 그리고 개발 주기에서는 현장에서 어떻게 수행하는지 측정하기 위해 진행자가 없는 테스트를 수행할 수 있다. 가능하다면 결과의 신뢰도를 위해 두 유형의 리서치를 모두 진행하도록 하라.

소표본으로 신뢰도 구축하기

이미 유저 리서치를 했거나 의뢰해 본 경험이 있다면, 진행자가 없는 사용성 테스트나 설문 조사에서 얻을 수 있는 대규모 표본과 대비하여 정성 테스트의 소규모에 반대하거나 신뢰하지 않는 이해관계자들과 마주한 경험도 있을 것이다. 정성적 사용자 테스트에 대해 이해관계자들의 이해를 구축해 나가는 것은 그들이 결과를 믿고 다음 단계에서 취해야 하는 결정들에 대한 신뢰를 회복하는 데 도움이 된다. 정성적으로 설계된 리서치를 수행할 때 표본의 크기나 통계적 의의에 크게 걱정할 필요가 없다. 중요한 것은 여러분의 팀원들이 다음 단계에서 내려야 할 결정에 대해 얼마나 신뢰하고 있느냐이다.

따라서 결정권과 승인권을 갖고 있는 사람들은 모두 유저 리서치 세션을 주기적으로 참관할 것을 권한다. 바쁜 이해관계자들과 일정을 잡는 것이 어려울 수도 있으므로 그럴 때는 영상을 재생해서 보면 된다. 유저 리서치를 시작하면 새롭게 배운 것들을 어떻게 처리해야 할지 생각해 내느라 통계는 신경 쓸 겨를조차 없을 것이다. 어디가 잘못되었고 어디는 괜찮은지, 더 배우기 위해 시간을 할애해야 할 부분은 어디인지 모두 알게 될 것이다.

5장 콘텐츠 테스트

사용자들은 콘텐츠를 어떻게 받아들이고 있는가

콘텐츠 테스트는 사용자 테스트의 한 유형으로 목표 청중(들)에게 여러분의 콘텐츠가 얼마나 적합하고 이해 가능한지에 초점을 둔다. 이는 사용성 테스트의 일부로 진행되거나, 또는 따로 진행될 수 있다.

| 좋은 콘텐츠란 무엇인가

나는 정부 디지털 서비스국의 블로그를 읽으며 좋은 콘텐츠 테스트란 무엇인가에 대해 알게 되었다. 좋은 디지털 콘텐츠는 명확하고, 실행으로 옮길 수 있으며, 독자들은 자신이 찾고 있는 것을 쉽게 찾을 수 있다. 또한 직접 보면 어떤 것이 좋은 콘텐츠인지 바로 알 수 있다. 좋은 콘텐츠는 만들기까지 많은 노력이 필요하지만, 제대로 하기만 한다면 사용자들에게 신임과 신뢰를 구축하고, 여러분이 속한 조직과 사용자들의 오류를 줄일 수 있다.

콘텐츠 테스트의 장점

콘텐츠 테스트는 이미지, 영상, 인포그래픽(infographic, 디자인 요소를 활용하여 정보를 시각적인 이미지로 전달하는 그래픽), 다양한 유형의 예술, 텍스트 등 다양한 형태로 이루어져 있다. 내가 다루게 될 리서치 방법론은 텍스트에 집중하고 있지만, 이는 사람들이 보이는 것과 사용하는 언어를 통해 무엇을 이해하고, 행동 중심 또는 과업 중심의 콘텐츠에 어떻게 반응할지에 대한 인사이트를 얻을 수 있는 방법론이기 때문에 다른 유형의 콘텐츠에도 적용할 수 있다. 콘텐츠를 테스트하기 위해 적절한 방법을 찾는 일은 콘텐츠를 제작하기 위한 모범 실무 패턴을 찾을 수 있도록 도와준다. 콘텐츠 테스트는 또한 사용자 그룹에게 얼마나 접근성이 좋고 포용적인지 이해할 수 있는 좋은 방법이다.

콘텐츠 테스트의 단점

콘텐츠의 영향과 그것이 얼마나 사람들의 감정을 자극할 수 있는지에 관한 리서치를 하고 싶다면 시장 조사 툴 키트에서 더 효과적인 방법들을 찾을 수 있다.

이러한 유형의 수행에 필요한 노력

사용성 테스트와 마찬가지로 이 방법론들을 연습하고 배우는 것은 상대적으로 쉬운 편이다. 테스트와 사용자 이해와 언어에 대한 인사이트를 얻는 방법들을 습득하고 사용성 테스트를 바로 시작할 수 있다. 그러나 콘텐츠에 집중하든 사용성을 더 광범위하게 다루든, 숙련된 진행자가 되기 위해서는 시간과 노력이 필요하다. 디지털 콘텐츠의 여러 유형들을 비교하려 할 때, 다변량 테스트(multivariate testing, 사용성 테스트의 한 유형으로, 3개 이상의 버전을 만들어 사용자들의 반응을 비교하는 데 사용된다)를 해 보는 것이 좋다. 이를 위해서는 현재 갖추고 있는 장비에 따라 전문가들의 도움이 조금 필요할 수도 있다.

| 콘텐츠 테스트는 언제 해야 하는가

콘텐츠 리서치는 개발 주기에서 가능한 한 빨리 시작하라. 특히 디지털 개발의 세계에서는 기술적인 부분이 비교적 안정화되고 난 뒤에 콘텐츠를 살펴보는 경향이 있다. 좋은 콘텐츠를 제작하는 데는 많은 시간과 노력이 필요하므로 가능한 한 빨리 시작해서 반복적으로 테스트되어야 한다. 직업 특성상 불가능하다면 콘텐츠 초안이 마련되는 대로 최대한 빨리 콘텐츠 테스트를 수행할 것을 추천한다.

| 콘텐츠의 유효성은 어떻게 테스트해야 하는가

현장에서, 특히 콘텐츠 제작 초기 과정 단계에서는 콘텐츠를 테스트할 필요가 없다. 하지만 반복적으로 하는 리서치에서는 콘텐츠의 유효성을 이해하기 위해 실제 사용하게 될 맥락 속에서 테스트해 보는 것이 좋다. 모든 유저 리서치가 그렇듯 목표 청중들과 테스트해야 한다. 사용할 수 있는 방법론은 여러 가지가 있다.

리서치를 시작하기에 앞서

모든 콘텐츠는 준비 단계로 여러분의 글에 대한 예상 독서 연령을 확인할 수 있다. 이는 여러 온라인 자료들을 사용하여 확인할 수 있다. 예를 들면, 헤밍웨이(Hemingway) 앱은 장문, 복문, 문법 오류, 피동형 문장 등을 찾아내서 참가자들 앞에 콘텐츠를 내놓기 전에 미리 수정할 수 있게 도와준다.

이해력 테스트

이해력 테스트(Comprehension testing)에는 리서치에 사용된 단어의 뜻에 대한 개방형 질문을 하는 것이 포함된다. 익숙하지 않은 법률 용어나 전문 용어 또는 문구를 사용하거나 이해하기 어려운 질문을 하는 콘텐츠들이 많이 있다. 사람들이 얼마나 이해하는지 확인하기 위해 사용 가능한 프로토타입이나 깔끔한 디자인의 전단지가 만들어질 때까지 기다릴 필요는 없다. 단어, 문구, 질문들을 종이로 프린트해서 사용자들에게 읽고 어떤 뜻인지 설명해 줄 것을 부탁하기만 하면 된다.

'이 부분이 무엇을 말하고 있는 것 같나요?'와 같은 개방형 질문을 하는 것이 도움이 될 것이다. 또한, 개방형 질문과 과업 중심의 콘텐츠 질문들을 사용하여 참가자들이 본인들이 읽은 내용을 바탕으로 콘텐츠를 이해했는지, 결과 혹은 다음 단계를 어떻게 예상하는지에 대해 질문할 수 있다. 그들이 이해한 것을 바탕으로 리서치를 실행해도 괜찮겠는가? 한번 예를 들어 보자. 'xxx에 가입하기 위해 이 웹 사이트를 어떻게 사용하시겠습니까?', '종이를 보지 않거나 읽은 부분을 다시 읽지 않고, 문서에서 읽은 내용을 바탕으로 xxx를 저에게 설명해 주실 수 있나요?'와 같은 질문을 할 수 있다.

이 방법론은 다양한 인지 욕구와 이해 능력을 위한 콘텐츠를 제작하는 데 도움이 된다. 이러한 유형의 테스트는 '나는 지금 테스트를 보고 있다'와 같은 느낌이 들지 않게 해 주고, '정답'이 없기에 참가자들의 부담과 불안이 낮다.

클로즈 테스트

클로즈 테스트(Cloze testing)는 이해력 테스트에 초점을 둔 또 다른 방법론이다. 참가자들은 특정 단어들이 빈칸으로 남겨진 텍스트들을 보고 그 빈칸을 채운다. 테스트를 만들 때는 규칙을 세워서 단어를 지우거나, 또는 선택적으로 지워 나갈 수 있다.

정확한 단어를 적은 경우에만 정답으로 인정할지, 유의어까지는 허용할지 결정할 수 있다. 정확도를 위해 최대한 많은 독자를 테스트해야 한다. 허용 기준을 위한 규칙을 세울 수 있다. 75퍼센트의 정확도는 성공적인 것으로 받아들여지고 개선이 필요하지 않다. 이 한계점 아래로는 반복적인 콘텐츠 디자인과 테스트가 필요하다. 비록 모든 사람이 쉬운 언어를 선호한다고는 하지만, 이러한 이해력 테스트는 '특수 용어'나 전문 용어 사용이 불가피할 때 유용하다.

가장 적합한 이해력 테스트는 어떤 주제에 대한 테스트인지, 그리고 누구와 리서치를 진행하고 있는지에 따라 다르다. 개인적인 조언으로는, 어떤 이해력 테스트를 해야 할지 모를 때에는 파일럿 테스트를 진행해 보고 참가자들이 어느 테스트에 가장 효과적으로 반응하고, 어느 테스트가 가장 유용한 인사이트를 제공하는지 볼 것을 추천한다.

사람들이 직접 언어를 선택하게 하라

사람들에게 본인의 언어로 자신의 감정을 설명하게 하고 난 뒤 그 언어를 콘텐츠에 반영할 수도 있다. 이 기법은 형사 사법 제도 또는 개인적 손실과 같은 민감한 콘텐츠를 다룰 때 사용될 수 있다. 예로, gov.uk 웹 사이트에는 사람이 '세상을 떠났을 때'가 아니라, 사망했을 때 어떻게 해야 하는지에 관한 콘텐츠가 있다.

또한, 이 리서치 방법론을 사용하여 사용자 그룹에서 사용되는 언어에 대한 인사이트를 얻을 수 있다. 어떻게 서로 다른지와 그들의 사용법이 여러분의 조직에 맞는지 등을 알 수 있다. 이는 사용자들을 더 잘 알고, 다양한 사용자 그룹의 니즈를 충족하기 위해서는 어떤 언어가 사용되어야 하는지 알아보는 데 도움이 된다.

A/B 테스트

A/B(비교) 테스트는 두 가지(혹은 그 이상) 버전의 콘텐츠를 비교

하여 어느 것이 더 잘 작동하는지 보는 것이다. 이는 13장에서 디지털 제품과 서비스와 관련하여 더 깊이 다룰 예정이다. 또한, 사용자들이 여러분의 콘텐츠를 어떻게 받아들이는지 실험해 볼 수 있는 좋은 방법이기도 하다. 참가자들에게 각각의 버전을 보여주거나, 실생활에서 서로 다른 사용자에게 디지털 제품 및 서비스의 버전들을 각각 제공하여 어떤 버전이 본인이 가장 원하는 것을 잘 담고 있는지를 테스트하는 방법이 있다.

영국의 국립보건원(National Health Service)은 8가지 버전으로 장기 기증 동의서를 작성하였다. 이 테스트는 쉬운 문장의 사용과 사람들의 이해도를 평가하였다. 각각의 동의서들은 측정되었고, 다변량 테스트를 통해 어느 콜 투 액션(call to action, 사용자의 행동을 유도하는 기법)이 가장 효과적이었는지 알 수 있었지만, 그 이유는 알 수 없었다.

하이라이트로 콘텐츠 강조하기

이는 충실도가 낮은 기법이다. 참가자들과 여러분을 위해 프린트된 콘텐츠와 형광펜만 있으면 된다. 참가자들에게 프린트물을 읽으며 자신감이 생긴 부분은 초록색 형광펜으로, 자신감을 하락하게 한 부분은 빨간색 형광펜으로 표시하라고 부탁하라. 작업이 다 끝나고 나면 여러분의 프린트물에 참가자들이 표시한 부분을 똑같이 표시한다. 모든 참가자의 것을 옮겨 적고 나면 사람들이 텍스트를 어떻게 받아들였는지 알 수 있을 것이다. 진한 초록색으로 색칠된 부분은 사람들의 자신감을 높여 준 텍스트를 보여주고, 진한 빨간색으로 색칠된 부분은 사람들의 자신감을 떨어트린 텍스트를 보여줄 것이다.

이 기법은 빠르고 쉽게 진행할 수 있다. 더불어 팀원들은 자신들이 적은 내용의 효과를 즉각 이해할 수 있게 된다. 여러분의 제품 및 서비스를 더 명확하고 간결하게 표현하는 방법과 사용자들에게 도움이 되는 콘텐츠를 선택할 수 있게 하는 방법도 배울 수 있게 된다. 또한, 사용자들에게 단어, 문장, 질문들을 신뢰, 자신감, 또는 기타 사항으로 분류할 수 있도록 부탁해도 된다.

게릴라 콘텐츠 테스트

참가자들과 쉽게 접하기 어렵다면 관련 행사나 컨퍼런스를 활용하는 것도 좋다. 콘텐츠들을 현장에서 테스트해 볼 수 있는 기회가 될 것이다. 이는 15장에서 더 자세히 알아볼 것이다.

6장 카드 소팅

사람들이 어떻게 대상을 분류하고 인식하는지 이해하기

| 카드 소팅이란 무엇인가

카드 소팅(Card sorting)이란, 사람들이 서로 관련이 있는 항목을 그룹화하여 어떻게 생각하고 연관시키는지 이해하기 위한 리서치 방법론이다.

| 카드 소팅의 장점

카드 소팅은 웹 사이트의 구조를 설계하거나 수정할 때 유용한 방법론이다. 예를 들어, 어떠한 정보들이 서로 관련되어 있고 이를 같은 그룹으로 분류하여 레이블링해야 하는지 판단할 때 도움이 된다. 웹 사이트의 구조 즉, '인포메이션 아키텍처'는 찾고자 하는 대상을 쉽게 찾을 수 있도록 해 준다. 단순히 내비게이션에서 어디에 위치해 있는지 뿐만 아니라 이름도 쉽게 찾을 수 있다.

카드 소팅은 콘텐츠나 웹 사이트 아이템에만 국한될 필요가 없으며, 사람들의 멘탈 모델과 그들이 어떻게 생각하고 인식하는지에 대한 인사이트를 제공해 줄 수 있다. 카드 소팅은 콘텐츠를 구성할 수 있는 좋은 기반을 제공한다. 어느 부분이 제대로 작동하고 있지 않거나 새로운 내용을 추가하기 위해서 반복적으로 그 구조를 개선할 수 있다.

| 카드 소팅의 단점

카드 소팅은 콘텐츠에 집중한다. 과업이나 고객 여정과 별개로 사용될 경우 사용자들이 실제 과업에서 사용할 수 없는 인포메이션 아키텍처를 제작하게 된다. 사용자 니즈를 충족시키려면 카드 소팅은 프로토타입이나 페이퍼 프로토타입 사용성 테스트와 같은 다른 방법론들과 함께 조합해서 사용해야 한다.

이는 정리되는 콘텐츠의 양과 참가자 수에 따라 시간이 많이 소요될 수도 있다. 데이터 분석 또한 어렵고 시간이 많이 요구될 것이다. 하지만 이를 도와줄 수 있는 툴들을 6장의 뒷부분에서 소개하겠다.

| 카드 소팅은 언제 해야 하는가

카드 소팅은 제품 및 서비스, 경험 주기 중 아무 때나 사용할 수 있다. 각 주기의 어느 시점에 있는지, 리서치 목표가 무엇인지에 따라 적절한 카드 소팅 기법들이 다를 것이다. 다음 네 가지 기법들을 고려해 볼 수 있다.

1. 개방형 카드 소팅(Open card sorting): 참가자들이 아이템을 그

룹으로 분류하고 그들이 원하는 방식으로 그룹명을 정한다.

2. 폐쇄형 카드 소팅(Closed card sorting): 리서처가 그룹명을 미리 정하고 참가자들은 가장 관련이 있는 아이템들을 각각의 그룹에 따라 분류한다.
3. 하이브리드 카드 소팅(Hybrid card sorting): 개방형 카드 소팅과 폐쇄형 카드 소팅을 합친 방식으로, 몇 가지 정의된 그룹이 있기는 하지만 참가자들이 그룹을 추가할 수 있다.
4. 반복적 카드 소팅(Iiterative card sorting): 개방형 카드 소팅과 폐쇄형 카드 소팅에서 모두 사용될 수 있으며, 참가자들이 반복적으로 앞의 참가자들이 분류한 것을 수정한다.

개방형 카드 소팅은 언제 하는가

개방형 카드 소팅은 탐색적 성향이 강한 기법이다. 관심 있는 아이템들이 어떻게 분류되어야 할지 미리 정해 놓은 것이 없다면 개방형 카드 소팅을 시도해 보면 좋다. 다음과 같은 경우에 도움이 될 것이다.

- 무엇인가를 새롭게 디자인하는 경우
- 애널리틱스(analytics, 내·외부 데이터를 수치화하여 제품 및 서비스 이슈를 분석함)와 기타 인사이트에서 기존 그룹이 근본적으로 잘못되었다는 것을 보여줄 때
- 어떠한 엄청난 변화로 인하여 현재 구조가 더 이상 적합하지 않게 되었을 때

폐쇄형 카드 소팅은 언제 하는가

폐쇄형 카드 소팅은 기존의 구조가 모든 사용자 그룹에 적용할 수 있다는 것을 검증할 때 사용된다. 아마 어떻게 구조화시켜야 할지에 대한 좋은 아이디어가 있을 것이다. 분석 결과와 인사이트가 있거나, 그룹이 어떻게 생성되어야 하는지 탐색하기 위해 이미 개방형 카드 소팅을 진행했을 것이기 때문이다.

하이브리드 카드 소팅은 언제 하는가

웹 사이트의 구조를 볼 때 분석에 따르면 특정 부분들이 효과적인 반면, 어떤 부분에서는 그렇지 못하다는 것을 알 수 있을 것이다. 제대로 작동하고 있지 않은 부분에 집중할 수도 있겠으나, 보다 총체적인 관점을 취해 모든 부분을 다루는 것이 좋을 것이다. 여러분이 자신 있는 미리 정의된 카테고리를 포함시키고 확신이 없는 부분은 참가자들이 카테고리의 이름을 직접 짓게 한다. 또 다른 시나리오는 새로운 콘텐츠나 제품, 또는 서비스를 추가할 때이다. 이런 시나리오에서는 여러분이 기존 구조를 미리 정의해 놓고 참가자들이 새로운 아이템들을 다른 카테고리로 분류하는 방식을 취할 수도 있다.

반복적 카드 소팅은 언제 하는가

반복적 카드 소팅은 두 가지 유형으로 분류할 수 있다. 첫 번째 유형은 반복적 카드 소팅을 여러 번 진행하는 프로젝트이다. 이는 리서치를 한 번 이상 수행하는 것으로, 관리가 가능한 덩어리로 나누거나 복수의 사용자 그룹이 있다면 그룹마다 리서치 프로젝트를 따로 수행하는 것이다. 이 유형의 반복적 카드 소팅은 항상 추천한다. 단독 카드 소팅 프로젝트로 여러분이 알아야 할 모든 내용을 알게 되는 경우는 흔치 않으며, 대개 개방형 카드 소팅과 폐쇄형 카드 소팅을 조합하여 수행하게 될 것이다.

두 번째 유형은 반복적 카드 소팅을 한 번만 진행하는 프로젝트이다. 이는 시간이 아주 촉박할 때만 사용되어야 한다. 기존에 다른 참가자들이 해 놓은 것을 수정하게 하는 것은 사실상 즉흥적으로 분석하는 것과 마찬가지이다. 패턴을 찾기 위해 개별 카드 소팅을 합칠 필요는 없지만, 만약 참가자들이 개별적으로 프로젝트를 수행했다면, 지금처럼 이미 작업해야 할 구조가 있는 상황에서 반복적 카드 소팅을 하는 것과 다른 결과가 나올 수도 있다는 사실은 인지하고 있어야 한다. 어느 것이 더 좋고 나쁘고의 문제는 아니지만 다를 수 있다는 점은 명심할 필요가 있다.

| 이러한 유형의 리서치 수행에 필요한 노력

카드 소팅은 모든 리서처가 쉽게 진행할 수 있는 방법론이다. 복잡하지 않은 카드 소팅은 상대적으로 정리하고 수행하는 것이 쉽다. 하지만 특별히 복잡한 소팅을 진행하기 위한 숙련된 진행자가 되기 위해서는 시간과 노력이 요구된다. 장비는 카드나 종이를 사용하는 로테크(low-tech)를 선택하느냐 온라인 툴을 사용하는 하이테크(high-tech)를 선택하느냐에 따라 상이하나, 둘 다 저렴한 편이다.

카드 소팅 프로젝트에 소요되는 시간과 노력은 여러분이 어떤 카드 소팅을 하느냐에 따라 다르다. 진행자가 있는 대면 카드 소팅의 경우에는 시간과 자원이 많이 필요하지만, 진행자가 없는 원격 카드 소팅의 경우에는 참가자들이 준비를 마치는 대로 바로 진행할 수 있고 진행 방법도 쉽다.

| 카드 소팅을 하는 법

진행자가 있는 카드 소팅

대면: 리서처와 참가자들이 동시에 같은 장소에서 상호 작용한다. 아이템들이 카드에 적혀 있으며, 참가자들은 물리적으로 테이블 위에서 아이템들을 분류하고, 그 과정에서 리서처에게 아이템과 그룹에 대한 자신들의 생각과 이해를 공유한다.

원격: 리서처와 참가자들이 서로 다른 장소에 있지만 상호 작용하고 있다. 화면 공유 기술 또는 '가상'의 카드 소팅을 위해 옵티멀소트(OptimalSort)와 같은 툴을 사용한다. 가상/원격 소팅을 위해 스프레드시트 시트를 사용해도 된다.

진행자가 없는 카드 소팅

대면: 리서처와 사용자가 동시에 같은 장소에 있으나, 참가자들이 아이템을 분류하는 동안 리서처는 개입하거나 말하지 않는다.

원격: 참가자들이 분류하는 동안 리서처는 옵티멀소트와 같은 툴을 사용하여 본인이 원하는 장소와 시간에 따라 리서치에 개입하지 않는다.

카드 준비하기

대면으로 진행하는 진행자가 있는 카드 소팅에는 두 가지 옵션이 있다.

옵션 1: 카드 앞면에 아이템명을 작성한다. 카드 자체에 설명을 추가할 생각이 없다면 참가자들이 질문해야 할 때 본인(진행자)이 참고할 수 있도록 따로 적어 두는 게 좋다. 참가자들에게 설명을 하지 않는다는 것은 카드 아이템의 의미에 대해 더 많은 대화를 나눌 것이라는 뜻이다.

옵션 2: 카드 앞면에 아이템명을 작성하고 뒷면에는 설명을 적는다. 카드에 설명이 추가되어 있다는 것은 참가자들이 직접 자신이 생각하는 아이템명의 뜻과 리서처의 의도가 같은지 확인할 수 있다는 것을 의미한다. 참가자들은 아이템을 잘못 이해거나 일관성 없이 분류하는 것을 피할 수 있게 된다. 참가자들이 왜 뒷면의 설명을 확인했을지 스스로 캐묻는 질문을 던져 보는 것도 좋다. 왜 멈칫하였을까? 확실하지 않았기 때문일까? 다른 뜻이 있다고 생각했는가? 이를 통해 어떤 레이블들을 수정해야 할지 보다 깊이 있는 이해가 가능하다.

옳고 그른 방법론은 없다. 준비하는 데 걸리는 시간과 여러분이 얼마나 편하게 진행할 수 있느냐의 문제이다. 옵션 1을 선택하든 옵션 2를 선택하든, 참가자들의 이해와 비교하여 어느 부분에서 수렴되고 확산하는지 비교해 볼 수 있게 각각의 아이템에 대한 공통된 조직적 이해를 갖는 것이 중요하다.

이름을 변경할 수 있는가

만약 참가자들이 이해하지 못하거나 더 어울릴 만한 설명이 있다고 생각되는 카드/아이템 또는 그룹의 이름이 있으면 직접 변경할 수 있게 해도 되는 것일까? 이는 문구류를 추가로 사용할 수 있는 대면 테스트에서 고려해 볼 만한 부분이다. 원격 테스트에서는 진행자가 바뀐 그룹명을 코멘트로 남길 수 있지만, 원격 카드 소팅에 사용되는 소프트웨어는 스프레드시트를 제외하고는, 대체적으로 이름을 변경하는 기능이 제공되지 않는다.

카드를 선택하는 법

▹ 테스트 대상 선정하기

가장 첫 번째로 해야 할 일은 바로 주제를 정하는 것이다. 이는 기존 온라인 콘텐츠나 잠재적 온라인 콘텐츠, 프로세스 설명, 애플리케이션 및 기능 등에 관한 여러 다양한 자료들을 참고할 수 있다. 이미 계획해 놓은 부분을 포함하면 지금 작동할 수 있는, 또 가까운 미래에 작동(어느 정도는)할 수 있는 구조를 생성할 수 있다.

▹ 테스트 대상의 특징은 통일성을 유지한다

어떤 주제를 테스트하든 모두 동일한 레벨이어야 한다. 예를 들어, 대다수의 카드가 단일 페이지라면 사이트의 전체 섹션인 카드들을 추가해서는 안 된다. 사이트의 다른 레벨들(예: 섹션)은 다른 카드 소팅에서 진행되어야 한다. 그렇지 않으면 참가자들이 다른 레벨을 가진 콘텐츠들을 분류할 때 어려워할 것이다.

카드 소팅 대상은 전체적인 것이든, 일부 섹션이든 리서치하려는 대상을 대표하는 것이어야 한다. 그룹이 형성할 수 있는 유사한 콘텐츠들이 충분히 있어야 하지만, 중점을 두고 있는 아이템 간에 여러 변형이 있어야 한다. 그렇지 않으면 패턴이나 트렌드를 찾아내기 어려울 것이기 때문이다.

▹ 카드는 몇 장이 필요한가

일반적으로 사용하는 카드 수는 30장에서 100장 정도이다. 30장이 안 되면, 그룹을 만들기에 아이템이 충분하지 않을 것이다. 100장을 넘어도 시간이 너무 많이 소요되고 참가자들이 피곤해할 것이다. 분류하고자 하는 콘텐츠의 복잡도를 고려할 것을 추천하고 싶다. 주제가 복잡하면 복잡할수록 사용되는 카드의 수를 줄여야 한다. 이는 높은 인지 부하로 이어지기 때문이다.

참가자는 몇 명이나 필요한가

여러분이 제공하고자 하는 모든 부분에 관심이 있는 사용자 그룹을 찾는 것은 어려울 것이다. 보통은 한두 가지 특정 대상에 굉장히 관심을 보이고 어쩌면 그 외 분야에 조금 관심을 보일 것이다. 모든 사람에게 전부 소팅을 부탁할 수도 있지만, 해당 분야에 지식이 없거나 관심이 없는 참가자들에게 소팅을 부탁하는 것은 부정확하고 일관적이지 않은 결과물로 이어질 것이다.

참가자 수에 관한 참고 사항: 사용성 테스트에서처럼 카드 소팅은 각각 정의된 사용자 그룹에서 5명씩 선정하여 수행하라.

케이스 스터디 ***카드 소팅의 예***

나는 모든 사람에게 소팅을 부탁하는 것이 좋지 않다는 것을 경험으로 배웠다. 영국 의회의 인트라넷을 위해 정성적으로 진행한 진행자가 있는 대면 개방형 카드 소팅을 예시로 들어 보겠다. 영국 의회에는 세 개의 최고위급 그룹이 있다.

그룹1: 서민원 중심(하원 위원의 업무)

그룹2: 귀족원 중심(상원 위원의 업무)

그룹3: 양원제(상하원 모두 수행하는 업무)

그룹1의 참가자들은 서민원 중심의 콘텐츠에 집중할 것이고, 귀족원 관련 콘텐츠에는 관심이 없을 것이다. 또 양원제 콘텐츠에는 조금 관심이 있을 수도 있다. 그룹2의 참가자들은 그 반대일 것이다. 효과적으로 진행하기 위해서는 귀족원 관련 콘텐츠와 의회 전체에 관련된 콘텐츠에 대한 소팅만 부탁하면 된다. 그룹3 참가자들은 의회의 양원제에 대한 방대한 지식을 보유하고 있겠지만, 귀족원과 서민원에서 개별적으로 진행되는 업무에 관심이 있을 것이라고 단정하기는 어렵다. 그러한 참가자도 있을 것이고 아닌 참가자도 있을 것이다. 이는 그들과 대화를 통해 관심 분야를 알아내야지만 결정할 수 있을 것이다.

정량 테스트를 위해서는 가능하면 참가자 100명 이상을 목표로 잡는 것이 좋다. 시간과 자원이 매우 넉넉하지 않은 이상 진행자가 없는 원격 테스트로 진행될 것이다.

진행자가 있는 대면 카드 소팅 & 원격 카드 소팅

진행자가 있는 대면 카드 소팅은 개방형이든, 폐쇄형이든, 반복적이든, 하이브리드이든, 하고자 하는 종류의 카드 소팅에 최대한의 융통성을 허용한다. 어떠한 카드 소팅 방법론을 선택하든, 참가자들에게 전달해야 하는 내용과 다루고자 하는 주제와 질문들이 적힌 짧은 프로토콜을 준비해야 한다. 이는 사용성 테스트 프로토콜만큼 길 필요는 없지만, 각각의 리서치 세션을 비교적 일관성 있게 수행하기 위한 아주 유용한 길잡이가 되어 줄 것이다. 프로토콜에는 다음의 내용들이 포함되어야 한다.

1. 소개 및 1장에서 다룬 윤리적/법적 이슈(5분)
2. 과업 수행 전 짧은 인터뷰 질문(5분)
3. 카드 소팅을 위한 질문들과 프롬프트
4. 과업 수행 후 짧은 인터뷰 질문(5분)

▹ **1.** 소개

1부에서는 리서치 세션을 시작할 때 참가자들에게 리서치 대상과 무엇을 기대해야 하는지, 세션이 녹화된다면 어떤 방식으로 녹화될 것인지, 데이터는 어떻게 사용하고 보관할 것인지에 대해 설명할 것을 조언하였다. 리서치 세션을 시작할 때는 항상 맥락을 제공하는 것이 좋다.

소팅을 하는 참가자들의 모습을 사진으로 담고 싶다면 미리 동의를 구해야 하며, 보고서에 사용할 예정이라면 이 부분에 대한 동의도 구해야 한다. 이러한 조항은 참가자들에게 서명을 부탁할 동의서에 포함시키는 것이 좋다.

원격 카드 소팅 프로토콜의 소개 부분은 진행자가 있는 대면 카드 소팅과 몇 가지 부분을 제외하고는 아주 유사하다. 원격 카드 소팅에서 참가자들에게 반드시 알려야 하는 부분이 몇 가지 있다.

- 리서처 이외에 관찰하는 사람이 또 있는지
- 세션 중 사용될 여러 가지 툴들
- 세션을 녹화할 경우에는 데이터를 어떻게 사용하고 보관할 것인지

참가자들이 구두로 동의할 수 있도록 동의서를 읽어 주거나, 직접 서명할 수 있는 문서를 전달하거나, 참가자들의 동의서와 비밀유지계약서를 수집하기 위해 짧은 온라인 설문 조사를 보낼 수도 있다. 세션에 사용되는 소프트웨어 중 다운로드가 필요한 것은 사전에 받아 놓도록 안내하는 것이 좋다. 그렇지 않을 경우, 세션 틈틈이 세팅할 수 있는 시간을 넉넉하게 허용해야 한다. 그 말은 곧 세션 길이를 늘이거나 소팅할 카드를 줄여야 한다는 것을 뜻한다.

▹ **2.** 과업 수행 전 짧은 인터뷰 질문

인터뷰 질문과 리서치 과업을 작성할 때는 2장의 적절한 질문하는 방법 부분을 참고하기 바란다. 이 질문들은 참가자들이 어떻게 생각하고 아이템들을 분류하는지와 세션을 관찰할 때 그 부분을 더 잘 이해할 수 있게 도와주고 참가자들은 훨씬 편하게 소팅을 시작할 수 있다.

▹ **3.** 카드 소팅 진행을 위한 탐색과 질문들

참가자들에게 카드를 분류하고 그룹으로 묶는 작업을 시작할 것을 부탁하기 전에 앞으로 진행될 과정에 대해 설명해 주도록 한다. 다음 박스에 제시된 예시를 진행하려는 카드 소팅에 적절하게 변형하여 사용하면 된다.

대면 카드 소팅 설명하기

어떻게 진행될지 설명해 드리려고 합니다. 시작하기 전에 질문이 있으신 분은 저에게 알려주시면 감사하겠습니다.

여러분 앞에는 카드들이 있습니다. 카드들은 본 (제품 및 서비스)의 (콘텐츠/기능/아이템)를 나타냅니다. 여러분이 이해하시는 대로 카드를 분류하시면 됩니다.

웹 사이트 내비게이션 디자인 부분에 대해서는 걱정하지 않으셔도 됩니다. 그 부분은 저희가 해결하겠습니다.

기억력 테스트도 아니므로 현재 정리되어 있는 대로 (제품 및 서비스)를 정리하려고 하지 않으셔도 됩니다. 저는 여러분이 예상하시는 순서대로 그룹을 정리하시는 것에 더 관심이 있습니다.

개방형 소팅: 그룹이 생성되었으면 각각의 그룹에 여러분이 이해할 수 있는 이름을 지어 주시길 바랍니다. 필요하시다면 하위 그룹을 추가하셔도 괜찮습니다. 무엇인가 누락된 것 같다면 비어 있는 인덱스 카드를 사용하여 추가하실 수 있습니다. 추가적으로 레이블이 명확하지 않은 것 같다면 카드 위에 새로운 레이블을 작성하여 주셔도 됩니다.

폐쇄형 소팅: 몇몇 카드는 이미 테이블 위에 놓인 것을 확인하셨을 텐데요. 이 그룹들 밑으로 카드를 분류해 주시기 바랍니다. 레이블이 명확하지 않은 것 같다면 카드 위에 레이블을 새로 작성하셔도 됩니다.

하이브리드형 소팅: 몇몇 카드는 이미 테이블 위에 놓인 것을 확인하셨을 텐데요. 이 그룹들 밑으로 카드를 분류해 주시기 바랍니다. 누락된 부분이 있는 것 같다면 그룹이든, 중요 아이템이든, 비어 있는 인덱스카드를 사용하여 추가해 주시기 바랍니다.

반복적 소팅*: 카드가 이미 분류되어 있는 것을 확인하셨을 텐데요. 이는 이전 참가자분들이 분류하신 겁니다. 분류된 것들을 둘러보시고 이해하실 수 있는지 확인 부탁드립니다. 수정하고 싶은 부분이 있으시다면 편하게 수정하셔도 됩니다. 이해가 가지 않는 부분에 따라 많이 수정하셔도, 조금만 수정하셔도 괜찮습니다.

모든 유형: 마지막으로, 해당되지 않는 것이 있다고 생각되시면 '잘 모르겠음' 그룹을 따로 추가하실 수 있습니다. 마지막에 가서 다시 한번 함께 보겠지만, 그 카드들이 해당되는 곳이 그룹이 없을 수도 있습니다. 괜찮습니다.

분류 작업을 하시는 도중에 궁금하신 사항이 있으시면 언제든지 질문해 주시기 바랍니다. 세션 도중에는 답변을 해 드릴 수 없지만, 작업이 끝나시면 열심히 답변해 드리도록 하겠습니다.

---

* 반복적 카드 소팅의 첫 번째 참가자를 위한 설명은 미리 정의된 그룹을 수정하는 작업이 아니므로 다른 참가자들에게 전달하는 내용과 다르다는 점을 기억하라. 첫 번째 참가자들을 위해서는 어떤 유형의 카드 소팅을 진행하든 적절하게 설명하길 바란다.

분류 작업이 이루어지는 동안 참가자들의 코멘트나 질문을 기록하는 것이 좋다. 어느 레이블이 사용자들을 만족시키고, 어느 레이블이 만족시키지 못하는지에 대한 이해와 참가자들의 사고 프로세스에 대한 인사이트를 제공해 줄 것이다. 카드 소팅은 높은 인지 부하를 요구하기 때문에 참가자들은 최대한 작업에 집중하려 할 것이다. 따라서 참가자들이 소리 내서 말할 수 있도록 유도해야 할 수도 있다. 처음에는 참가자들의 사고 프로세스에 대한 인사이트를 얻으면서도 그들을 과하게 방해하지 않을 수 있는 균형을 찾기 어려울 수도 있다. 사용성 테스트와 마찬가지로, 참가자들은 대체적으로 카드들을 분류하면서 대화하는 데 익숙해질 것이고 천천히 그들이 하고 있는 작업에 대해서 자유롭게 말하기 시작할 것이다.

조언하자면, 분류 작업을 시작할 때 처음 몇 분 정도는 참가자들이 흐름을 따르면서 생각을 할 수 있도록 잠자코 있는 것이 좋다. 조금 어색하게 느껴질 수도 있지만 그럴 만한 가치가 있다. 참가자들이 그룹을 몇 개 생성한 것 같을 때 대화를 시작하면 된다. 처음 몇 분 동안 어려워하는 것이 눈에 보인다면 중립적인 개방형 질문들로 도움을 주도록 한다. 몇 가지 예시들을 소개하겠다.

- 이 아이템에 대해 어떻게 생각하십니까? 어떻게 설명하시겠습니까?
- 아이템의 이름에서 어느 부분이 불확실하십니까?
- 이 아이템들이 어느 부분에서 관련되어 있다고 생각하셨습

니까?

- 방금 전달해 드린 카드의 설명을 참고하시어, 아이템의 이름이 이해가 되십니까? 다른 이름을 붙이시겠습니까?
- 이 그룹의 카드들 중에서 어떤 카드들은 다른 카드들보다 유독 관련되어 있다고 생각되십니까?
- 이 카드가 다른 카드와 더 잘 어울릴 것 같다고 생각하십니까? 두 그룹에 모두 해당된다고 생각하십니까? 왜 그렇게 생각하십니까?

참가자들이 어떻게 답변할지 정확하게 예측하는 것은 어렵지만, 위의 질문들은 여러분이 마주하게 될 상황들을 대부분 다루고 있다고 생각한다. 결론적으로는 편향성이 들어가지 않고 참가자들에게 어떻게 분류해야 할지에 대한 힌트를 주지 않는 것이 핵심이다.

▹ **4.** 과업 종료 후 짧은 인터뷰 질문

세션의 마무리 단계는 참가자들로부터 전반적인 내용을 들을 수 있는 기회다.

- 생성하신 각각의 그룹에 대해 설명해 주시기 바랍니다.
- 이 그룹 내 아이템들이 서로 관련되어 있다고 생각하신 이유가 있으십니까?
- 이 그룹의 제목을 이렇게 지으신 이유가 있으십니까?

- 한 개 이상의 그룹에 속할 것 같은 카드가 있었습니까?
- 만약에 있다면, 어느 그룹이 가장 신뢰가 가십니까? 왜 그렇게 생각하십니까?
- 만약에 있다면, 어느 그룹이 가장 신뢰가 가지 않으십니까? 왜 그렇게 생각하십니까?
- 마지막으로 하실 말씀이 있으십니까?

글의 마지막에는 '참가해 주셔서 정말 감사드립니다. xxx의 사용성을 개선하는 데 도움이 됩니다'와 같은 인사말로 마무리를 하는 것이 좋다.

진행자가 없는 대면 카드 소팅 & 원격 카드 소팅

이 경우, 참가자들이 원하는 시간과 장소에서 옵티멀소트 또는 유저줌 같은 툴을 사용하여 카드 분류를 하는 동안 리서처는 개입하지 않는다. 진행자가 없는 테스트는 리서치를 완료하는 데 다수의 사람이 필요한 정량 테스트에 가장 유용하다. 지금까지 카드 소팅과 유저 리서치의 기본 원칙에서 배운 내용은 진행자가 없는 원격 카드 소팅을 준비하는 데에도 사용될 수 있다. 그러기 위해서는 아래의 사항들을 포함해야 한다.

- 설명
- 사전 설문 조사 질문
- 분류 작업 설명서

- 분류 작업 후 질문
- 감사 문구와 다음에 이어질 절차

진행자의 중재가 없는 대면 카드 소팅은 흔치 않은 방식이다. 진행자의 시간을 효과적으로 활용하는 작업은 아니기 때문이다. 참가자들은 외부 개입을 전혀 받지 않고 과업을 수행하고, 참가자들이 작업 과정에서 어느 부분이 쉬웠고 어느 부분이 어려웠는지 심도 있게 논의할 수 있다는 점에서 장점도 분명 있다. 다른 유형의 카드 소팅을 읽어보며 어떠한 인터뷰를 하고 싶은지 결정하면 될 것이다.

| 필요한 툴

대면 카드 소팅을 위해서는 아래의 준비물들이 필요하다.

1. 노트 카드(무선/유선): 분류하고자 하는 아이템(사전에 작성됨)들의 개수만큼 충분히 준비한다. 참가자들이 아이템 이름을 바꿀 수도 있으니 여분의 노트 카드도 필요하다. 그룹 제목(개방형 소팅의 경우 빈칸으로, 폐쇄형 소팅의 경우 사전에 작성한다)을 위한 노트 카드 묶음(다른 색상/크기로 준비)도 준비한다. 사용 가능한 여분도 같이 준비한다.
2. 펜: 마커처럼 카드 위에 쓸 수 있는 펜이 좋다. 아이템, 그룹 제목, 참가자 주석을 위해 색상을 다양하게 준비하는 것이

좋다. 펠트펜(felt pen, 속건성필기구)을 사용하면 사진에 선명하게 잘 나오는 글씨를 작성할 수 있다.

3. 카메라 또는 스마트폰: 각 참가자가 생성한 그룹의 사진 촬영을 위해 필요하다.
4. 참가자들이 내용을 이해했다는 사실을 입증할 수 있는 서명이 필요한 동의서
5. 리서처의 진행을 안내할 프로토콜: 어떤 내용을 전달해야 할지, 무엇을 해야 할지, 어떠한 주제를 다루어야 할지를 담고 있다. 프로토콜에 직접 필기하고 싶지 않으면 공책도 별도로 준비한다.

▹ 선택 사항

- 비디오카메라: 참가자들에게 큰 방해가 되지 않으면서도 카드의 세세한 부분까지 기록하는 것은 어려울 수도 있다.
- 오디오 녹음기: 각 참가자와 대화한 내용을 다시 듣고 싶을 때 사용한다. 비디오카메라와 더불어 어떠한 목적으로 사용할지 고려해야 한다.
- 클립보드: 프로토콜에 필기할 때 아래에 받칠 수 있는 도구이다. 경험상 카드 소팅은 사람들이 테이블 위에서 그룹을 생성하고 수정하기 때문에 주로 서서 관찰하게 된다. 하지만 꼭 서서 해야 하는 것은 아니다!

원격 카드 소팅을 위해서는 다음의 툴들이 꼭 필요하다.

1. 옵티멀소트 또는 유저줌 같은 온라인 카드 소팅 툴
2. 온라인 화상 회의 툴 또는 화면 공유 툴
3. 사용하는 툴이 녹화 기능을 제공하지 않을 때는 화면 녹화를 사용하는 것이 좋다. 또는, 화상 회의 대신에 핸드폰을 사용하는 것을 추천한다.

| 요약

사용성 테스트와 마찬가지로 카드 소팅도 반복적으로 수행되어야 한다. 한 번의 카드 소팅으로 필요한 모든 것을 알 수 없고, 특히 대규모의 복잡한 콘텐츠 또는 여러 다양한 사용자 그룹이 있을 때는 더 그렇다. 한 번에 다 진행하려고 하면, 리서치를 준비하고 진행할 때뿐 아니라 분석하고 통제할 때 특히 어렵고 복잡해지므로 모든 것을 한 번에 진행하려고 해서는 안 된다.

7장 설문 조사

광범위한 사용자 반응을 측정하는 방법

설문 조사란 무엇인가

설문 조사는 시장 조사와 유저 리서치에서 흔히 사용되는 방법론이다. 한계점이 있지만, 비용이 저렴하고 잠재적으로 많은 사람과 리서치 진행이 가능한 방법이다. 2장에서는 설문 조사를 이용해 적확한 참가자를 모집하는 방법에 대해 다루었다. 이번 장에서는 많은 참가자와 유저 리서치를 진행할 수 있고 정량 데이터와 정형 데이터(structured data, 형식이 정해진 데이터)를 수집하는 방법에 집중할 예정이다. 여기에서 다루는 모범 실무는 대면 또는 전화상으로 진행하는 설문 조사/설문지에 적용될 수 있다. 하지만 경우에 따라 대면 리서치가 가능하다면 사용자 경험 이슈에 관한 보다 깊이 있는 데이터를 얻는 데는 다른 방법론들이 유용할 것이다. 어떤 방법론을 선택할지는 리서치의 목표와 타깃 사용자에 따라 다를 것이다.

설문 조사의 장점

설문 조사는 계산하거나 개념을 수량화하는 데 유용하며, 샘플에서 얻은 데이터를 보다 넓은 범위의 인구에 적용할 수 있다. 예를 들어, 한 해에 100,000명의 순 방문자/고객이 있었다고 가정해 보자. 2,000명으로부터 정보를 수집하면 전체 100,000명에게 자신 있게 그 정보를 적용해 볼 수 있을 것이다. 통계적으로 유의미한 데이터(약 1,000개의 답변이 필요)는 이해관계자에게 여러분의 디자인 또는 결정이 유효하다는 확신을 줄 수 있을 것이다. 통계적 유의성을 목표로 하지 않더라도 설문 조사는 분석을 위한 정량 데이터 및 정형 데이터를 수집하는 데 유용하게 쓸 수 있다.

| 설문 조사의 단점

참가자들에게 과거 행동을 기억해 내거나 최근에 한 행동을 설명해 줄 것을 요구하면 안 된다. 참가자들은 자신이 했던 행동들을 정확하게 기억해 내지 못할 것이다. 과거에 했던 행동보다는 감정을 기억하는 것이 훨씬 쉽다.

| 설문 조사는 언제 해야 하는가

설문 조사는 개발 프로세스 또는 개발 주기의 어느 단계에서든 수행이 가능하다 .

- 리디자인(redesign, 기존에 제공되는 서비스를 다시 디자인하는 것) 하기 전에 사용자들이 무엇을 달성하고 싶은지, 현재의 경험

에 대한 만족도 수준은 어느 정도인지에 대한 이해가 필요할 때 사용할 수 있다.

- 신규 제품 및 서비스 또는 수정 버전을 발표하기 전에 새로운 디자인이 사용자들의 니즈를 충족하는지 알 수 있으며, 보완이 필요한 부분을 확인할 수 있다.
- 콘텐츠/특성에 점수나 순위를 부여할 수 있다.
- 향후 개선을 위한 아이디어를 얻기 위해 온고잉 서베이(ongoing survey, 특정 기간 동안 진행되는 설문 조사)를 수행할 수 있다.
- 사람들이 제품 및 서비스를 사용하는 이유를 탐색하고 그들의 방문에 대한 경험을 평가할 수 있다.
- 맥락적 조사나 인터뷰와 같은 정성적 리서치의 결과를 수치화할 수 있다.
- 사용성을 평가할 수 있다(시스템 사용성 척도).

| 이러한 유형의 리서치 수행에 필요한 노력

간단한 온라인 설문 조사를 만들고 사용하는 것은 빠르고 간단한 작업이다. 하지만, 적확한 사람들에게 적절한 질문들을 보여주기 위해 라우팅(routing, 응답자별로 다른 질문을 제시해 주는 방법)이나 로직을 추가하다 보면 순식간에 엄청 복잡해지기도 한다.

포용성에 대한 참고 사항

여기에서 제공하는 가이드는 모든 종류의 설문 조사(온라인, 대면, 전화)에 해당되며, 여러분의 사용자 그룹에 가장 적합한 유형을 선택해야 한다. 물론, 온라인 설문 조사가 단기간에 많은 사람을 조사하기에 적합할 것이다. 전화 설문 조사와 대면 설문 조사는 더 많은 시간과 노력을 요구하지만, 여러분의 리서치에 적확한 사람을 찾을 수 있는 가장 포용적인 방법일 것이다. 이는 특히 여러분이 관심 있는 사람들이 컴퓨터나 인터넷에 대한 접근성이 낮거나, 낮은 디지털 문해력을 보유한 사람들일 때 더욱 그러하다.

| 설문 조사를 하는 법

모든 유저 리서치와 같이, 설문 조사를 하기 전에 우선 아래 항목들을 확인해야 한다.

- 리서치의 목적
- 참가자들을 찾을 장소
- 사용하게 될 툴들
- 정보 수집의 한계

▹ 기본 원칙

- 설문 조사는 최대한 간결하게 한다.
- 참가자들에게 예상 종료 시간 사전에 고지한다.

- 가능하다면 참가자들에게 설문 조사를 진행할 때 진척 상황을 제공한다.
- 개방형 질문과 폐쇄형 질문을 섞어서 준비한다.

열린 텍스트 필드 질문은 최소한으로 유지한다. 객관식 질문과 척도형(rating scale, 참가자의 주관적인 생각을 측정할 수 있는 질문) 질문은 참가자들이 주제에 대해 어떻게 생각하는지 나타내는 데 아주 유용하다.

- 척도형 질문은 긍정적인 선택지와 부정적인 선택지를 동일한 개수로 준비해야 한다. 중립적인 선택지와 '잘 모르겠다'는 선택지도 추가해야 한다. 참가자들에게 의견이 없을 때는 답변을 유도해서는 안 된다.
- 유사한 질문들은 같은 그룹으로 묶고 논리적으로 배열한다.
- 청중에게 적절한 질문이어야 한다. 가장 먼저 그들에 대한 질문을 한다. 자기 선택(self-selection, 응답자의 선택으로 이루어지는 설문 조사)을 통해 그들에게 적절한 질문을 제공할 수 있게 해 줄 것이다. 여러분이 선택하는 설문 조사 툴의 논리적 규칙을 어떻게 사용하는지 배우도록 한다.

응답자들이 후속 설문 조사 또는 인터뷰에서 보다 심도 있는 질문들에 답할 의향이 있는지 묻는다. 그리고 참가자들의 연락처를 수집한다.

설문 조사에서는 어떤 질문들을 하는가

설문 조사는 참가자들이 최근에 한 경험에 대해 질문할 때 가장 유용하다. 상대적으로 기억이 생생하기 때문이다. 아래의 항목들을 질문함으로써 청중의 선호도, 의견, 태도에 대한 정보를 수집하는 데 사용할 수 있다.

- 사용자는 누구인가?
- 사용자들은 무엇을 원하는가?
- 무엇을 구매하는가?
- 어디에서 쇼핑을 하는가?
- 무엇을 소유하는가?
- 여러분의 제품 및 서비스에 대해 어떻게 생각하는가?
- 찾고 있는 것을 찾을 수 있었는가?
- 제품 및 서비스에 얼마나 만족했는가?
- 제품 및 서비스 관련 만족했던 부분과 만족하지 못했던 부분이 있었는가?
- 최근에 경험한 불만이나 이슈들이 있는가?
- 제품 및 서비스를 다른 사람들에게도 추천할지 여부
- 개선을 위한 아이디어/제안 사항이 있는가?
- 제품 및 서비스에서 한 가지 변경할 수 있다면, 무엇을 변경하겠는가? 왜 그것을 변경하는가?
- 반드시 포함되어야 하는 특성
- 없어도 되는 특성

- 그 외에 참가자들이 공유하고 싶은 사항(열린 텍스트 필드를 마무리하기에 좋은 항목)

설문 조사에서 피해야 하는 질문

- 연락처 및 개인 정보 공유는 필수 사항으로 포함하지 않는다(사례금을 지불하는 경우 제외).
- 이중 부정과 전문 용어는 사용하지 않는다. 2장에서 적절한 질문하기 부분에서 쉬운 문장을 사용하는 방법을 다루었다. 이러한 방식으로 작성하기에 익숙해지는 것은 리서치에서 설문 조사를 사용할 때 굉장히 중요하다.
- 한 개의 질문에 여러 개의 콘셉트를 사용하지 않는다. 질문은 한 번에 하나씩 집중해야 한다.

설문 조사 대상자는 어떻게 선정해야 하는가

생각해 둔 타깃 청중/사용자 그룹이 있다면 설문 조사 응답 대상자로 어떻게 선정할 수 있을지 생각해 봐야 한다. 모든 사람이 응답할 수 있다면 당연히 쉬워지겠지만, 과연 결과도 유용할까? 언제나 그렇듯 여러분의 리서치 목표에 달려 있다.

리크루팅 에이전시에 의뢰하기

여러분에게 익숙하지 않은 사람들이나, 이탈 고객(lapsed customer, 특정 기간 동안 제품 및 서비스를 이용하지 않은 고객)/사용자, 또는 익숙하지만 관련이 없는 사람들과 같이 새로운 사용자 그룹/청중을 리서치 대상으로 포함하기 위해서는 그들을 찾을 수 있는 에이전시가 필요하다. 기억을 되살리기 위해 2장으로 돌아가서 '적확한 참가자는 어떻게 구하는가' 부분의 좋은 모집 개요를 작성하는 방법을 다시 읽고 오기 바란다.

설문 조사를 완성하기 위해 다수의 구체적인 대상자들을 타깃팅하는 데서 발생하는 비용을 염두에 두어야 한다. 여러 에이전시를 둘러보며 양질의 결과물과 합리적인 가격을 모두 충족시킬 수 있는 에이전시를 찾는다.

설문 조사 대상자를 직접 모집해야 하는 경우

기존 사용자 그룹의 태도와 선호도에 관심이 있고 이미 고객 세부 정보에 관한 데이터베이스를 충분히 갖추고 있다면, 데이터베이스를 활용하여 연락할 수 있는 적절한 사용자들을 찾아낼 수 있는 동료 전문가에게 부탁한다. 물론 사용자들의 연락처를 이러한 용도로 사용할 수 있는 권한이 있어야 할 것이다. 어떤 디지털 제품 및 서비스인지에 따라 사용자들이 사용하는 동안 그들에게 다양한 방식으로 설문 조사를 직접 전달할 수도 있다. 설문 조사가 고객 여정이나 경험의 특정 구간에서 제시되거나 팝업으로 보이게 하거나, 특정 구간 이후에 나타나게 하거나 구체적으로 어느 특정 페이지 또는 모든 페이지에서 설문 조사를 접하게 할 수도 있다. 대면 설문 조사를 진행할 때는 참가자들로부터 멀리 떨어지지 않은 장소에 서 있을 수도 있다.

설문 조사에 적합한 사람들인지 확인하기 위해 사용자들에 대한 정보를 먼저 물어보도록 한다. 지금 여러분이 듣고 싶은 이야기를 해 줄 수 있는 사람들이 아니라면 예의 바른 메시지와 함께 돌려보내는 것에 너무 미안해할 필요는 없다. 그들도 쓸데없이 설문 조사를 다 작성하고 나서 알게 되는 것보다는 초반에 아는 것이 더 나을 것이다. 또한, 그들이 입력한 데이터들을 골라내는 수고도 덜 수 있을 것이다.

파일럿 테스트를 수행해 볼 것

모든 청중에게 본격적으로 발표하기 전에 먼저 설문 조사를 테스트해 보는 것이 좋다. 가능하다면 질문들을 수정하는 데 도움을 줄 수 있는 일부 청중들과 파일럿 설문 조사를 수행해 보도록 한다. 처음에는 여러분의 동료나 조직 소속 사람들에게 부탁할 수 있을 것이다. 배경 지식은 너무 많이 제공하지 않도록 해야 한다. 향후 잠재적 참가자들에게 제공될 만큼의 정보만 공유해야 한다. 정확히 원하는 피드백을 받을 수 있도록 명확하게 방향을 제시해야 한다. 설문 조사를 하면서 이해가 가지 않은 질문, 대답할 수 없는 질문(객관식 질문의 경우), 대상자가 전달하고 싶은 내용이 포함되지 않은 질문이 있었는지를 묻는다.

사례금은 언제 지급하는가?

사례금 제공의 여부는 설문 조사에 참여하는 사람의 유형에 영향을 미치게 된다. 간단한 5분짜리 설문 조사의 경우에는 어떠한 사례금도 지급하지 않아도 될 것이다. 더 상세하고 복잡한 설문 조사의 경우에는 상품권이든 현금이든 어느 정도의 사례금을 지급해야 한다. 설문 조사에서 자주 사용되는 방식으로는 경품 추첨을 통해 3명에게 사례하는 것이 있다.

| 필요한 툴

사용할 수 있는 온라인 설문 조사 툴은 굉장히 많다. 일부는 무료이지만, 여러분이 원하는 기능과 필요한 응답자 수로 이용하기 위해서는 대부분 비용을 지불해야 한다. 현재 보유하고 있는 예산으로 어떠한 툴이 가장 좋을지 검색해 보라. 아래는 참고할 수 있는 사이트를 몇 가지 준비해 봤다.

- https://www.optimalworkshop.com/questions/
- https://www.surveymonkey.co.uk/
- https://www.alchemer.com/
- https://www.checkbox.com/
- https://www.fluidsurveys.com/
- https://www.keysurvey.co.uk/

대면 및 전화 설문 조사는 종이와 펜을 사용하는 로테크 방식이 좋을 것이다. 사람들과 대화할 때 답안을 입력할 수 있게 스프레드시트를 준비해 두어야 한다. 다른 옵션으로는, 모바일 기기(태블릿 또는 스마트폰)로 하는 온라인 설문 조사가 있다. 사용할 수 있는 툴은 굉장히 많이 있으며 무엇을 선택하느냐는 사용자들에게 어느 툴이 가장 쉬운지, 또 정해진 예산 내에서 데이터를 가장 많이 수집할 수 있는 최적의 툴이 어떤 것인지에 따라 다를 것이다.

설문 조사 분석과 통계적 유의성에 대해서는 책을 한 권 낼 수 있을 정도이다. 설문 조사 디자인의 모범 실무에 관해서도 또 한 권 낼 수 있을 것이다. 이번 장은 간략한 개요를 전달하기 위한 것이기 때문에 훗날 설문 조사를 많이 수행할 예정이거나 복잡한 설문 조사를 수행해야 하는 경우에는 관련 책들을 찾아볼 것을 추천한다.

8장 사용자 인터뷰
대화를 통해 사용자들의 경험 이해하기

사용자 인터뷰란 무엇인가

우리 모두 어떤 방식으로든 인터뷰를 해 본 경험이 있을 것이다. 주로 취업용이기는 하지만 말이다. 인터뷰는 사회과학, 시장 리서치, 유저 리서치, 인간-컴퓨터 상호 작용 등에서 흔히 사용되고 잘 정립된 기법으로 대면, 전화, 또는 영상 통화로 진행된다.

사용자 인터뷰의 장점

인터뷰는 반복적 리서치에서 흔히 사용되는 기법 중 하나일 것이다. 유저 리서치를 목적으로 하는 경우, 인터뷰는 사용자들의 태도, 선호도, 공통된 행동, 그들이 생활하고 작업하는 맥락 또는 그들이 어떻게 생각하고 특정 대상을 어떻게 인식하는지 등을 이해하는 데 유용하다.

특히 대면 인터뷰의 경우 기술을 쉽게 접할 수 없는 사용자들이나 낮은 문해력, 디지털 활용 능력을 보유한 사람들과도 리서치를 진행할 수 있는 아주 좋은 방식이다. 인터뷰를 통해 그들이 다루기 어려워하거나 어색해할 수도 있는 행동을 요구하지 않으면서도 그들의 경험과 맥락을 이해할 수 있게 된다.

| 사용자 인터뷰의 단점

하지만 사용자들이 말하는 것과 행동하는 것은 별개의 것이라는 점을 항상 유의해야 한다. 또 우리의 기억력은 완벽하지 않으므로, 사람들에게 세세하게 구체적인 여정이나 경험에 대한 디테일을 기억해 낼 것을 요구하는 것은 좋은 생각이 아니다.

대부분의 경우, 인터뷰에 참가하는 사용자들은 디자이너가 아닐 것이다. 따라서 인터뷰는 이상적인 해결책이나 구체적인 개선들을 자세히 묻는 용도로 사용하기에는 적합하지 않다. 오히려 현재 발생하고 있는 일이나, 사용자들이 어떻게 생각하고 목표가 무엇인지, 또 얻고자 하는 결과가 무엇이었는지를 확인하는 데 유용하다.

| 사용자 인터뷰는 언제 해야 하는가

사용자 인터뷰는 흔히 시간과 예산이 제한적일 때 약식으로 진행하는 방식이라고 볼 수 있다. 인터뷰는 프로젝트 범위 설정(project scoping)을 시작하기에 좋다. 사용자들과 대화를 통해 앞으로 하게 될 작업의 맥락과 사람들이 경험하고 있는 이슈 등에 대한 기본적인 이해를 얻을 수 있을 것이다. 이를 통해 프로젝트의 범위와 목표를 정의할 수 있게 된다.

또한, 인터뷰는 관찰(에스노그라피와 같은 활동 후에 진행되는 관찰, 11장 참고)을 보완할 수 있는 아주 훌륭한 방법론이다. 각각의 방법론들을 통해서도 인사이트를 조금씩 얻을 수 있지만, 같이 조합하여 사용했을 때 훨씬 거시적인 인사이트를 얻을 수 있게 된다.

| 이러한 유형의 리서치 수행에 필요한 노력

사용자 인터뷰는 연습하고 배우기 가장 쉬운 방법론 중 하나이다. 모범 실무에 대한 기초를 숙지하고 있다면 사용자 인터뷰를 지금 당장 실행으로 옮겨도 좋다. 하지만 숙련된 진행자가 되기 위해서는 시간과 노력이 필요하다. 몇몇 민감한 주제들은 참가자들의 안정을 유지하면서도 이야기를 이끌어 나갈 수 있는 스킬이 필요하다. 굉장히 감성적인 주제를 다루어야 할 때는 아래 제시된 케이스 스터디에서와 같이 사람들의 마음가짐에 신경을 써야 할 것이다.

케이스 스터디 *세션을 조기에 종료해야 할 때는 언제인가*

2014년, 나는 5개월 동안 불치병 환자들과 간병인들을 보살피고 지원하는 자선 단체를 도왔던 경험이 있다. 내가 수행한 리서치는 불치병을 겪고 있는 사람들의 정보 욕구에서부터 자원봉사 알아보기, 자선기금 모으기, 기부 등 여러 범위에 대한 20차례의 전화 인터뷰를 포함했다. 대부분의 인터뷰는 불치병 환자 또는 간병인과 그들의 가족들과 이루어졌다. 각 인터뷰를 시작할 때마다 나는 그들이 혹여나 불편하거나 속상한 마음이 들 때는 언제든지 인터뷰를 잠시 쉬거나 종료해도 괜찮다고 알려주었다. 대부분의 사람들은 각자 자신이 처한 상황이 어떻든 모두 도움을 주고 싶어 한다. 감정적인 상황에조차 사람들은 계속해서 인터뷰를 이어나가려고 한다. 인터뷰 대상자들이 감정적으로 될 때 대부분 내가 먼저 인터뷰를 종료하자고 말을 꺼냈다.

인터뷰를 도중에 중단할 때는 조심스럽고 격려하는 방식으로 해야 한다. 참가자들에게 덕분에 굉장히 도움이 되었으며, 시간을 내주어서 굉장히 감사하게 생각하지만, 그들의 건강을 위해서는 인터뷰를 이만 종료하는 것이 좋을 것 같다고 이야기해 주도록 한다. 또 필요할 경우에는 인터뷰 대상자들이 감정을 털어놓을 수 있는 사람의 연락처나 전화 상담 서비스 번호를 준비해 두어야 한다. 참가자들이 괜찮은지 전화를 걸어 확인해도 될지 동의를 구하는 것도 좋다.

이 프로젝트의 경우 추가적으로 인터뷰를 진행하여 조기에 종료된 인터뷰의 부족한 부분을 채웠다. 하지만, 시간과 노력, 비용을 추가적으로 들인 가치가 있었다. 참가자들과 여러분의 행복을 지키는 것이 리서치 데이터를 얻는 것보다 중요하다.

인터뷰는 리서치 목적에 따라 **구조적**(structured, 진행자가 이미 구조화된 형식을 따라 진행하는 인터뷰), **반구조적**(semi-structured, 진행자가 구조화된 형식을 따라 질문하지 않고 융통성 있게 진행하는 인터뷰), **또는 열린 토론**(open discussion)으로 진행할 수 있다. 유형마다 사전 준비와 미리 정의된 질문들이 필요하다.

| 사용자 인터뷰를 하는 법

사전 준비는 어떻게 해야 하는지 살펴보고 개별 인터뷰(individual interview)와 2인 1조 형식으로 진행하는 인터뷰(paired interview)를 진행하는 법을 다루어 보자.

질문 설계

질문 설계에 관한 이야기는 앞에서 많이 다루었는데, 특히 2장에서는 적절한 질문을 하는 부분에 대해 다루었다. 간단하게 복습을 해 보자.

- 특수 용어나 전문 용어는 피한다. 가능한 한 쉬운 문장을 사용한다. 전문 용어를 불가피하게 사용해야 한다면, 뜻을 함께 제공한다.
- 참가자들의 답안을 특정 방향으로 유도하지 않는 중립적이고 개방형 질문을 사용한다.
- 긴 질문들은 답하기 어려우므로 피하도록 한다.

- 복문은 피한다. 항상 개별 문제로 분리하여 제공한다.
- 의미가 함축된 단어들은 여러분이 리서치하는 분야의 맥락에 비추어 보고, 질문에 사용해도 될지, 사용하면 안 될지 고려해봐야 한다. 예를 들어, '복지'라는 단어는 일부 상황에서는 부정적인 의미를 뜻하기도 한다.

인터뷰 구조

앞의 사용성 테스트 섹션을 읽었다면 스크립트와 프로토콜의 개념과 구성에 대해 잘 알고 있을 것이다.

▹ **1.** 소개

1장(윤리적·법적 문제 인지)과 4장(사용성 테스트)에서 어떻게 리서치 세션을 시작하면 좋은지에 대한 예시를 제공하였다. 사용자들에게 맥락을 일부 제공하면서 시작하는 것은 아주 좋은 방법이다. 참가자들은 세션이 시작되기 전에 설명이 더 필요한 부분을 물을 수 있고 긴장도 풀 수 있다.

▹ **2.** 준비 질문

기본적인 질문들을 물어보는 것은 인터뷰의 핵심으로 들어가기 전, 참가자들을 조금 더 파악하는 기회가 된다. 질문들은 리서치하려는 과업 또는 분야와 관련된 참가자들의 경험에 대한 인사이트를 얻을 수 있는 쪽으로 초점이 맞춰져야 한다. 질문들은 중립적이고 상대적으로 답하기 쉬운 것들로 준비해야 한다. 두세 가지 질문으로 제한하고 5분 정도 소요한다.

▹ **3.** 인터뷰의 핵심 질문/포커스

개방형 인터뷰와 비구조적 인터뷰는 아젠다(agenda, 수행해야 하는 업무 내용이 정리되어 있는 목록)가 있기는 하지만 답을 요구하는 구체적인 질문들이 포함되어 있지는 않다. 개방형 인터뷰와 비구조적 인터뷰는 인터뷰를 본격적으로 시작하는 들어가는 질문(opening question)이 있지만, 나머지 부분은 진행자가 대화의 내용에 따라 자유롭게 질문한다. 이러한 유형의 인터뷰는 양질의 데이터를 다수 얻게 해 주며, 어느 분야를 이제 막 탐구하기 시작했을 때 특히 유용하게 쓰일 수 있지만, 동시에 훨씬 더 많은 스킬이 필요하다.

구조적 인터뷰와 반구조적 인터뷰를 할 때는 반드시 각 참가자와 동일한 주제를 다룰 수 있도록 인터뷰 안내서를 작성해 두어야 한다. 두 인터뷰의 차이점은, 어떤 질문이 포함되느냐에 있다. 그룹과 관련된 질문들은 인터뷰의 흐름과 참가자들의 사고 프로세스를 돕는다. 인터뷰에 민감한 주제를 다룰 때는 비교적 쉬운 질문들로 시작해서 점차 더 '어려운' 질문들을 이어나가는 것이 좋다.

주요 팁

- 적절한 질문을 하는 방법에 관련하여 앞서 다루었던 모든 규칙이 여기에도 적용된다. 단지 사전에 준비하는 것이 아닌, 즉흥적이고 상황에 따라 대응한다는 차이가 있을 뿐이다.

- 애초에 고려한 질문은 아니지만 아젠다와 관련이 있는 새로운 질문들을 쫓을 준비를 한다.
- 인터뷰의 시작과 끝을 알릴 수 있는 준비 질문과 마무리 질문을 준비하는 것이 좋다.

▹ **4.** 마무리 질문

마무리 질문은 준비 질문과 마찬가지로 비교적 답변하기 쉬운 질문들이어야 한다. 여러분이 앞서 이야기한 내용에 관한 요약/검토, 또는 참가자들의 전반적인 느낌과 같은 것들이 될 수 있다. 대체적으로 가능한 한 편안한 어조로 마무리하는 것이 좋다. 사람들은 여러분이 무엇을 하고 말했는지 기억하지 못하겠지만, 어떤 감정을 느꼈는지는 기억할 것이기 때문이다.

▹ **5.** 마무리 및 감사 문구

마무리 단계에서는 만약 후속 리서치/프로젝트가 있을 시, 어떻게 진행할 예정인지에 대해 참가자들에게 알려줄 수 있는 시간이다. 또한, 만약에 직접 사례금을 지급할 예정이라면, 이때 지급하면 된다. 다른 방식으로 지급할 예정이라면 참가자들에게 어떻게, 그리고 언제 지급할 것인지 다시 한번 알려주면 된다. 혹시 참가자들이 더 자세히 알고 싶은 사항이 있을 때 연락할 수 있는 연락처도 함께 제공해 주면 된다. 이는 선택 사항이다.

항상 마지막은 '참가해 주셔서 정말 감사드립니다. xxx를 하는 데 큰 도움이 될 것입니다.'와 같은 말들로 마무리하는 것이 좋다.

인터뷰 진행하기: 개별 참가자

▹ 프롬프트 사용하기

프롬프트는 예상되는 추가적 설명이자 후속 질문이다. 즉, 리서치 초점에 관련된 주요 질문에 대한 추가 질문이다. 이는 참가자들의 답변을 더 깊이 파고들 수 있게 도와주거나 참가자들이 답변하기 어려워할 때 예시로 사용할 수 있다. 예시는 유용하지만 본래 유도하는 특성이 있고 참가자들의 답변을 왜곡할 수도 있기에 자주 사용하는 것은 삼가야 한다.

프롬프트가 필요한 상황을 항상 예상할 수 있는 건 아니지만, 리서치를 많이 하면 할수록 더 익숙해질 것이다. 예상하지 못했던 프롬프트는 나중에 다시 또 사용할 수도 있기에 리서치 세션 도중에 따로 기록해 두는 것이 좋다. 아래는 프롬프트 질문이 무엇인지 감을 잡을 수 있는 예시 질문들을 몇 개 준비해 보았다.

일반적으로 사용되는 프롬프트 질문

- 이것에 대해 조금 더 설명해 주실 수 있습니까?
- 이것에 대해 어떻게 생각하십니까?
- 어떻게 하셨는지 설명해 주실 수 있습니까?
- xxx에 대해 조금 더 말씀해 주시기 바랍니다.
- 이 경험을 하셨을 때 어떠한 감정이 드셨습니까?

▹ 어색한 침묵과 참가자들이 답변하지 않을 때

인터뷰를 처음 시도할 때, 참가자들이 말을 하지 않으면 그 빈 공간을 캐묻는 질문들로 채우고 싶은 마음이 들 것이다. 하지만 그 침묵을 채우려다 리서치의 주제에서 벗어나거나 특정 답변을 유도하는 질문이나 편향된 질문을 할 수도 있고, 만약 여러분이 개입하지 않았더라면 얻었을 수도 있는 답변들을 얻지 못하게 될 수도 있다.

때때로 어색한 침묵이 있어도 내버려 두는 것이 도움이 될 때가 있다. 대부분의 참가자들은 그 침묵을 채우기 위해 노력할 것이다. 또한, 참가자들이 다른 길로 새지 않고 말을 이어나갈 수 있도록 격려하고, 그들의 말에 경청하고 있다는 것을 보여주기 위해 '음'이나 '응'과 같은 말들을 자주 사용하게 될 것이다. 경험이 쌓이면, 참가자들이 자신의 생각을 말로 표현하기 위해서는 격려가 필요하므로 여러분이 언제 말을 해야 할지, 또 언제 침묵해야 할지에 대한 감을 잡을 수 있다.

참가자들이 질문할 수도 있다. 도움을 요청하는 것은 자연스러운 일이다. 그러면 처음에는 딜레마에 빠진 것처럼 느껴질 것이다. 그 질문에 답을 해도 될까? 참가자들의 불만/불안/스트레스를 달래고 싶은 마음이 드는 것이 정상이다. 질문에 답변해야 할지 말아야 할지는 참가자의 질문에 따라 다를 것이다. 이러한 상황을 어떻게 대처해야 할지 아래에 몇 가지 팁을 준비하였다.

- 참가자가 여러분의 질문을 이해하지 못하고 있는 것이 분명

해 보일 때는 다른 방식으로 질문을 한다. 질문의 핵심은 유지하면서도 나쁜 질문의 함정(편견)에 빠지지 않도록 주의한다. 다음 참가자들에게는 질문을 수정해서 물어야 할 수도 있기 때문에 해당 질문과 사용된 답변을 기록해 둔다.

- 가끔 참가자들이 여러분의 질문을 대화로 이어나가기 위해 또는 여러분이 찾고 있는 답변을 유추하기 위해서 여러분의 생각을 물을 수도 있다. 이러한 상황에서는 질문한 사람이 어색해하지 않도록 답변하지 않으면서 예의를 갖추어 거절해야 한다. 흔히 이러한 상황에서는 여러분은 현재 참가자들의 경험과 생각에 관심이 있으며, 그 부분이 이번 인터뷰에서 가장 중요하기 때문에 그것과 관련된 대화는 인터뷰를 마치고 난 뒤에 나눌 수 있으면 좋겠다고 말할 수 있다.
- 만약에 참가자들이 질문에 답하지 못하는 상황에서는 답변을 강요하면 안 된다. 지어낼 가능성이 있기 때문이다. 그냥 그 부분을 기록으로 남기고 다음 질문/주제로 넘어가면 된다.

인터뷰 진행하기: 두 명의 참가자(2인 1조 인터뷰)

지금까지는 개별 인터뷰와 2인 1조 인터뷰를 준비하는 방식은 동일했다. 하지만, 개별 인터뷰와 2인 1조 형식의 인터뷰를 진행하는 방식은 서로 굉장히 다르다.

케이스 스터디 2인 1조 인터뷰 형식 사용하기

나는 박사학위 연구 당시 2인 1조 인터뷰를 회고적 생각 말하기(retrospective think aloud) 방식으로 처음 사용하였다. 근사하게 들릴지 모르겠지만, 간단히 말하자면 방금 막 활동을 마친 두 명에게 동시에 인터뷰를 진행하는 것을 말한다. 이때 진행한 이유는 그들이 리서치를 수행하는 동안에 방해가 되지 않으면서도 방금 마친 활동에 대한 기억이 아직 머릿속에 생생히 남아 있을 시기이기 때문이다. 이러한 기법은 참가자들이 서로 답변을 유도하고, 서로의 기억에 대해 이야기를 나누며 설명할 수 있게 해 준다. 관찰하고 있는 학습 과정을 옆에서 방해하지 않으면서도 이미 과업을 수행하면서 발생한 상호 작용의 연장선상으로 볼 수 있는 이 기법이 교육 환경에서 아주 유용하다는 것을 알게 되었다.

물론 모든 리서치 주제가 두 명씩 짝을 지어 논의하기에 적합하지는 않다. 그러나 다음과 같은 특정 환경에서는 유용하게 사용될 수 있을 것이다.

- 리서치 주제에서 협력이 핵심인 경우. 예를 들어, 협력하는 작업 흐름(workflow)을 이해할 때 주기적으로 함께 일하는 사람들과 대화한다.
- 팀 또는 오피스 간의 업무 수행법 차이를 파악하기 위해서는

같은 업무를 수행하지만, 다른 팀 또는 오피스에 소속되어 있는 사람들과 대화한다.

- 친구들끼리 2인 1조로 짝을 지어 진행하는 인터뷰는 보통 내용을 깊이 다루는 경향이 있다. 민감한 주제이거나 친구가 옆에 있어서 조금 더 마음을 열고 자신의 생각을 더 잘 표현할 가능성이 있기 때문이다. 보통 어린이나 청소년과 인터뷰를 해야 할 때 추천하는 방식이다.

2인 1조 인터뷰는 참가자들의 경험을 보다 깊이 이해할 수 있고, 서로의 경험에서 발견되는 유사점과 차이점을 통해 주제를 심도 있게 탐구할 수 있다. 2인 1조 인터뷰는 동시에 두 개의 인터뷰를 진행하는 것이 아니라, 참가자들이 상호 작용하는 것에 중점을 둔다. 이는 참가자들이 인터뷰할 때 겪을 수 있는 불편함을 덜고, 생각할 수 있는 여유를 더 많이 제공하고, 응답자들이 토론을 통해 보다 복합적인 응답을 구축하고 서로의 이야기를 보강할 수 있게 해 준다.

▹ 2인 1조 인터뷰 최대한 활용하기

2인 1조 인터뷰를 최대한 활용하기 위해서는 두 참가자 모두 세션에 기여할 수 있도록 해야 한다. 다음의 가이드라인을 참고하길 바란다.

- 절대 잊어서는 안 되는 중요한 부분은 조가 잘 구성되어야

한다는 것이다. 보통은 두 참가자가 업무적으로든, 개인적으로든 서로 안면이 있어야 한다.

- 침묵이 동의를 뜻하지는 않는다.
- 질문할 때마다 처음 답변하는 사람을 번갈아 지정한다.
- 여러 명이 함께 진행하는 리서치는 유형을 막론하고 참가자 중 한 명이 모두 지배해 버리는 문제가 있다. 이러한 경향은 참가자들이 서로 수직적 관계일 때 더욱 두드러진다.
- 참가자 중 한 명이 세션을 지배하기 시작하면, 진행자가 말이 적은 참가자에게 직접 질문할 수 있다.
- 어린이, 청소년들을 인터뷰할 때는 남자아이들로 구성된 조와 여자아이들로 구성된 조, 두 성별이 함께 구성된 조 모두 다른 기법이 사용되어야 한다는 점을 잊지 말아야 한다.

▹ 데이터 기록하기

녹화 장비들을 사용하면 당연히 참가자들이 말한 내용을 한 자 한 자 담아낼 수 있겠지만, 모든 상황에서 가능하지는 않다. 받아쓰기 훈련이 되어 있지 않는 이상 인터뷰를 필기로 정확하게 담아내는 것은 굉장히 어려운 일일 것이다. 하지만 나중에 기억을 되살릴 수 있기 때문에 필기는 여전히 유효한 방식이다. 다음은 데이터 기록에 익숙해지는 데 유용하게 쓸 수 있는 몇 가지 기법이다.

- 참가자가 한 말 중, 특별히 흥미로운 대화만 적는다. 모든 것을 받아 적으려고 하지 않는다.

- 필기는 다른 사람에게 부탁한다. 덕분에 여러분은 동시에 참가자들의 이야기를 듣고, 대화에 참여하고, 또 글도 써야 하는 부담을 덜고 세션 진행에만 집중할 수 있다.
- 시간을 굉장히 단축시켜 줄 수 있는 음성·문자 변환(voice to text) 받아쓰기 소프트웨어를 사용한다.

나는 한 번도 받아쓰기 소프트웨어를 사용해 본 적이 없으며 종이 위에 직접 끄적거리는 것을 선호한다. 노트북이나 태블릿에 직접 노트를 기록하는 것을 선호하는 사람들도 있는데, 이는 나중에 결과를 분석하거나 공유할 때 걸리는 시간을 단축시켜 주기도 하지만, 대면 인터뷰 상황에서 참가자와 진행자 사이에 기기를 둘 경우 둘 사이에 장벽이 생길 수 있다. 데이터 기록에 불변의 법칙은 없다. 그저 염두에 두어야 할 몇 가지가 있을 뿐이다.

인터뷰의 길이

인터뷰 길이는 리서치의 범위와 다루고자 하는 질문의 수와 주제에 따라 다르다. 인터뷰 가이드를 파일럿 테스트해 보는 것이 얼마나 중요한지 알 수 있는 부분이다.

- 인터뷰 가이드 초안을 작성한다.
- 같이 연습할 수 있는 동료 또는 실제 참가자를 모집한다.
- 실제 리서치 세션인 것처럼 가이드 초안에 따라 리서치를 수행한다.

- 전체 세션을 수행하는 데 시간이 얼마나 걸리는지, 또 참가자들이 인터뷰가 너무 길어져서 지치거나 격양되는 시점이 언제인지 확인하기 위해 시간을 재 본다.
- 전화 인터뷰는 보통 30분 또는 45분으로 짧게 유지하는 것이 좋다. 전화상으로 '격식을 차린' 대화를 유지해 나가는 것은 대면으로 하는 인터뷰보다 더 많은 노력이 필요하기 때문에 진행자와 참가자 모두 훨씬 더 쉽게 피로감을 느낀다. 하지만 인터뷰를 길게 해야 할 필요가 있을 때는 단축하지 않는다.
- 대면 인터뷰는 일반적으로 30분에서 90분 정도 소요된다. 보통 1시간 정도 지나면 휴식을 취하기에 적당한데, 그 시간을 넘기면 참가자와 진행자 모두 힘들기 때문이다.
- 2인 1조 인터뷰는 보통 시간이 더 많이 소요된다. 아마도 30분은 너무 짧을 것으로 예상되나 이 또한 리서치의 범위에 따라 다르다.
- 어린이, 청소년을 인터뷰할 때는 항상 세션 길이를 짧게 유지한다. 대체적으로 30분 정도가 괜찮고, 절대로 45분을 넘겨서는 안 된다. 아이들이 금방 집중력과 인내심을 잃을 것이기 때문이다.

필요한 툴

- 인터뷰 가이드
- 기록할 수 있는 대상
- 동의서
- 필요할 경우, 비밀유지계약서
- 녹화 장비

9장 다이어리 스터디
일정 기간 동안 유저 리서치 데이터를 살펴보는 방법

| 다이어리 스터디란 무엇인가

다이어리 스터디(Diary studies)는 일정 기간 동안 정성 데이터를 기록하는 데 사용될 수 있는 방법론으로 참가자들이 자신의 다이어리를 직접 작성하는 방식이다. 참가자들에게는 특정 대상에 대해 자신이 관찰한 내용과 데이터를 지정된 시간에 기록할 수 있는 프레임워크가 주어진다.

| 다이어리 스터디의 장점

다이어리 스터디는 일정 기간 동안 경험, 행동, 그리고 태도에 대한 맥락적 이해를 얻는 데 유용하다. 이러한 유형의 인사이트를 수집하기 위해 '랩실 환경'의 시나리오를 구성하는 것은 굉장히 어려울 것이다. 다이어리 스터디는 전문 장비 측면에서는 비용이 적게 들지만 데이터 수집, 그리고 잠재적 데이터 분석에 소요되는 시간 측면에서는 고가의 방법론이다.

| 다이어리 스터디의 단점

대부분의 방법론이 그렇듯, 다이어리 스터디를 할 때는 장단점을 모두 살펴봐야 한다. 다이어리 스터디의 주요 단점은 시간이다. 이 방법이 적합하지 않은 특정 맥락들이 있기 때문이다. 바로 감정적 맥락 또는 생산성 집약적인 환경을 예로 들 수 있는데, 응급구조사에게 그들의 업무 일과에 대한 다이어리를 작성해 달라고 부탁할 수는 없을 것이다. 그러한 상황에는 에스노그라피가 더 적합할 것이다. 맥락적 이해를 조금 더 깊게 파고들고 인간의 능력을 전 범위에서 고려해 보면 특정 사용자 그룹(능력 스펙트럼 면에서)에게는 다이어리 작성보다 더 적합한 방법론이 있을 것이다.

다이어리 스터디는 간단히 말해, 일정 기간 동안 발생하는 변화에 중점을 둔다. 따라서 여러분의 리서치가 그 변화에 대한 것이 아니라면 적합한 방법론이 아닐 것이다.

| 다이어리 스터디는 언제 해야 하는가

다이어리 스터디는 아래와 같이 사용자들의 장기적 행동(long-term behavior)을 이해하고자 할 때 유용하게 사용할 수 있다.

- *습관*: 사용자들은 몇 시에 참여하는가?
- *사용 시나리오*(usage scenarios): 사용자들은 어떤 자격으로 참여하는가? 이 데이터는 후속 리서치의 사용성 테스트 시나리오에서 사용될 수 있다.

- *태도와 동기*: 사람들이 특정 행동을 계속하게 되는 동기가 무엇인가? 사람들은 어떻게 느끼고 생각하는가?
- *행동과 관점의 변화*: 시스템이 얼마나 학습 가능한가? 시간이 지나면서 사람들의 충성도에 변화가 있는가?
- *고객 여정*: 여러 기기와 채널을 통해 여러분의 조직과 상호작용할 때 참가자들이 경험하게 되는 전형적인 고객 여정과 크로스채널(cross-channel, 여러 채널에서 동일한 고객에게 동일한 서비스와 제품을 제시하는 방법) 사용자 경험은 어떠한가? 복수의 서비스 터치 포인트의 누적효과는 어떠한가?

다이어리 스터디는 아래의 경우에 유용하다:

- 큰/고가의 물건(예: 집)을 구매하는 경우와 같이 사나흘 이상 걸리는 장기 프로세스를 사용자들이 어떻게 완료하는지 추적할 때
- 사용자들이 특정 행동을 하게 되는 동기를 알아내려고 할 때
- 여러분의 제품 및 서비스를 어떻게 사용자 습관에 맞출 수 있을지 결정할 때
- 리텐션(retention, 재사용률)을 평가할 때

다이어리 스터디의 초점은 연구 주제에 따라 굉장히 광범위할 수도 있고 특정 부분에 집중할 수도 있다. 다이어리 스터디는 흔히 다음 제시된 것들 중 하나에 집중하도록 구성된다.

- *특정 대상*: 일정 기간 동안 모든 상호 작용의 이해
- *일반 행동*: 사용자 행동에 대한 일반적인 정보의 수집
- *특정 활동*: 사람들이 특정 활동을 어떻게 완료하는지 이해
- *일반 활동*: 사람들이 일반 활동을 어떻게 완료하는지 이해
- *기대, 사고방식, 감정, 사회적 또는 물리적 맥락*: 다이어리 스터디는 이러한 영향을 포착해 낼 수 있으며, 사용자 경험이 각각의 기간 동안 어떻게 형성되는지에 조명한다. 외부 자극 없이 스스로 발생하는 것은 없다.

다이어리 스터디는 흔히 맥락적 조사 또는 사용자 인터뷰와 같이 사용된다. 사용자들의 습관과 행동을 보다 깊이 있게 파고들기 위해 사용된다. 다이어리 스터디는 종적 연구(longitudinal study, 변화를 보기 위해 정해진 시간 간격 동안 개인 또는 그룹을 연구하는 것)이며 기간은 2주에서 두 달에 이른다. 여러분의 연구 주제가 무엇인지, 또 일반적이거나 덜 일반적인 습관 또는 루틴이 반영된 행동 패턴을 관찰하기까지 얼마나 걸릴 것으로 예상되는지에 따라 다를 것이다.

| 이러한 유형의 리서치 수행에 필요한 노력

다이어리 스터디에서 리서치를 진행하고, 얻은 데이터를 분석하고, 또 어떤 인사이트를 얻었는지 이해하기 위해 필요한 기술을 가지려면 시간과 노력이 필요하다. 다이어리 스터디를 사용하고

싶다면 작고 간단하게 시작하는 것이 좋을 것이다.

다이어리의 범위에 따라서는, 예를 들어, 30분짜리 인터뷰에 비교했을 때 참가자들의 시간과 노력이 요구되기도 한다. 이는 많은 것을 시사한다. 누구를 모집할 것인가? 여러분과 참가자를 위한 최적의 방법론인가? 다이어리 스터디는 들이는 시간과 노력을 고려했을 때 절대 가볍게 접근해서는 안 되는 방법론이다.

여러분이 원하는 만큼 참가자들이 열심히 참여하게 하려면 그들이 리서치에 몰두할 수 있도록 사례금을 제공해야 한다. 이는 60분짜리 사용성 테스트를 진행할 때 일반적으로 지급하는 금액보다 훨씬 더 큰 액수여야 한다. 참가자들이 다이어리 스터디를 수행하는 기간 동안 지속적으로 동기부여가 될 수 있도록 특정 마일스톤(milestone, 프로젝트에서 중요한 시점)에 도달할 때마다 사례금을 분할해서 지급하는 것도 고려해 볼 만하다.

| 다이어리 스터디를 하는 법

1. 계획하고 준비하기

모든 리서치와 마찬가지로, 우선 프로젝트의 목적을 설정하고, 연구 초점과 리서치를 통해 이해하고자 하는 장기적 행동을 확실하게 정한다. 다음 제시된 항목들을 준비해야 한다.

- 연구 일정을 명시한다.
- 참가자들이 사용할 수 있는 데이터 수집 툴을 선정한다.

- 리서치에 필요한 참가자들 유형을 파악하고 참가자들을 모집한다. 사용자 그룹마다 4명에서 6명 정도면 충분할 것이다.
- 설명서와 보조 도구를 준비한다.

▹ 리서치 기간은 어떻게 잡아야 하는가?

리서치 기간은 미리 정하거나 필요한 데이터가 수집될 때까지 모니터링하는 방식으로 정할 수 있다. 실제로는 미리 정한 기간이 더 좋은데, 종료일이 정해지지 않은 개방형 연구에 지원하는 참가자들을 구하기 어렵기 때문이다.

▹ 참가자 모집하기

다이어리 스터디는 참가자들의 참여를 더 많이, 또 장기간 요구하기 때문에, 모집 과정에 특히 신중해야 한다. 참가자들에게 미리 리서치에 어떠한 것들이 포함되어 있는지, 그리고 그들에게 무엇을 기대하고 있는지에 대해 알려줘야 한다. 리서치가 진행되는 동안 참가자들에게 기대하는 수준의 헌신을 측정할 수 있게 스크리닝(screening, 선별용) 질문들을 하고, 반드시 전체 연구 기간 동안 참여할 수 있는지 확인해야 한다. 또 필요한 인원보다 많이 모집하는 것을 목표해야 한다. 다이어리 스터디는 다른 리서치보다 더 오랜 기간 진행되고 더 많은 참여를 요구하기 때문에 보통 15~20퍼센트 정도는 중도에 포기한다.

▹ 파일럿 테스트 진행하기

다이어리 스터디는 계획부터 수행하기까지 시간이 조금 많이 소요된다. 따라서 짧게 파일럿 테스트를 우선 해 보는 것이 도움이 될 것이다. 실제 연구만큼 길게 할 필요는 없지만, 연구 설계나 관련 보조 도구들이 적절한지 테스트해 보는 것이 좋다.

2. 리서치 시작 전 브리핑하기

시간을 내서 참가자들이 데이터 기록을 준비하는 것을 돕는다. 이는 각 참가자와 리서치의 세부 사항들을 논의하기 위해 미팅을 잡거나 전화 통화를 하는 방식으로 진행할 수 있다.

- 프로젝트의 목표와 이유를 소개한다.
- 기록 일정을 참가자에게 차례차례 설명하고 참가자들에게 기대하는 부분들을 논의한다.
- 연락 및 후속 리서치 관련 주요 일정과 참가자들에게 문의 사항이 있을 시 연락할 수 있는 메인 리서처의 연락처를 전달한다.
- 참가자들이 사용하게 될 툴에 대해 논의하고 모든 참가자가 해당 기술에 익숙해졌는지 확인한다.
- 데이터 기록에 관한 설명서를 제공한다. 여기에는 언제 기록해야 하는지와 다이어리를 기입할 때마다 포함시켜야 할 질문 목록이 포함된다.
- 참가자들에게 다이어리 기입에 대한 예시를 제공할 수도 있

다. 데이터를 왜곡할 수 있으니 유의해야 한다.

▹ 다이어리 기록 기간

효과적인 데이터 기록을 위해서는 참가자들이 기록해야 하는 정보를 최대한 구체적으로 알려줄수록 좋다. 동시에, 여러분이 구축해 놓은 프레임워크에 한해서 그들이 원하는 방식과 스타일로 기록할 수 있다는 것을 사실로 참가자들을 안심시킨다. 자연적으로 변형된 버전들이 나올 것이며 참가자들이 각자에게 편안하게 데이터를 기록 방식을 찾을 수 있게 도움을 주어야 한다. 그렇지 않으면 참가자들이 하지 않을 수도 있다. 또 그러한 변형된 버전에서 여러분이 예상하지 못했던 것들을 찾아내는 것이 바로 유저 리서치이지 않은가?

참가자들을 지원하기 위한 다양한 기법과 로테크, 하이테크 툴들이 있다. 형식과 기법은 여러분이 얻고자 하는 데이터와 인사이트의 유형, 그리고 데이터 분석에 소요되는 시간에 따라 다를 것이다. 맥락과 참가자 유형을 고려하여 가장 효과적인 기법을 선택해야 한다. 그들의 상황에서 가장 쉽게 사용할 수 있는 기법은 어느 것일까?

제자리에서 하는 기록(in-situ logging) 기법의 경우, 참가자들이 관련 활동에 참여할 때 중요한 내용을 그 자리에서 바로 기록하는 것이다. 이는 다이어리를 많이 작성할 수 있을 것 같지 않거나, 주기적으로 대량의 데이터를 얻을 수 있을 것 같지 않을 때 가장 유용하게 쓰인다.

보다 간섭을 적게 하면서 기록할 수 있는 기법은 스니펫 기법(snippet technique)으로, 참가자들이 활동할 때 짤막하게 정보를 기록하는 방식이다. 그리고 매일 하루를 마무리할 때, 또는 시간이 있을 때마다 전에 기록한 것에 추가적인 디테일을 붙여 활동을 설명하는 방식이다. 보다 구체적이고 일관된 인사이트를 얻기 위해서는 짧은 정보들을 더 자세하게 설명할 수 있는 설문지를 제공하는 방법도 있다. 참가자들이 간략하게 기록한 정보들을 기억해 낼 수 있게 하는 보다 개방적이고 융통성 있는 방법을 허용하는 것이 좋을 것이다.

다이어리는 개방형 형식 또는 구조화된 형식이 있다.

- *개방형 다이어리*(open diaries)에서는 참가자들은 경험한 활동이나 사건을 자신의 언어로 기록하는데, 이는 참가자들의 회상과 사색을 유도한다.
- *구조화된 다이어리*(structured diaries)는 폐쇄형 질문으로 이루어져 있으며, 구체적인 정보를 기록하기 위해 미리 분류되어 있다.
- 혼합형 접근법은 보통 정성 데이터와 정량 데이터를 모두 수집하고자 할 때 사용된다.

데이터를 기록할 때 비언어적 요소를 사용하는 것도 고려해 볼 수 있다. 비언어적 요소를 활용한 기록 방식은 여러 가지가 있다.

참가자들은 각자의 활동을 설명할 수 있거나 하루 중 가장 인상 깊었던 부분을 강조하기 위해 사진으로 남겨둔다. 사람들의 사고방식과 관련하여, 말에서 얻을 수 있는 것보다 더 좋은 인사이트를 얻을 수 있을 것이다. 아래 그림 9.1에서와 같이 비언어 척도상의 감정적 답변을 기록할 수 있다.

그림 9.1 자기 평가 마네킹은 감정을 측정하는 데 사용되는 비언어 척도이다.

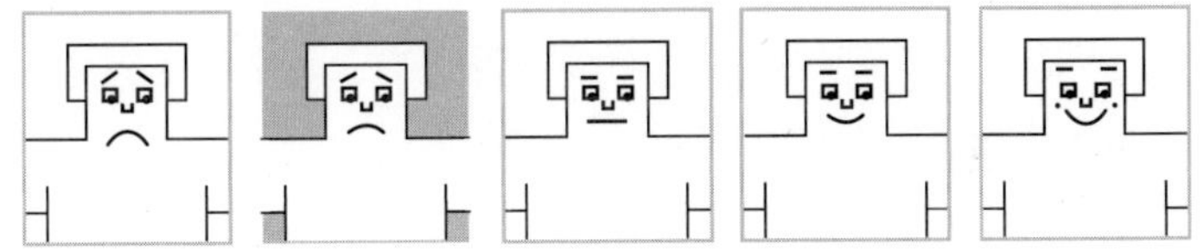

▹ 참가자들에게 연락하기

필요한 인사이트를 얻기 위해서는 리서치가 이루어지는 기간 동안 일정 부분 개입을 해야 한다. 참가자들에게 연락하거나 필요에 따라 주기적으로 상기시킨다. 참가자들이 리서치를 수행하는 동안 여러분이 계속 접촉할 것이라는 사실을 사전에 알리고 어떠한 커뮤니케이션 방식으로 연락을 할 예정인지에 대한 합의를 보아야 한다. 그렇게 해야 지나치게 간섭하지 않으면서도 그들을 격려하거나 설명을 요구할 수 있을 것이다.

3. 후속 인터뷰

다이어리 스터디가 종료되면, 각 참가자가 제공한 모든 정보를 평가한다. 참가자들이 기록한 내용들을 자세하게 논의하기 위한 후속 인터뷰를 잡는다. 프로빙(probing, 인터뷰 응답자의 답변이 명확하지 않거나 정보가 불충분할 때 다시 질문하는 것) 질문들을 하면서 이야기를 완성시키기 위해 필요한 구체적인 세부 사항들을 알아내거나 필요에 따라 설명을 요구한다. 다음 리서치 과정에서는 수정할 수 있도록 리서치에 참가한 경험에 대한 피드백을 요구하는 것도 좋다.

| 필요한 툴

앞서 여러 데이터 수집 기법들을 살펴보았다. 무엇을 기록하고, 리서치 참가자가 누구인지에 따라 다양한 로테크와 하이테크 툴들이 있다. 여러분이 선택한 툴은 모든 참가자와 편안하게 소통할 수 있는 방식인가?

페이퍼 다이어리

이는 전형적인 다이어리 기록 방식이며 가장 자연스럽고 사적인 것으로 여겨진다. 페이퍼 다이어리(Paper diaries)의 장점은 기술 활용 능력이 뛰어난 사람부터 부족한 사람까지 모든 참가자가 사용할 수 있다는 것이다. 또한, 디지털 기기와 함께 사용하는 것도 가능하다. 휴대하기도 쉽고 어떤 일이 발생했을 때 바로 기록할 수 있다. 하지만 물론 페이퍼 다이어리도 몇 가지 단점이 있다.

- 분석을 시작하기 전에 참가자로부터 다이어리를 회수할 때

까지 기다려야 한다.

- 서면으로 작성된 데이터들은 음성이나 영상으로 기록하는 것만큼 풍부한 경험을 담아내지는 못한다.
- 손글씨를 읽어내기 어려울 때도 있으며, 필사해야 할 때는 시간이 많이 소모된다.

주요 팁

페이퍼 다이어리에는 참가자의 이름, 다이어리 항목을 기록할 때 필요한 설명서, 그리고 리서치를 할 때 계속 상기시킬 수 있도록 언제 어떻게 다이어리를 반납해야 하는지에 대한 세부 사항 등이 포함되어야 한다.

디지털 다이어리

참가자들에게 하루를 마무리하는 시점에 디지털 방식으로 다이어리 항목을 기입해 줄 것을 부탁할 수도 있다. 이를 가능하게 하는 툴은 여러 가지가 있다.

- 이메일
- 야머(Yammer)/에버노트(Evernote) 및 기타 협업 툴
- 서면 자료를 위한 공유된 구글 문서
- 영상 혹은 음성 다이어리를 업로드하기 위한 공유된 구글 드라이브

- 트위터 피드(Twitter feed): 참가자들이 텍스트 메시지를 작성하거나 개인 트위터 계정으로 트윗
- 개인 그룹에 페이스북 포스팅하기
- 온라인 설문지
- 포커스비전(FocusVision), 세븐데이즈인마이라이프(7daysinmylife)와 같은 디지털 고객-인사이트 툴

그림 9.2는 제자리에서 하는 기록 방식으로 진행한 다이어리 스터디에서 사용된 디지털-고객 인사이트 툴의 한 예시이다. 그림 9.3은 디지털 고객-인사이트 툴의 또 다른 예시로, 스니펫 방식으로 기록한 다이어리 스터디에 활용되었다.

그림 9.2 모바일 애플리케이션의 UX가 10일 동안 어떻게 바뀌었는지 보여주는 어트랙디프(AttrakDiff, UI 관련 조사를 해 주는 기업) 점수표

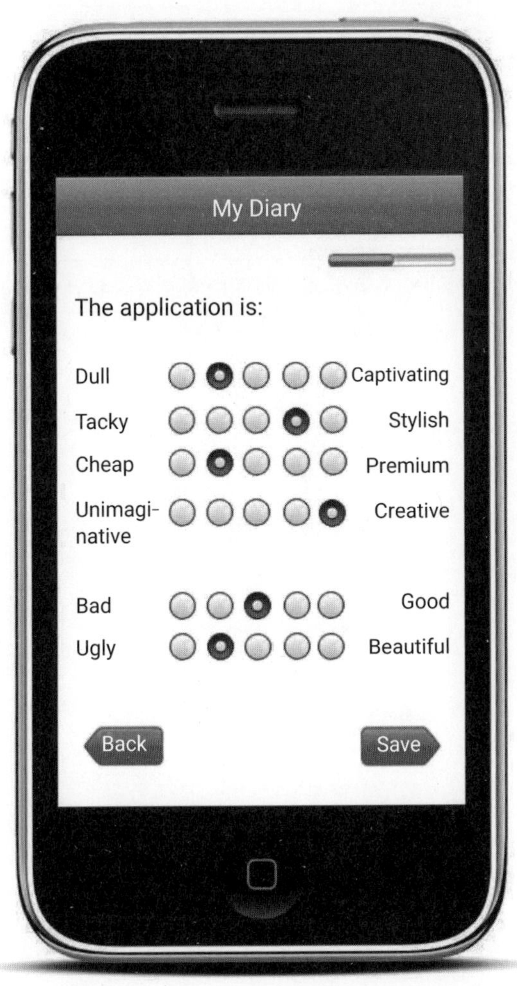

그림 9.3 낮에 짤막하게 기록한 정보는 저녁에 이어서 작성할 다이어리의 기억을 보조한다

E-다이어리

오늘의 기록

2월 17일 금요일 2시 13분에 기록한 텍스트 정보

아이폰에서 평면도를 상담하기 어려움. 빛 & 소음++

2월 17일 금요일 오전 2시 18분에 기록한 그림 정보

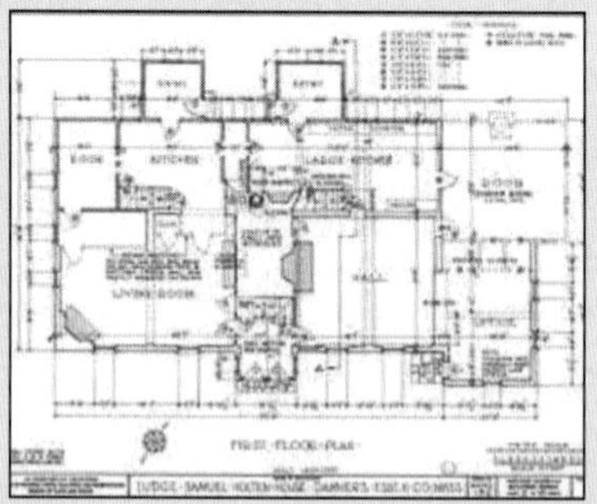

다이어리 이어서 작성하기 ▶

주요 팁

가끔 후속 질문을 하거나 추가 디테일을 요구해야 할 때도 있겠지만 온라인 협업 툴을 사용할 때는 참가자들과 지나친 교류는 자제하는 것이 좋다. 참가자들의 생각과 행동에 영향을 미칠 수도 있기 때문이다.

혼합형

융통성 있고, 참가자들이 다른 다이어리 기록 방법들을 사용할 수 있도록 허락해 주는 것이 참가자들에게는 더 좋다. 하지만, 서로 다른 유형의 다이어리들을 분석하는 일은 분석 프로세스를 복잡하게 할 수도 있다는 점을 명심해야 한다.

10장 인포메이션 아키텍처 검증
사용자들에게 적합한 정보 구조인가

| 인포메이션 아키텍처란 무엇인가

인포메이션 아키텍처(Information Architecture, IA)는 정보의 구조이다. 우리가 사용하게 될 가장 흔한 예로는 웹 사이트 콘텐츠와 기능을 정리하는 것과 레이블링하는 작업이 있다. 인포메이션 아키텍처는 굉장히 넓은 것(사이트 구조와 내비게이션 전반)과 굉장히 세부적인 것(레이블링과 콘텐츠)을 모두 아우른다.

| 인포메이션 아키텍처 검증의 장점

인포메이션 아키텍처 유효성 검증은 인사이트와 애널리틱스를 통해 효과적이지 않다는 부분이 확인된 기존 구조들을 테스트하는 데 사용될 수 있다. 인포메이션 아키텍처 검증은 규모가 큰 사용자 그룹과 카드 소팅을 진행한 뒤에 생성된 초안 구조를 평가하는 데 사용될 수 있다. 이러한 초안 구조는 어떤 점에서는 기존 콘텐츠를 추가하거나, 제거하거나, 보완하는 작업을 동반할 수도 있고, 완전히 새로운 구조가 될 수도 있다. 만약에 현재 발생하고 있는 이슈들이 잘못된 레이블링 또는 잘못된 콘텐츠 구조와 관련된 것 같은 의심이 든다면, 인포메이션 아키텍처 검증은 디자인 요소들을 배제하고 이 부분에 집중할 수 있게 해 준다.

| 인포메이션 아키텍처 검증의 단점

만약에 현재 발생하는 문제들이 인터랙션 디자인이나 비주얼 디자인과 관련된 것 같다는 의심이 든다면 사용성 테스트를 해 보면 된다. 인포메이션 아키텍처 검증은 단독으로 사용할 수 있는 리서치 방법론이 아니며, 보통은 카드 소팅, 사용성 테스트, 또는 콘텐츠 진단(content audits)과 같이 사용된다.

| 인포메이션 아키텍처 검증은 언제 해야 하는가

검증은 보통 카드 소팅 이후에 진행된다. 카드 소팅은 보통 소규모의 사용자들과 진행하며 대상이 어떻게 하면 더 잘 구조화할 수 있는지에 대한 아이디어를 제공한다. 대규모 사용자 그룹과의 검증을 통해 초안 구조가 유효한지, 유효하지 않은지 알아볼 수 있다. 이는 초기에, 또 반복적으로 진행할 수 있다. 준비하고 실행하고 분석하기까지 쉽고 간단하다. 프로토타입이 제작될 때까지 기다릴 필요도 없고, 디자인 프로세스와 병행해서 진행하는 것도 가능하다. 인포메이션 아키텍처를 인터랙션 디자인과 비주얼 디자인 단계 전에 시작하는 것이 이상적이겠지만, 실제로는 그렇지 않다. 인포메이션 아키텍처는 제대로 진행되었을 때 그저 프로젝트의 초기 단계에서 그치는 것이 아니라 초기에서 중기까지, 또 프로젝트의 말기까지 이어간다.

만약 애널리틱스에서 여러분이 기대했거나 원했던 고객 여정이 보이지 않는다면 검증을 통해 웹 사이트에서 사람들이 어떻게 이동하는지 이해할 수 있다. 이는 진행자 없이 진행하는 원격 사용성 테스트의 대안으로 사용할 수 있다. 인포메이션 아키텍처 초안은 어떤 콘텐츠를 추가하고, 업데이트하고, 삭제할지 콘텐츠 진단을 통해 결정되면 즉시 제작되고 테스트할 수 있다.

| 이러한 유형의 리서치 수행에 필요한 노력

인포메이션 아키텍처를 처음 접하는 사람은 꽤 많은 시간과 노력을 투자해야 한다. 처음 시작할 때는 옆에서 보고 배울 수 있도록 인포메이션 아키텍처에 대해 여러분보다 지식을 더 많이 보유한 사람과 협력하는 것이 좋다.

이 방법론을 수행하기 위해서는 온라인 툴이 필요하다. 특별히 비싼 것은 아니지만 이 방법론에 접근하는 데 장벽이 될 수도 있다. 특히나 이 유형의 리서치는 반복적으로 수행하는 것이 가장 좋고 다른 리서치 방법론들과 함께 사용되기 때문에 비용이 어느 정도 되는지에 대해 찾아서 읽어보기 바란다.

| 인포메이션 아키텍처 검증을 하는 법

준비하기

다른 유저 리서치 방법론들과 마찬가지로, 준비를 잘하는 것이 유용한 데이터를 수집하는 데 가장 중요하다.

▹ 참가자 모집하기

어떤 것을 테스트하느냐에 따라, 이 인포메이션 아키텍처는 사용자와 잠재적 사용자 전부에게 해당될 수도 있고, 일부에게만 해당될 수도 있다. 앞서 7장의 설문 조사 부분과 2장의 적확한 참가자 모집하기 부분에서 다루었듯이 적확한 참가자를 선정하는 것이 중요하다.

▹ 테스트에 필요한 보조 도구

- 참가자들에게 전달할 리서치에 대한 소개가 필요하고, 질문할 내용이 있으면 사전 질문들을 함께 전달한다.
- 현재 어떤 개발 단계이든 인포메이션 아키텍처가 필요하다. 콘텐츠/아이템이 어디에 해당되는지 모를 때는 여러 곳에 두어도 된다.
- 인포메이션 아키텍처의 텍스트 버전: 텍스트 필드 또는 스프레드시트(아키텍처를 간략화한 버전)로 준비한다. 보통 툴들은 여러분의 아키텍처를 이러한 방식으로 비주얼 디자인이 들어가지 않은 클릭 가능한 내비게이션을 형성해 준다(그림 10.1).

- 참가자들이 완성해야 할 대표 과업 목록: 정해진 적정 과업 수는 없지만, 리서치가 중점을 두고 있는 부분을 대표해야 한다. 카드 정렬 도구인 옵티멀 워크숍(Optimal Workshop)은 활동별로 과업을 10개 이상 제공하지 않을 것을 추천한다. 여러분은 다양한 성공 지표를 분석하기 위해 각각의 과업에 대한 정답을 알고 있어야 한다.
- 활동 후 진행되는 설문 조사와 마지막 인사: 설문 조사를 통해 참가자들의 경험에 대한 정성 데이터를 얻고, 감사 인사를 전한 뒤, 다음에 이어질 활동 내용들을 공유한다.

그림 10.1 스프레드시트로 제작한 인포메이션 아키텍처

8	바이크사이트(BikeSite)			
9		통근자용		
0			바이크 코스	
1			스킬 트레이닝	
2			사이클링 & 법	
3			통근 팁	
4		가족용		
5			사이클 장소	
6			타는 법 배우기	
7			안전 팁	
8		경기용		
9			기타	
0		산악용		
1			기타	
2		사이클 투어용		
3		뉴스 & 이벤트		
4				

테스트 대상 결정하기

인포메이션 아키텍처 전반을 테스트하는 것은 좋은 생각이 아니다. 구체적인 관심사를 갖고 있는 사용자 그룹이 여럿 있다면 각 그룹을 위해 따로 활동을 제공하는 것이 좋다. 구조가 너무 크다면 참가자들이 한꺼번에 처리하기에는 정보가 너무 많을 수도 있다. 큰 구조들을 트리 테스트(tree-testing, 사이트의 구조와 용어들을 보고 사용자들이 사이트에서 아이템을 찾을 수 있는지 평가하는 방식)할 때 가장 큰 문제는 기술적인 것이 아니라 참가자들의 테스트 경험이다.

인포메이션 아키텍처는 얼마나 커야 하는가

옵티멀 워크숍은 테스트할 인포메이션 아키텍처의 크기에 대해 다음과 같이 조언한다. 작거나 중간 크기의 구조(보통 500개 이하의 아이템)로 테스트할 때는 일반적으로 트리 전체를 테스트한다. 원하지 않는 효과로 이어질 만큼 크지는 않기 때문이다. 하지만 트리가 크다면(500~1,000개의 아이템) 다음과 같이 할 수 있다.

- 전체 구조를 테스트하되 참가자 경험을 축소시킨다.
- 구조의 '축소'된 버전을 테스트한다. 예를 들면, 작업의 상위 3, 4레벨이 잘 작동하는지에 집중한다. 참가자들은 더 짧아진 시간 내에 더 많은 과업을 수행할 수 있다.
- 테스트에 중요하지 않은 섹션들을 제거함으로써 구조를 축소시킨다.
- 신문 웹 사이트의 문화 섹션처럼 전체 구조의 특정 하위구조

만 테스트하기로 선택한다.

▹ 인포메이션 아키텍처 축소시키는 법

큰 구조를 보다 다루기 쉬운 사이즈로 축소시키는 가장 간단한 방법은 그림 10.2에서 볼 수 있듯이 모두 특정 레벨 이하로 줄이는 것이다. 하지만 이러한 방식으로 아키텍처를 줄이다 보면 참가자들이 특정 영역에 도달했는지 여부가 아닌, 일반 영역에 제대로 도착했는지 여부만 알 수 있다는 사실을 명심해야 한다.

그림 10.2 인포메이션 아키텍처 축소하기 옵션 1

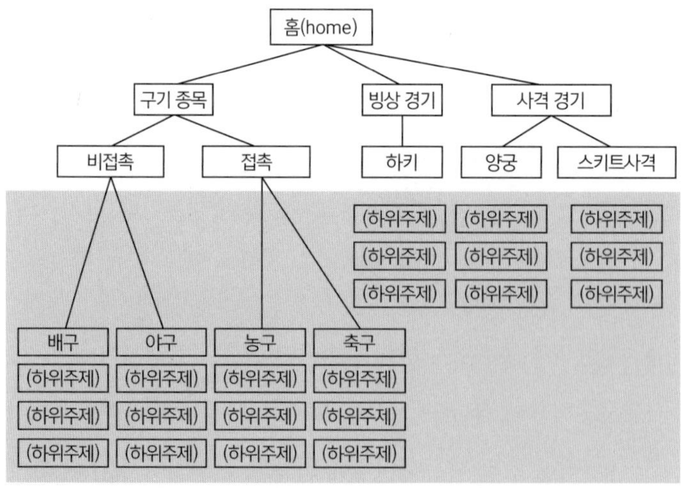

테스트하지 않을 섹션이 있을 때는, 그림 10.3에서와 같이 다른 섹션들은 원하는 수준으로 두고 불필요한 부분은 없애도 된다. 또 다른 방법으로는 구체적으로 관심 있는 분야가 있을 때는 하위 구

조를 선택하는 방법이 있다. 이 방식으로 진행하게 되면 그림 10.4에서와 같이 그 분야에 관심이 있거나 전문가인 참가자들을 모집해야 한다.

▹ 어떤 레이블을 추가하거나 배제해야 하는가

옵티멀 워크숍은 굉장히 사소한 것이 아닌 이상 전 세계적으로 통용되는 내비게이션 아이템들을 추가하고, 통용되지 않는 내비게이션에 포함되지 않은 링크나 바로가기는 배제해도 된다고 조언한다. 또한, 검색, 연락 및 문의, 도움말 등과 같은 '탈출(escape)' 제목도 배제해야 한다.

그림 10.3 인포메이션 아키텍처 축소하기 옵션 2

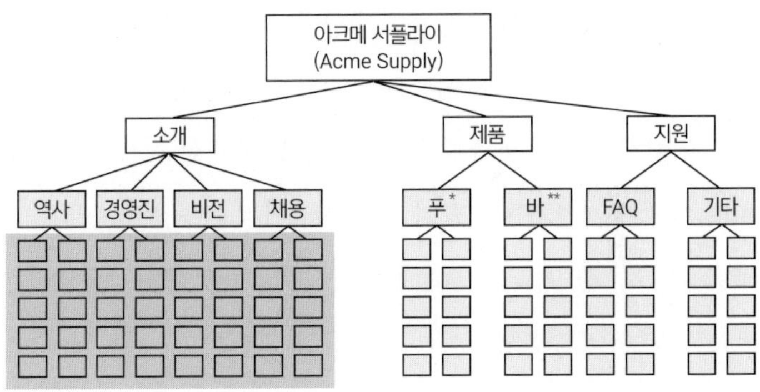

* 푸(foo): 프로그램 예시에서 제1 변수에 상투적으로 사용하는 표현이다.

** 바(bar): 프로그램 예시에서 제2 변수에 상투적으로 사용하는 표현이다.

그림 10.4 인포메이션 아키텍처 축소하기 옵션 3

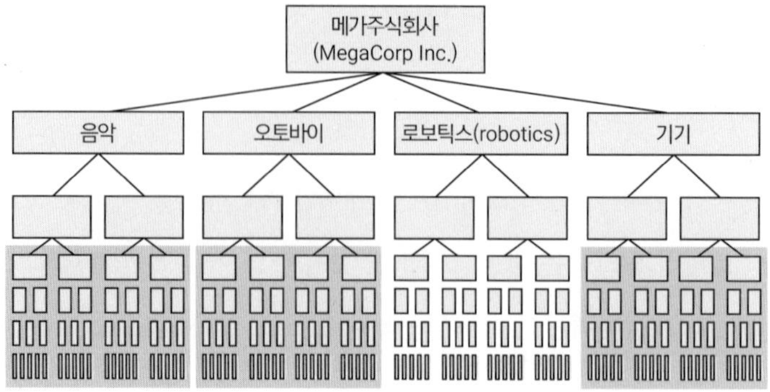

테스트 수행하기

인포메이션 아키텍처 검증이 제대로 작동하는지, 다수의 참가자에게 전달되기 전에 수정이 필요한 부분은 없는지 확인하기 위해 파일럿 테스트를 해 보는 것이 좋다. 참가자들에게는 보통 이메일로 링크를 전달한다. 구체적으로 기간을 잡고 이를 참가자들에게 분명하게 알리는 것이 중요하다. 응답률도 관심 있게 지켜봐야 한다. 예정된 기간의 반 정도가 지났을 때 아직 활동을 다 수행하지 못한 참가자들을 격려하기 위해 알림 이메일을 보내는 것도 좋다.

| 필요한 툴

이러한 활동은 트리잭(Treejack) 또는, C-인스펙터(C-inspector)와 같은 툴을 사용해 온라인에서 원격으로 진행된다.

11장 에스노그라피
사람들이 실생활에서 어떻게 행동하는지 관찰하기

| 전통적 에스노그라피란 무엇인가

에스노그라피(Ethnography)는 사람과 문화를 연구하는 과학의 한 분야이다. 유저 리서치에서는 일상생활에서 사람 혹은 그룹이 어떻게 생활하는지 연구하는 데 사용되며 자연적인 반응과 비언어적인 반응, 그리고 예상하지 못한 시나리오들을 포착해 낸다.

| 에스노그라피의 장점

에스노그라피는 실제 환경에서 실제 사용 데이터를 수집함으로써 우리가 인지하지 못하고 있는 부분들을 밝히기 위해 설계되었다. 행동을 관찰하고, 기록하고, 분석하며, 사용자 니즈를 알아내고 이해하는 데 유용한 도구이다. 에스노그라피는 다음과 같은 내용을 이해하기 위해 사용된다.

- 사람들이 어떻게 일상에서 대상을 어떻게 받아들이는지
- 사람들의 실제 행동
- 여러분의 제품 및 서비스와 다른 조직의 제품 및 서비스가

사람들의 일상에서 어떻게 상호 작용하는지

만약 여러분의 제품 및 서비스가 특정 팀이 어떻게 작동하는지에 중점을 두고 있다면 에스노그라피 관찰은 조직 내 다른 팀들과의 상호 작용을 이해하는 데도 도움이 될 것이다. 리서치의 범위에 따라 친구, 가족, 고객, 대중과 어떻게 상호 작용하는지를 포함할 수도 있다.

| 에스노그라피의 단점

에스노그라피는 단기간에 이루어지는 프로젝트로는 적합하지 않다. 에스노그라피 연구는 시간, 자원, 스킬의 면에서는 비용이 많이 든다. 참가자들과 몇 차례 미팅을 하기 위해서도 계획하고 일정을 조정하는 데 엄청난 노력이 요구된다. 참가자들이 관찰자의 존재에 익숙해지는 데 시간이 걸리기 때문에, 단기 에스노그라피 프로젝트는 사실상 믿을 만한 결과를 도출해 내지는 못한다. 따라서 이는 애자일 스프린트에 사용하기에 부적합하다.

케이스 스터디 *공항 디자인에서의 에스노그라피*

에스노그라피 리서치는 공항 디자인에 여러 방면으로 유용하게 활용되었다. 예를 들어, 전기 콘센트와 USB 충전 포트는 어디에 설치해야 하는지, 사람들이 앉을 수 있는 곳 주변에 두어야 할지 아니면 사람들이 기기를 충전할 때 땅바닥에 앉지 않아도 되게 의자 본체에 설치해야 할지 등을 고민할 때 에스노그라피가 사용되었다. 또한 공항의 길찾기(wayfinding)에도 매우 중요한 역할을 했다. 수많은 사람이 가방들을 끌고 다니는 혼잡한 구역에서 사람들을 한곳에 모으기 위해 어디에 사인들을 두어야 할지를 고민할 때도 에스노그라피를 사용할 수 있었다.

| 에스노그라피는 언제 해야 하는가

사람들을 실제 세계에서 관찰하는 것은 프로젝트 초기 단계에서 특히 유용하다. 이를 통해 문제의 범위와 맥락에 대해 더 깊은 인사이트를 얻을 수 있기 때문이다. 실제로 어떻게 돌아가고 있는지에 대해 알면 이상적인 제품 및 서비스 대신 현실적인 제품 및 서비스를 제작할 수 있게 해 준다. 또한, 사용자들이 여러분의 제품이나 서비스에 부여하는 감정적 가치를 이해할 수 있게 해 주기도 한다.

| 이러한 유형의 리서치 수행에 필요한 노력

에스노그라피는 노동집약적인 작업으로, 실제 일상 환경과 사회 동학(social dynamics, 사회 발전의 동적인 측면을 연구하는 사회학의 한

갈래)에 완전한 몰입을 요구한다. 정보와 결과는 관찰과 해석에 크게 의존하기 때문에 데이터의 질은 여러분의 스킬에 달려 있다. 문제의 범위를 설정하는 단계에서 복잡한 프로젝트에 관여되어 있다면, 특별한 도움이 필요한 사용자들과 일을 할 때는 에스노그라피 스킬을 연마하는 데 시간을 투자하는 것이 좋다. 다른 리서치 방법론을 사용했다면 거기에서 얻은 스킬들이 에스노그라피 여정을 시작하는 데 도움을 줄 것이다.

| 에스노그라피를 하는 법

모든 리서치 기법들과 마찬가지로 무엇을 관찰하고 기록할지 이해하기 위해 목적을 명확하게 정의해야 한다. 에스노그라피 리서치의 목표는 비교적 범위가 넓은 편이다. 기록할 수 있는 정보들에 대해 몇 가지를 소개한다. 첫 번째는 장면 묘사 즉, 물리적 환경이다. 작업 장소, 책상 공간, 잡동사니, 휴게실 등이 해당된다. 두 번째는 주요 행사 및 사건이다. '어떤 일이 발생했는가? 누가 했는가? 어떤 인상을 받았는가? 그 사건을 바라보는 팀원들의 생각과 해석은 어떠한가? 그들은 어떻게 느꼈는가?'에 대해 기록한다.

여러분의 생각과 근거를 최대한 분명하게 기록하려고 노력하라. 현재 발생하고 있는 상황, 맥락, 그리고 상호 작용에 대해 보다 명확하게 이해하기 위해 적절한 상황에서 질문을 던져야 한다. 에스노그라피를 실행할 때 지켜야 하는 균형이 있다. 바로, 필요한 인사이트를 얻을 만큼만 간섭하되, 관찰하는 대상의 역학 관계를 방해해서는 안 된다는 것이다.

에스노그라피 리서치를 진행하게 되면 대량의 데이터를 수집하게 되기 때문에 데이터 분석 또한 노동 집약적이다. 데이터 분석을 리서치 마지막에만 할 것이 아니라 데이터를 수집하는 과정에서도 함께 할 것을 제안한다. 이를 통해 사용자 행동에 대한 인사이트를 놓치지 않도록 사건들에 맞게 반응하고 적용할 수 있게 될 것이다.

| 모바일 기기를 통해 에스노그라피 리서치 참가자의 범위 확대하기

모바일 에스노그라피란 무엇인가

모바일 에스노그라피(mobile ethnography)는 일종의 에스노그라피 관찰과 다이어리 스터디의 조합이다. 모바일 에스노그라피는 커뮤니케이션 기술과 녹화 기술을 활용하여 에스노그라피적 데이터를 기록한다.

최근 기술이 발전함에 따라 새로운 리서치 기법을 사용할 수 있게 되었다. 리서처들이 실시간으로 참가자들을 관찰하는 것에서 참가자들이 직접 데이터를 녹화하는 것으로 주안점이 바뀌었다. 참가자들은 주기적으로 자신의 생각, 감정, 그리고 결정을 스마트폰 또는 30초마다 사진을 찍어 주는 클립 카메라를 몸에 장착하는 방식을 사용하여 리서처에게서 안내받은 대로 다이어리를 작성하거나, 영상을 촬영하고, 프롬프트에 답변하거나 사운드 바이트

(sound bites, 짧은 오디오 클립)를 실시간으로 기록할 수 있다.

모바일 에스노그라피는 언제 사용해야 하는가

전통적 에스노그라피는 행동을 관찰하기 위해 리서처가 대상과 같은 장소에 있어야 한다. 하지만 모바일 에스노그라피는 리서처가 참가자들과 같이 있지 않는 상황에서도 참가자들이 데이터와 관찰을 기록하게 함으로써 에스노그라피 관찰을 개선하고, 리서치에 참여 가능한 참가자의 범위를 확대할 수 있게 해 준다. 참가자들의 시간, 환경, 사회적 압력, 동기, 과거 경험에 대해 더 잘 이해하기 위해 과업 수행 중 맥락적 질문에 대한 답변을 요구할 수 있다. 다른 사건과 순간들에서 기록한 데이터를 사용하여 인터뷰를 진행하는 방법으로 맥락적 이해와 피드백을 얻을 수 있다.

모바일 에스노그라피를 하는 법

모바일 에스노그라피에는 크게 두 가지 접근법이 있다. 수동적 접근(passive approach)은 참가자들의 의식적인 행동 없이 참가자들의 경험을 기록하는 것 방식으로, 그들의 자연적인 행동에 대한 정보를 제공해 주겠지만 일부 디테일들은 놓칠 수도 있다. 능동적 접근(active approach)은 참가자들이 자신의 경험을 자신이 생각하는 대로 또는 즉흥적으로 기록할 수 있게 해 준다. 이 접근법은 디테일을 기록할 수는 있지만, 참가자들이 적극적으로 자신들의 흐름을 깨고 기록하는 것을 강요하게 된다는 단점이 있다. 수동적 접근과 능동적 접근을 같이 사용하는 방법을 택하는 것도 가능하다.

| 필요한 툴

예전에는 종이와 펜만 있으면 충분했다. 그러나 현재는 모바일 에스노그라피용 툴을 사용해 데이터를 기록할 수 있다.

내러티브 클립

내러티브 클립(narrative clip)은 소형 자동카메라다. 참가자들은 각자 내러티브 클립을 하나씩 옷에 부착하고 카메라를 의식하지 않는다. 클립은 30초마다 시간, 날짜, 장소 태그를 포함하고 있는 사진들을 계속해서 기록한다. 스마트폰 앱이 사진을 전부 하나의 동영상 타임라인으로 모으고, 이는 구체적인 디테일을 보여주고 인사이트를 도출해 내기 위해 참가자들과 심층 인터뷰를 할 때 함께 확인할 수 있다. 수동적인 데이터 기록에 사용되기는 하나, 참가자들은 중요한 순간들에 능동적으로 사진을 기록할 수도 있다. 하지만 사진들이 고정된 관점을 갖고 있고, 경험 평가나 설명으로 뒷받침되지 못한다는 점에서는 내러티브 클립에도 여러 단점이 있다.

익스피리언스펠로우

익스피리언스펠로우(Experiencefellow)를 사용하면 참가자들은 자신의 경험을 스마트폰 앱을 이용해 기록할 수 있다. 각각의 터치 포인트에는 제목, 경험 평가, 설명, 사진, 영상, 그리고 장소를 제공한다. 참가자들의 데이터는 타임라인과 함께 터치 포인트와 경험 평가를 보여주는 웹앱(web-app, 모바일에 적합한 앱)에 동기화된다. 이는 참가자와 함께 심층 인터뷰를 할 때 확인할 수 있다. 또한, 절정 경험(peak experience, 특정 경험에 대한 가장 강렬한 순간), 개선할 기회, 다뤄야 할 페인 포인트(pain points, 고객이 불편함을 느끼는 부분)를 강조하는 소중한 경험 지도를 제작하는 데 사용할 수 있다.

기타 툴

새로운 툴들이 계속해서 출시되고 있다. 개발되고 있는 툴들이 있는지 계속 지켜보라. 서베이스와이프(SurveySwipe) 사이트를 살펴보는 것도 좋다.

12장 맥락적 조사

사용자들의 환경 속으로 들어가서 인터뷰하기

| 맥락적 조사란 무엇인가

맥락적 조사(Contextual inquiry)는 사용자 인터뷰와 에스노그라피가 혼합된 것이라고 볼 수 있다. 사용 맥락에 대한 정보를 얻기 위해 반구조적 인터뷰 방식을 포함하고 참가자들은 자신의 환경 속에서 일하는 동안 관찰되고 질문을 받는다. 이는 보다 현실적인 분석용 데이터를 얻을 수 있게 해 준다. 맥락적 조사는 참가자들이 전문가로서 역할을 자처하기를 요구한다. 참가자들이 직접 과업을 시연하고 이야기하면서 세션을 주도해 나간다는 점에서 다른 리서치 방법론보다 더 능동적이다.

| 맥락적 조사의 장점

맥락적 인터뷰는 사용자들이 인지하고 있지 않은 정보나 이해를 얻는 데 도움을 주며, 자연스러운 환경 속에서 관찰을 통해 사실적이고 디테일한 데이터를 알아내게 해 준다. 이는 관찰과 심층 인터뷰의 효익을 결합시킨다.

보조 기술이 필요한 사용자들 또는 다양한 접근성과 활용 능력

욕구를 보유하고 있는 사용자들과의 리서치를 계획할 때는 그들이 있는 장소로 직접 방문하는 것이 굉장히 도움이 된다. 이는 그들의 편의와 쾌적함을 위한 것뿐만 아니라 그들이 어떻게 자신의 니즈를 충족시키기 위해 환경을 배치하는지도 관찰할 수 있기 때문이다. 여기에는 그들이 여러분의 제품 및 서비스를 접하기 위해 사용하는 기술과 그 환경에서 겪게 되는 어려움 등이 포함된다.

| 맥락적 조사의 단점

특정 기간 동안 발생하는 변화를 리서치하는 데 관심이 있다면 다이어리 스터디와 에스노그라피가 보다 적절하고 유지 가능한 방법론일 것이다. 맥락적 조사는 인위적 환경에서 진행하는 사용성 테스트 또는 단독으로 인터뷰만 진행할 때와 비교했을 때 훨씬 더 많은 시간과 노력이 필요하다. 따라서 리서치 일정이 특히 촉박하다면 원격으로 진행하는 리서치나 여러분에게 편한 인위적인 환경에서 수행하는 것이 보다 현실적이고 실용적인 방법일 것이다.

| 맥락적 조사는 언제 해야 하는가

맥락적 조사는 디자인과 리디자인을 위한 한도, 기준, 기능, 또는 프로세스 흐름을 발견하는 데 사용된다. 맥락적 조사는 여러분의 제품 및 서비스의 사용에 대한 맥락을 이해하는 것이 아주 중요할 때 유용하게 쓰일 수 있다. 만약에 참가자가 여러분이 있는 곳으로 올 수 없지만, 여러분이 참가자가 있는 곳으로 찾아갈 수 있으면 리서치 방법론으로 맥락적 조사를 고려해 보는 것이 좋다. 참가자들이 있는 곳 근처의 인위적인 환경에서 만나는 것보다 실제 장소로 찾아가 환경을 보고 그들이 그 안에서 무엇을 하고 있는지 보도록 한다.

케이스 스터디 **맥락적 조사의 예**

나는 예전에 수행했던 한 맥락적 조사 프로젝트에 대한 아주 좋은 기억이 있다. 아마도 흰색 실험복과 보안경을 착용할 수 있었던 기억 때문이겠지만 말이다. 하지만 '도구'들과는 별개로, 이 사례는 환경을 직접 관찰함으로써 인위적인 환경에서는 발견하지 못했을 수도 있는 인사이트를 찾을 수 있었던 경우이다.

한 제약회사가 자회사의 온라인 인덱스와 설명서의 사용성에 대한 조사를 의뢰했다. 이는 산업 표준에 따라 구체적인 방식으로 화합물과 용액을 제조하는 법에 대한 절차를 안내하는 인덱스였다. 자사의 인덱스가 최고가 아니라고는 생각했지만, 정확히 어떤 부분이 잘못되었는지에 대해서는 자세하게 설명할 수 없었다. 이 인덱스는 매우 특정한 환경과 특정 그룹의 사람들을 위해 사용되고 있었으므로, 이것이 어떻게 사용되고 있고 또 사용자들이 어떤 문제점들을 겪고 있는지 확인하기 위해서는 맥락적 조사를 선택하는 것이 적합해 보였다.

이 리서치를 통해서 그 회사의 온라인 인덱스가 갖고 있던 여러 흥미로운 문제들을 밝혀낼 수 있었다. 물론 디자인, 구조와 검색 기능에서 발생하는 사용성 이슈도 있었다. 하지만 화합물과 용액을 만들고 있던 실험실에 컴퓨터가 단 한 대도 없다는 사실을 알게 되었다. 온라인 인덱스는 다른 사무실에서만 접근할 수 있었고, 실험실 사람들은 필요한 단계별 설명서를 출력한 뒤, 혹여나 실수로 무언가를 출력물에 흘릴까 코팅까지 해서 갖고 있었다.

우리는 모두 바쁜 사람들이고 업무를 보다 효율적으로 할 수 있는 지름길과 해결책들을 갖고 있다. 이러한 해결책은 회사 경영진이나 인덱스를 만든 사람들이 미처 기대하지 못했던 부분이었다. 이 회사의 작업 환경은 제조 방법이 업데이트되었을 때 확인을 못하게 되는 문제가 있었으며, 그 결과, 잘못된 방식을 따르고 있을 위험도 있었다. 이는 심각한 문제였기 때문에 오피스/실험실의 환경을 다시 생각하게 했고, 또 사용자들이 보다 쉽게 사용할 수 있도록 반복적으로 온라인 인덱스를 개선해야 했다.

너무 옛날식인 것 같다고 생각하는 이들을 위해 덧붙이자면, 이 프로젝트는 태블릿 기기들이 지금처럼 보편화되기 전에 수행했던 프로젝트라는 것을 알아두라!

이러한 유형의 리서치 수행에 필요한 노력

학습 곡선은 인터뷰나 관찰, 그리고 잠재적으로는 사용성 테스트에서 사용되는 유사한 스킬을 개발하는 것이 포함되는데, 이는 여러분의 리서치 범위와 목표에 따라 다를 것이다. 다른 방법론들과 마찬가지로 맥락적 조사에도 단점이 있다. 맥락적 조사는 시간이 많이 들고 노동집약적인 작업이다. 직접 사용자들의 환경 속으로 찾아가 심층 관찰을 해야 하고, 여기에는 시간과 계획, 이동하는 데 드는 예산 등이 있다.

리서치에서 관찰하는 것과 예상 결과들을 같이 의논할 수 있게 동행하는 사람이 있으면 좋다. 이는 또한 두 명이 기록하게 된다는 것, 그리고 관찰 과정에서 놓치는 부분이 더 줄어들 것이라는 점을 뜻한다. 하지만 항상 해당되는 경우는 아닐 수도 있기에 혼자서도 진행할 수 있는 준비가 되어있어야 한다.

참가자들이 있는 장소까지 찾아가는 이동 시간도 고려해야 한다. 하루에 두 건 이하로 제한을 두도록 해라. 하루 업무량치곤 적은 것처럼 들릴 수도 있겠지만, 노트를 작성할 수 있는 시간과 각각의 방문 이후에 배운 점들을 논의할 수 있는 시간을 두는 것은 매우 중요한 일이다.

맥락적 조사를 하는 법

이 기법은 일반적으로 디자인 프로세스 초기 단계에서 사용되며, 업무 절차와 툴, 사회적, 기술적, 그리고 물리적 환경에 대한 양질의 정보를 얻는 데 아주 유용하다. 맥락적 조사의 다음 네 가지 원칙들을 소개한다.

1. *초점*: 리서치 목적에 대한 명확한 이해를 토대로 조사를 위한 계획에 중점을 둔다.
2. *맥락*: 참가자들의 장소를 직접 방문하여 그들이 하는 활동(업무)을 관찰한다.
3. *파트너십*: 참가자들과 업무 관련 대화를 하고, 정확하지 않은 부분들을 찾을 수 있도록 한다.
4. *해석*: 중요한 부분들에 대해 참가자들과 공통된 이해를 도출해 낸다.

맥락적 조사 계획하기

맥락적 조사에는 인터뷰하고 싶은 적합한 사용자와 이해관계자들을 파악하고 찾아내어 그들의 동의를 얻어내는 일이 포함된다.

▹ 참가자들

각 사용자 그룹에는 적어도 두 명을 포함해야 한다. 맥락적 조사 세션 자체는 개별로 이루어지지만, 그룹마다 한 명씩 포함하면 어떤 것이 공통된 행동이고 아닌지 파악할 수 없게 될 것이다.

▹ 소요 시간 및 세션 일정 잡기

일정을 잡을 때 중요한 부분은, 어느 특정 요일 또는 바쁜 날에 참가자들을 만나고 싶은 여러분들과는 반대로 참가자들은 조용한 날에 만나고 싶어 할 것이라는 점이다. 한 세션당 아마 2시간 정도가 필요하겠지만 세션을 진행하다 보면 그 시간도 부족할 것이다. 참가자들이 지치지 않게 하고, 과업들을 평소의 모습 그대로 관찰할 수 있도록 추가 세션을 잡아야 할 수도 있다.

맥락적 조사 세션 진행하는 법

맥락적 조사는 여러 단계로 이루어져 있다.

- *리서치 질문과 목표 알기*: 단지 당일에 나타나 사용자들을 지켜보기만 해서는 안 된다. 참가자들의 배경, 그들이 겪는 전형적인 문제점들과 목표들을 알아가는 데 사용할 수 있는 일련의 질문들을 갖추면 주어진 시간을 최대로 활용할 수 있게 된다.
- *소개*: 자기소개를 하고, 리서치의 목적 또는 기타 관련 정보들을 소개한다. 참가자들에게 인터뷰를 녹화해도 되는지 묻거나, 언제 녹화를 시작하고 멈추어야 할지 물을 수도 있다. 참가자들의 데이터에 대한 비밀 유지 의무를 보증하고, 리서치 결과를 공유하기 위해 데이터를 익명으로 사용해도 괜찮은지 동의를 구하거나, 기타 필요한 동의들을 구한다.
- *반구조적 인터뷰*: 참가자들의 업무에 대한 개요를 얻기 위해

반구조적 인터뷰를 사용한다. 비교적 느슨한 구조 덕에 흥미로운 질문들이 생길 때마다 따라갈 수 있게 해 준다. 참가자들의 흐름을 따르고, 그들이 수행하고 있는 과업에 집중하고, 과정에서 질문이 있을 경우에는 의논하는 것이 중요하다.

- *적극적 관찰*: 참가자들에게 그들을 관찰하고, 또 때때로 간섭을 하면서 배우고 싶다고 미리 알리는 것이 중요하다. 또한, 현재 진행되고 있는 사항에 대해 질문하기 위해 참가자들을 간섭해도 되는 상황과 간섭해서는 안 될 상황을 미리 참가자와 약속해야 한다. 고객과 상호 작용하는 상황이 그 예이다. 사용자들을 관찰할 때는 반드시 리서치가 무엇에 중점을 두고 있는지 기억해야 한다. 참가자들에게 여러분의 리서치 목표에서 중요한 특정 과업을 수행할 것을 요구해야 할 수도 있지만, 이는 흔하지는 않다. 비록 당시에는 리서치의 목표와 관련성이 있는지에 대해 완전히 납득이 되지는 않더라도 가능하면 최대한 많이 기록하라. 이는 모두 큰 그림의 일부분이다.
- *마무리*: 인터뷰를 하는 동안 배운 내용을 요약한다. 여러분의 요약을 듣는 참가자들의 반응에 주의하라. 참가자들이 틀렸다고 항상 알려주지는 않기 때문에 스스로 알아내야 한다. 만약 잘못 알아낸 부분이 있다면 참가자들에게 질문하여 같이 이야기를 구성해 나간다.

다음은 여러분을 위한 중요한 팁을 준비했다.

- 듣는 동안 해석은 최대한 배제한다. 인터뷰와 관찰 세션이 끝난 후에 분석하고 결과에서 의미를 찾아내는 데 시간을 쏟아야 한다. 기록하면서 받아들이고 해석하는 것은 인간 본연의 행동이기에 어려울 수 있다. 따라서 좋은 전략은 다른 색상의 형광펜을 사용하거나 참가자들이 사용한 단어들을 표시하기 위해 따옴표를 사용하는 등, 기록하면서 참가자들이 직접 말한 사실과 여러분의 추측이나 해석을 분리하는 작업을 하는 것이다.
- 만약 참가자들의 상호 작용의 일부로 고객이 포함되어 있다면 고객들에게도 동의를 반드시 구해야 한다. 동의를 구할 수 없을 때는 녹화를 하지 않는다.
- 맥락적 조사는 반드시 참가자들이 일반적으로 과업을 수행하는 곳에서 이루어져야 한다. 만약 참가자들이 자신의 일반 맥락적 상황에서 세션을 진행하기를 원하지 않는다면 정중하게 세션을 취소한다.
- 최고 수준의 익명성을 유지한다. 예를 들어, 나는 보고서나 문서에 사람들의 이름을 적지 않으려고 한다. 하지만 동시에 다른 사람들이 특정 코멘트를 추론해낼 수도 있다고 참가자들에게 알려야 한다. 또 일부 사람들은 익명성을 원하지 않고, 자신들의 목소리가 분명하게 전달되고, 심지어는 인정받기를 원하는 경우도 있다. 이러한 부분들을 어떻게 처리할지

에 대해서는 여러분 각자가 결정을 내려야 할 것이다.

인터뷰와 에스노그라피에 대한 정보를 알 수 있는 8장과 11장을 읽어볼 것을 추천한다.

| 필요한 툴

장소들을 방문하기 전에 준비해야 할 몇 가지가 있다. 음성 또는 영상 녹화를 한다면 장비가 제대로 작동하는지 반드시 확인해야 한다. 인터뷰 대상자가 불편해하거나 꺼려한다면, 바로 녹화를 그만둘 준비를 해야 한다.

13장 A/B 테스트

다른 옵션과의 비교를 위한 유저 리서치 기법

| A/B 테스트란 무엇인가

A/B 테스트(A/B testing)는 어느 것이 더 잘 작동하는지 보기 위해 동일한 대상을 두 가지 버전으로 나누어 비교하는 것이다. 웹 페이지 두 개의 실험군(A와 B)을 서로 비슷한 방문객들에게 동시에 보여주는데, 이는 서로 다른 디자인과 콘텐츠 옵션 사이에서 선택해야 할 때 도움이 된다. 의견을 토대로 결정하는 대신 데이터를 사용하는 것이다. A/B 테스트에서는 사용자에게 어떤 것이 더 효율적인지 알아내기 위해 새로운 것은 한 번에 하나씩만 테스트한다. 방문객의 절반에게는 기존 페이지(대조군)를 보여주고, 또 다른 절반에게는 변경한 버전(실험군)을 보여준다.

| A/B 테스트의 장점

A/B 테스트는 두 개의 잠재적 해결책 사이에서 결정을 내려야 할 때, 직감을 대체하기 위해 사용된다. 보통 예상하지 못한 것 또는 우리의 직관과 반대되는 것이 A/B 테스트에서의 승자가 되는 경우가 있다. A/B 테스트를 수행할 때 목표로 두어야 할 것은 어떤

옵션이 더 나은 전환율을 산출하는지 알아내는 것이다. 따라서 임의의 판단으로 결과를 거부해서는 안 된다.

온라인 환경에서 사람들은 굉장히 다양한 유형의 콘텐츠를 테스트한다. 수많은 테스트 사례 중 몇 가지를 함께 살펴보자.

- 콜 투 액션
- 헤드라인
- 이미지
- 디스플레이 광고
- 레이아웃
- 콘텐츠 구조
- 형식
- 이메일 문구
- 랜딩 페이지

어디에 초점을 두어야 할지는 여러분의 제품 및 서비스에 따라 다르다. 예를 들어, 어느 미디어 회사가 구독자 수나 독자들이 사이트에서 보내는 시간을 더 늘리고, 소셜 공유를 통해 기사들이 더 공유되길 바란다고 가정해 보자. 이 목표들을 달성하기 위해서는 이메일 구독하기 모델, 추천 콘텐츠, 소셜 공유 버튼의 여러 가지를 테스트할 수 있을 것이다. 어느 여행사는 자사의 웹 사이트 또는 모바일 웹에서 성공적으로 완료된 예약 건을 늘리거나, 추가 기능 구매를 통해 수익을 올리고 싶을 수도 있다. 이러한 지표들을 개선하기 위해 클릭형 홈페이지 히어로 이미지(hero image, 웹 페이지 상단에 위치한 배너), 검색 결과 페이지, 추가 기능 디자인의 변형을 테스트해 볼 수 있을 것이다.

예시를 조금 더 들어보자면, 전자 상거래 회사는 결제 완료건, 평균 주문 금액, 매출을 증가시키기 위해 홈페이지 프로모션, 내비게이션 요소, 결제 유입 경로 구성 요소들을 테스트해 볼 수 있을 것이다. IT 회사라면 세일즈 팀을 위해 양질의 리드(lead, 잠재 고객)를 늘리고, 무료 체험판 사용자 수를 늘리거나, 특정 유형의 구매자의 관심을 끌고 싶을 수 있다. 그러면 IT 회사는 리드 양식 구성 요소, 무료 체험판 가입 흐름, 홈페이지 메시지 전송, 콜 투 액션 등을 테스트해 볼 수 있다.

| A/B 테스트의 단점

여러 특징을 다르게 조합하여 모두 한 페이지에서 테스트해 보고 싶다면 다변량 테스트를 사용해 보면 된다. A/B 테스트는 아이템의 한 가지 또는 두 가지 버전으로 제한되어 있으므로 다양한 변수들을 평가하기에는 덜 적합하다.

A/B 테스트는 두 옵션 중 어떤 것이 더 잘 작동하는지는 보여줄 수 있지만, 그 이유에 대해서는 설명하지 못한다. 왜 특정한 것이 더 잘 작동하는지에 관심이 있다면 다른 리서치 방법론과 함께 사용하여 알아낼 수 있을 것이다. 전형적인 사례로는 A/B 테스트를 진행자가 있는 사용성 테스트와 같이 사용하는 것이다. 이를 통해

참가자들이 여러분의 제품 또는 서비스를 사용하는 것을 지켜보며 특정 맥락에서 참가자들은 어떤 부분에서 만족하고 만족하지 않는지에 대해 이야기를 나누어 볼 수 있다.

| A/B 테스트는 언제 해야 하는가

A/B 테스트는 두 가지 중 한 가지를 선택해야 하는 상황에서 유용하다. 각 방문객에게 대조군 또는 실험군이 제공되면, 그들이 경험하는 것들이 애널리틱스 대시보드(analytics dashboard, 보고서 및 지표를 개괄적으로 모아놓은 페이지)에 측정되어 수집되고, 통계 엔진을 통해 분석된다. 그러면 어떤 경험이 고객 행동에 긍정적, 부정적, 또는 어떠한 효과도 주지 못했는지 알 수 있게 된다.

| 이러한 유형의 리서치 수행에 필요한 노력

A/B 테스트를 위해 필요한 노력은 방법론을 학습하는 것에서 그치지 않는다. 애널리틱스를 이해하고, 어떤 패턴들이 발견될 수 있는지, 또 A/B 테스트를 하기에 유용한 것들을 선택하는 것에 대해 이해해야 한다. 이는 구체적인 스킬이다. 만약 여러분이 퍼포먼스 애널리스트 또는 다른 비슷한 애널리스트의 역할을 맡고 있지 않다면 여러분이 속한 조직에서 이 업무를 담당하고 있는 사람에게 직접 배우는 것이 좋다. 그것이 불가능할 경우에는 인터넷에

참고할 수 있는 자료들이 많이 있다. 예를 들어, 구글 애널리틱스(Google Analytics)를 사용하는 조직이라면 학습에 도움이 될 만한 온라인 지원 자료들이 풍부하다. 다른 애널리틱스 패키지들도 유사한 자료들을 제공한다. 애널리틱스에 대한 이해가 필요하다면, 애널리틱스 트레이닝을 제공하는 자문 회사들이 있으니 참고할 수 있다. 또 만약에 여러분이 테스트해야 할 것들을 제작하는 디자이너가 아니라면, 그 과업을 담당하는 사람과 합동하고 협력하는 방법도 고려해 볼 수 있다.

요약하자면 애널리틱스에 익숙하지 않고 여러분 조직에 A/B 테스트 프로세스가 준비되어 있지 않다면, 유용한 A/B 테스트를 준비하고 수행하는 일은 쉽지도, 간단하지도 않을 것이다. 하지만 이는 반복적인 프로세스이므로 시간이 지나면서 배우게 될 것이다.

A/B 테스트를 하는 법

테스트 프로세스

A/B 테스트는 주기적으로 수행하는 것이 좋다. 실제로, A/B 테스트는 주기적인 프로세스이다. 리디자인하고 테스트, 그리고 또 리디자인하고 테스트의 과정을 반복한다. 모든 리서치 방법론과 마찬가지로 A/B 테스트도 따라야 할 프로세스가 있다.

1. *데이터 수집하기*: 애널리틱스를 인사이트에 사용한다. 낮은 전환율이나 높은 이탈률(drop-off rate)이 있는 페이지들을 살

펴보도록 한다. 새로운 콘텐츠, 디자인 또는 컨셉을 연구하거나 새로운 기능을 추가해야 할 수도 있다.

2. *목표 파악하기*: 전환율 목표는 변형이 오리지널보다 더 성공적인지 아닌지 결정할 때 사용할 수 있는 지표이다. 목표는 버튼 클릭에서부터 제품 구입으로 이어지는 링크, 이메일 구독하기까지 다양하다.
3. *가정 생성하기*: 목표를 파악했다면 이제는 왜 A가 B보다 낫다고 생각하는지에 대한 A/B 테스트 아이디어와 가정을 생성할 시간이다. 테스트의 결론이 어떻게 날 것 같은가? 아이디어들이 생기면 기대 효과와 구현의 난이도 부분에서 우선순위를 정한다.
4. *변형하기*: A/B 테스트 소프트웨어를 이용해 제품 및 서비스의 요소들을 변경할 수 있다. 여러 주요 A/B 테스트 툴은 이러한 변경을 원활하게 해 주는 비주얼 에디터(visual editor)가 있다. 각각의 실험군에서 변경한 부분들은 반드시 기록으로 남겨두어야 한다.
5. *테스트 수행하기*: 테스트는 언제 수행할 것인가? 방문자 수와 관련하여 이미 알고 있는 최고점과 최저점이 있는가? 얼마 동안 수행할 예정인가? 정해진 테스트 소요 시간 같은 것은 없다. A/B 테스트는 하룻밤 사이에 완성되는 프로젝트가 아니다. 트래픽 수에 따라 테스트를 며칠 또는 몇 주에 걸쳐 수행할 수도 있으며, 가장 정확한 결과를 위해서는 한 번에 하나씩만 수행하는 것이 좋을 것이다. 테스트에 시간을 충분

히 들이지 않으면 결과가 왜곡될 수도 있고, 통계적으로 유의할 만큼 많은 방문자도 얻지 못하게 된다. 테스트를 너무 오랫동안 수행하는 것 또한 결과를 왜곡하게 되는데, 더 오랜 기간 동안 통제할 수 없는 변수들이 더 많아지기 때문이다. 결과를 검토할 때는 통계적 이상(statistic anomaly, 통계적으로 이상한 부분)을 설명할 수 있도록 테스트 결과에 영향을 미칠 수 있는 모든 요소를 염두에 둔다. 결과가 왜곡된 것 같다는 의심이 들 때는 테스트를 다시 진행하는 것이 당연히 합리적이다. A/B 테스트가 결과에 미칠 수 있는 영향을 고려했을 때 테스트를 제대로 수행하기 위해 몇 주 정도 투자하는 것이 좋다. 여러분의 사이트/앱 방문자들은 대조군 또는 실험군으로 무작위로 지정될 것이며, 어떻게 작동하는지 알아내기 위해 각각의 경험들은 측정되고, 계산되고, 비교된다.

6. *결과 해석하기*: 테스트가 종료되면 결과를 분석할 시간이다. 누가 봐도 실험군이 이긴 것 같다면 그 버전으로 변경한다. 그렇지 않다면 프로세스를 처음부터 다시 시작한다. A/B 테스트 소프트웨어가 실험 데이터를 보여주고, 두 버전 간의 차이점, 그리고 통계적으로 유의미한지에 대한 정보를 보여줄 것이다.

대부분의 툴은 여러분이 테스트를 준비하는 과정에서 길잡이 역할을 해 줄 것이다. A/B 테스트의 모범 실무는 다음과 같다.

- 두 변형은 항상 동시에 테스트한다. 만약에 한 버전은 이번 주에 테스트하고 다른 버전은 그다음 주에 테스트할 경우, 변형들을 각기 다른 상황에서 테스트하기 때문에 정확한 데이터를 수집할 수 없을 것이다. 항상 두 변형 간에 트래픽을 분할하도록 한다.
- 통계적 유의성을 얻을 때까지 기다린다. 대부분의 A/B 테스트 툴은 통계적 신뢰를 보고한다.
- 재방문자에게 동일한 변형을 보여준다. 여러분이 선택하는 툴은 방문자에게 어떤 변형이 노출되었는지 기억하는 메커니즘(작용 원리)을 갖고 있을 것이다. 이는 사용자에게 다른 가격이나 파격적인 할인가를 보여주는 것과 같은 혼란 상황을 방지해 준다.
- A/B 테스트는 웹 사이트 전반에 걸쳐 일관성을 유지한다. 여러 구역에 나타나는 구독하기 버튼을 테스트할 때는 사용자에게 항상 같은 변형을 제공해야 한다. 한 페이지에서 하나의 변형을 보여주고, 다음 페이지에서는 또 다른 변형을 보여주면 결과가 왜곡되기 때문이다.

| 필요한 툴

시중에는 각자 다른 초점과 가격대, 기능 세트(feature sets)를 갖는 A/B 테스트용 툴이 많이 있다. 여러분이 조사해 볼 수 있는 몇 가지를 준비했다. 여느 툴들과 마찬가지로 이들 또한 시간이 지나면서 변하고 개선될 것이다. 여러분에게 A/B 테스트가 유용한 방법론이라면, 관련 분야에서 새롭게 개발되는 것들이 있는지 눈여겨보도록 하라.

- 구글 애널리틱스 옵티마이저(Google Analytics Optimizer): https://www.google.com/analytics
- 비주얼 웹 사이트 옵티마이저(Visual Website Optimizer): https://vwo.com/
- 언바운스(Unbounce): https://unbounce.com/
- 웹트렌즈 옵티마이즈(Webtrends Optimize): https://www.webtrends.com/products-solutions/optimization/
- 파이브 세컨드 테스트(Five Second Test): https://fivesecondtest.com/
- 컨버트 익스피리먼트(Convert Experiment): https://www.convert.com/
- 맥시마이저(Maxymiser): https://www.oracle.com/marketingcloud/products/testing-and-optimization/index.html
- 키스메트릭스(Kissmetrics): https://www.kissmetrics.io/
- 어도비 타깃(Adobe Target): https://www.adobe.com/kr/marketing/target.html

14장 이해관계자 워크숍 최대한 활용하기

| 이해관계자 워크숍이란 무엇인가

이해관계자 워크숍(Stakeholder workshop)은 여러분의 프로젝트에 관심이 있는 사람들을 참여시킬 수 있는 좋은 방법 중 하나다. '이해관계자'란 조직에서 프로젝트를 완성하는 데 핵심 역할을 하는 이들이자, 진행하고 있는 리서치 분야에 전문성과 깊이 있는 지식을 보유하고 있는 사람들이다. 또 이해관계자에는 사용자들도 포함되는데, 사용자들은 자신이 원하는 것과 해야 하는 것을 할 수 있도록 여러분이 제품 또는 서비스를 잘 제공할 수 있기를 원한다.

| 이해관계자 워크숍의 장점

이해관계자 워크숍은 다양한 유형이 있지만, 잠재적으로 서로 반대되는 시각과 목표를 가진 다양한 조직 내 당사자들 간에 합의점을 찾아 나가는 것과 같이 모두 공통된 목표와 효익을 지닌다. 이해관계자 워크숍은 특정한 대상의 의미에 대한 공통된 이해를 형성하는 데 사용될 수 있다. 프로젝트 결과에 대한 오너십(ownership, 주인의식)도 형성할 수 있다.

워크숍은 흔히 프로젝트에서 특정 단계를 시작하거나 의사 결정 포인트가 되는 중요한 지점이다. 이해관계자 간에 의견을 조율하고 갈등과 오해를 피하는 것이 의사 결정 포인트에서는 매우 중요하다. 워크숍은 많은 사람에게 시간과 노력을 투자해야 하는 일이지만, 몇 주 또는 몇 달에 걸쳐 이룰 수 있는 정보들을 단 하루 만에 수집할 수 있다는 장점도 있다. 워크숍은 이해관계자들이 협력할 수 있는 공간을 제공한다. 아이디어 생성, 요구 사항 수집, 디자인과 해결책 초안 작성, 우선순위 합의, 리스크와 제약 사항 파악 등, 다양한 부분에서 협력할 수 있다. 그룹 다이내믹스(group dynamics, 그룹 내에서 발생하는 행동)는 사람들과 개별적으로 이야기할 때보다 더 나은 토론을 할 수 있게 해 준다. 이해관계자들은 서로 비슷한 책임을 맡았든 서로 다른 책임을 맡았든 모두 서로의 이야기에 반응하고, 여러분이 생각해 본 적 없는 질문들과 이슈들을 제기한다.

| 이해관계자 워크숍의 단점

이해관계자 워크숍은 참가자들의 의견이나 선호에 대한 가공되지 않은 데이터(raw data, 원본 데이터)를 수집하기에는 적절하지 않다. 포커스 그룹이 아니기 때문이다. 워크숍에서 유용한 인사이트를 얻기는 어렵기에 워크숍을 그룹으로 진행하는 사용성 테스트로 생각하지 않는 것이 좋다. 하지만 프로토타입이나 다른 개발 주기에서 제작된 것들을 시연해 보는 것은 추천한다. 워크숍은 위원회 회의처럼 모든 사람이 어느 의견에 동의하는 것이 아니라 자신들이 생각하고 합의를 이룰 수 있는 활동들에 기꺼이 참여해야 하는 방식이다.

| 이해관계자 워크숍은 언제 해야 하는가

앞의 '이해관계자 워크숍의 장점' 섹션을 읽었다면, 워크숍은 굉장히 많은 것을 달성할 수 있다는 장점 덕분에 프로젝트의 여러 지점에서 활용될 수 있다는 인상을 받았을 것이다.

- 프로젝트 초기 단계에서 범위와 목표에 동의하기 위해 사용된다.
- 전략적 방향(strategic direction)이 필요할 때 사용된다. 우선순위와 타임라인을 파악하기 위해 필요한데, 이는 프로젝트 초기 단계에서 이루어져야 한다.
- 프로젝트에서 중요한 마일스톤을 언제 달성하였는지 보고하고 다음 단계를 구상할 때 사용된다.
- 다각적 인풋이 필요할 때 사용할 수 있다. 이는 다른 전문성과 관련되어 있거나, 사용자들과 관련되어 있지 않을 수도 있다.

개발 주기에서 워크숍을 언제, 그리고 어디에서 할지 결정할 때 고려해야 할 몇 가지 요소들이 있다.

- *프로젝트 일정 및 예산*: 소규모 프로젝트들은 시간에 제약이 있기 때문에 관련자들과의 워크숍은 한 차례씩밖에 진행할 수 없을 것이다. 더 큰 규모의 프로젝트들은 여러 차례 진행할 수 있을 만큼 시간이 넉넉할 것이다.
- *크기 및 복잡성*: 규모가 더 크고 복잡한 프로젝트의 경우에는 한 세션에서 모두 다루기에는 내용이 너무 많거나 이해관계자들이 너무 많을 것이다. 세션당 12명이 가장 이상적인 숫자다. 그 이상이 될 경우에 토론은 관리하기 힘들어지고 몇몇은 토론에서 소외될 수도 있다. 60명과 워크숍을 진행해 본 경험이 있는데, 그러한 대규모 프로젝트를 원활하게 진행하기 위해서는 워크숍을 도와줄 수 있는 사람 또는 진행할 수 있는 다른 활동이 필요하다.
- 현재 어떤 것을 작업하고 있느냐에 따라 단계별로 다른 워크숍을 진행할 수 있다.

이러한 유형의 리서치 수행에 필요한 노력

이해관계자 워크숍은 굉장히 중요한 일이지만 엄청난 시간과 투자를 요구하기도 한다. 워크숍을 원활하게 하고 그룹 토론을 진행하는 일은 능숙해지기까지 시간이 꽤 걸린다. 워크숍을 진행하는 과정에서 배우고 실행할 수도 있기는 하지만, 아마도 프로젝트 초반에는 훨씬 더 많이 준비해야 하고 고려해야 하는 사항도 더 많을 것이다. 대규모 인원이 참석하는 워크숍을 진행할 때는 모든 사람이 기여하고 참여할 수 있도록 하고 격려해 주는 것을 잊어서는 안 된다. 방 안에 있는 사람이 누구든 모두 동등한 입장에서 참여할 수 있도록 해야 한다.

또 정리하고 준비하는 시간도 계산해야 한다. 특히, 바쁜 사람들을 동시에 참석시키려면 이는 반드시 필요한 부분이다. 리서처로서 워크숍을 주선하고, 준비하고, 진행하고, 또 결과를 분석하는 데 시간과 노력을 들여야 한다. 효율적으로 진행하기 위해서는 여러분이 준비한 활동에 참가자들이 적극적으로 참여해야 할 것이다. 워크숍은 잡담을 하기 위해 모이는 것이 아니다. 실질적인 결과를 공유하고 제작함으로써 창의성을 장려하는 데 중점을 둔다.

| 이해관계자 워크숍을 진행하는 법

워크숍을 준비할 때 아래 제시된 작업들을 진행하라.

- 선행 리서치 또는 문서 검토하기
- 작업하고 있는 것에 대해 깊이 있는 이해 얻기
- 워크숍 이전 혹은 종료 후 일부 이해관계자들과 인터뷰하기: 특히 워크숍에 참석할 수 없는 이해관계자들의 경우에는 꼭 필요하다. 워크숍 이전에 인터뷰를 함으로써 그들이 갖고 있는 태도나 기대에 대해 어느 정도 감을 잡을 수 있을 것이다. 워크숍 종료 후에 진행하는 인터뷰는 특정 주제와 이슈들을 보다 상세히 탐구할 수 있게 해 줄 것이다.

계획과 실전

워크숍의 핵심은 준비에 있다. 워크숍을 시작하기 전에 수행할 활동들에 대한 준비를 모두 마쳐야 한다. 워크숍은 상호적으로 진행되어야 하며, 리서처 혼자 말하거나 그룹으로 토론하는 활동이 아니다. 목표를 달성하기 위해 어떤 활동을 할 것인가? 원활하게 워크숍을 진행하기 위한 체크 리스트를 준비했다.

- 명확한 아젠다를 갖춘다. 워크숍의 목표를 세워야 한다. 이 워크숍을 왜 진행하는 것이며, 아젠다에는 무엇을 포함할 것인가? 워크숍을 진행하기 전에(이상적으로는 워크숍에 초대하면서) 참가자들에게 공유하여 그들의 기대를 설정한다. 사람들이 사전에 준비해야 하는 것이 있다면 준비 시간을 충분히 주도록 한다.
- 각 활동별로 시간을 정하고 최대한 그것을 지키려고 한다. 창의적인 이야기와 토론이 오갈 때는 예정된 시간을 초과하기 쉽다.
- 워크숍은 세 시간 정도로 제한한다. 세 시간 동안 굉장히 힘든 여정이 펼쳐질 것이므로, 휴식 시간을 두고 다과를 준비한다. 하루 종일 워크숍을 진행해 본 적이 있는데, 참여한 사람 모두 굉장히 힘들어 했지만 불가능한 작업은 아니었다. 가능한 점심시간 이전 또는 이후에 진행하도록 한다. 30~60분 정도의 긴 휴식 시간은 리서치의 흐름을 방해할 수도 있다.
- 워크숍을 시작하기 전에 모든 준비를 마칠 수 있도록 미리

장소를 방문하도록 한다.

- 워크숍을 원활하게 하고, 진행하고, 정보도 기록하고, 참가자들이 참여할 활동을 준비하는 등 전체 워크숍을 혼자 진행하는 것에는 무리가 있다. 좋은 워크숍을 진행하기 위해서는 두세 명 정도가 필요하다.
- '핸드폰 금지' 룰을 정한다. 사람들이 눈앞에 있는 과업에 집중할 수 있게 해야 한다.
- 설명서와 결과물을 눈에 띄는 곳에 두도록 한다.
- 참여를 유도하는 질문들을 통해 사람들이 잘 따라오고 있는지 확인한다.
- 가능하다면, 그룹 크기(개인, 소규모, 대규모)별로 활동을 포함시킨다. 서로 다른 사람들이 어떻게 교류하고 생각하는지 엿볼 수 있을 것이다.
- 그룹 활동을 할 때는 그룹마다 대표그룹을 두도록 한다. 그렇게 해야 사람들이 평소 같이 일하지 않는 사람들과 교류할 수 있을 것이다.
- 모든 것은 사진으로 남겨 둔다. 또는 영상이나 음성으로 녹화해 두는 것도 좋다.
- 워크숍에 대한 보고서를 작성할 때 기록해 둔 사진들이 유용하게 쓰일 것이다.
- 워크숍을 종료할 때는 결과를 모두 수집한다. 포스트잇을 붙여두었던 종이들은 운반하는 과정에서 포스트잇이 떨어질 위험이 있기 때문에 치우기 전에 사진으로 남겨둔다.

- 사용자에 집중한다. 사람들이 서로 다른 의견이나 우선순위에 대해 합의점을 찾지 못할 때 초점을 다시 사용자에게로 가져온다. 조직의 니즈와 사용자의 니즈 간에 균형을 찾아야 한다. 하지만 사용자 니즈는 종종 조직의 교착상태를 타개할 수 있다.

어떤 워크숍을 진행할 수 있는가

워크숍 리서치는 다양한 상황에서 사용할 수 있다. 일반적으로 모든 워크숍은 확산하고 수렴하는 데 사용할 수 있다. 모든 아이디어와 가정을 달성할 수 있고 동의할 수 있는 것으로 통합시킨다.

▹ 워크숍 시작하기

워크숍은 프로젝트의 시작 단계 또는 프로젝트의 특정 새로운 단계에서 프로젝트의 범위와 목표에 대한 합의점을 도출하기 위해 사용될 수 있다. 불과 몇 시간 내로 상반되는 관점과 목표를 갖고 있을 수도 있는 여러 당사자 간에 합의점을 도출할 수 있을 것이다. 또 서로 다른 생각, 이해 그리고 가정을 파악할 수 있는 좋은 기회이기도 하다. 모두 한곳에 모은 뒤에 이 특정 프로젝트 또는 마일스톤을 위한 공통된 이해를 형성한다.

▹ 참여(마일스톤) 워크숍

마일스톤에 도달하면 그것이 긍정적이든 부정적이든 진척 상황을 공유하는 것이 좋다. 이를 통해 직접적으로 관여되어 있지는 않지만, 결과에 이해관계가 있는 사람들도 프로젝트의 결과와 그것에 도달하기까지 필요한 노력에 대해 주인의식을 가질 수 있다. 이는 전략적 방향을 확인하고 우선순위와 타임라인을 검증할 수 있는 좋은 기회다.

▹ 요구 사항 수집하기

이해관계자 워크숍도 개발 주기의 초기 단계에서 진행해야 한다. 이해관계자 워크숍을 통해 사람들의 추정을 모으고, 업계의 관련 분야에서 얻은 전문성과 지식에 대한 공유를 통해 여러분의 조직이 생각하는 목표 달성에 필요한 요소들을 확인할 수 있다. 만약 여러분의 조직에서 아직 사용자들에 대한 인사이트를 보유하고 있지 않다면 사용자들은 누구인지(페르소나), 그들의 태도나 행동, 동기와 니즈를 스케치해 볼 수 있는 시기이다. 워크숍 과정에서 생성된 요구 사항과 페르소나는 이어지는 후속 유저 리서치에서 검증된다.

▹ 디자인 워크숍

내부 전문가들을 모두 모아 프로젝트 초기 디자인을 스케치한다. 디자인 워크숍은 디자이너나 기술자만을 위한 것이 아니다. 개발 관련 인사이트를 갖고 있는 다른 사람들도 참여할 것이다.

▹ 공동 디자인 워크숍

'참여형 디자인(participatory design)'으로도 알려진 공동 디자인

(co-design) 워크숍은 사용자들과 같이 디자인을 하는 워크숍을 뜻한다. 사용자들은 디자인 프로세스의 모든 단계에 참여할 수 있다. 태도, 동기, 맥락, 선호도, 니즈와 이슈들에 대한 인사이트와 아이디어를 얻기 위해 사용자들을 워크숍에 포함시킬 수 있다. 사용자 경험 또는 사용자 여정 지도(journey map, 사용자가 서비스와 상호 작용하는 포인트를 파악하기 위해 시각적으로 표현한 것), 시나리오와 스토리보드 같은 결과물을 제작하거나 수정할 수도 있고, 시각적 차원에서만 디자인을 논하는 것이 아니라 콘텐츠, 프로세스, 경험과 같은 결과들을 얻기 위해 필요한 것들을 모두 포함한다. 이러한 워크숍은 조직과 사용자들 간에 단절된 부분을 드러낸다.

▹ 콘텐츠 워크숍

여러분이 콘텐츠 디자이너 혹은 콘텐츠 전략가라면 이미 콘텐츠 워크숍을 사용하고 있을 수도 있다. 사용하고 있지 않다면 지금 바로 시작해도 좋다. 콘텐츠 워크숍은 다음과 같은 상황에서 사용될 수 있다.

- 콘텐츠 스타일, 전략, 작업 흐름, 거버넌스(governance)를 검토하고 이의를 제기할 때
- 기존 콘텐츠를 개선하기 위해 무엇을 해야 하는지, 어떠한 콘텐츠 유형이 필요한지에 대해 합의할 때
- 콘텐츠 모범 실무와 조직 스타일 가이드를 트레이닝할 때
- 콘텐츠 제작 및 개선을 위한 거버넌스 문서, 스타일 가이드,

작업 흐름 초안을 작성할 때

워크숍에는 누가 참석해야 하는가

진행하고자 하는 워크숍의 유형에 따라 적합한 그룹이 결정될 것이다. 여러분이 원하는 결과물을 달성하는 데 중요한 사람들은 누구이며, 어떠한 활동들이 진행될 예정인가? 모든 사람을 다 초대할 필요는 없다. 이는 생산적이지 않다. 그 자리에 꼭 참석해야 하는 사람들은 다음과 같다.

- 결정을 내리는 사람
- 필요한 정보를 보유하고 있는 사람
- '영향력'이 있는 사람(예: 프로젝트 지원을 받거나 지속적으로 펀딩을 받기 위해 꼭 필요한 사람)
- 현실화하는 데 관여된 사람

워크숍의 기본 구조

- 여러분의 소개가 그날의 워크숍 분위기를 좌우할 것이다. 사람들을 따뜻이 반기고 긴장을 풀어주도록 한다. 여러분이 누구인지, 이번 워크숍의 안건은 무엇이고, 목표는 무엇이며, 누가 참석할 예정인지에 대한 정보들을 제시한다.
- 현재 알고 있는 것들(청중, 현재 상황, 설계, 여러분과 팀원들이 해온 리서치, 문제점들): 이 부분은 선택 사항이다.

- 준비 활동
- 핵심 활동
- 마무리

| 필요한 툴

필요한 툴은 어떤 워크숍을 하느냐에 따라 다를 것이다. 내가 주로 맡았던 워크숍은 보통 아래 체크 리스트에 있는 아이템 전부 또는 일부를 필요로 했다.

- 포스트잇: 다양한 색상으로 준비하고 가능하면 사이즈도 다양하게 많이 준비해 둔다.
- 펜: 다양한 색상과 크기로 준비한다. 일반적으로 보드마커나 샤피펜(sharpies)이 괜찮다.
- 종이: 스케치하거나 말하고 동의하는(또는 동의하지 않은) 내용들을 기록하는 용도로 필요하다.
- 블루택(Blue-Tac): 워크숍에서 제작된 것들을 다 같이 공유하기 쉽게 벽에 붙일 때 사용한다.
- 플립차트(flip chart, 회의할 때 의견을 적을 수 있는 큰 종이): 이것은 아이디어를 기록하고 사람들과 공유할 때 사용하기 좋은 아이템이다.
- 스티키 닷(Sticky dots) 접착제: 투표하거나 우선순위를 정할 때 사용한다.

- 카메라: 사진은 워크숍에서 발생하는 일을 기록하는 데 굉장히 유용하다.
- 워크숍을 진행하기에 적합한 공간: 참가자들이 앉고 움직일 수 있을 만큼 충분히 넓은 공간이어야 한다. 이상적으로는 여러분의 사무실에서 떨어진 곳으로, 블루택을 벽에 붙이는 것이 허용된 공간이 좋다.
- 다과

포스트잇 찬가

아이디어를 기록할 수 있는 쉬운 방법
아이디어별로 포스트잇을 사용함으로써
사람들을 집중하게 만드네
움직이거나 그룹으로 묶기 쉽네
유저 리서치에 사용할 수 있는 좋은 친구

15장 게릴라 리서치
실생활에서 빠르게 리서치 수행하기

| 게릴라 리서치란 무엇인가

게릴라 리서치(Guerrilla research)는 간편하며 융통성이 있고 비용도 적게 드는 리서치 방법론이다. 소위 '일단 해 보는(Just do it)' 접근법이라고 할 수 있다. 이는 '카페나 공공장소에 혼자 있는 사람들을 붙잡고, 그들이 웹 사이트를 사용하는 몇 분 동안 재빨리 촬영하는 기술이다.

| 게릴라 리서치의 장점

게릴라 리서치는 여러 가지 면에서 유용하다.

- 비용이 적게 든다.
- 결과를 빨리 얻을 수 있다.
- 소규모 디자인 질문에 대한 답변을 빠르게 얻을 수 있다.
- 더 많은 팀원이 리서치에 참여할 수 있다.
- 실생활에서의 맥락을 이해할 수 있게 도와준다.
- 예상하지 못했던 리서치는 사람들이 더 마음을 열고 솔직할

수 있게 해 준다.

| 게릴라 리서치의 단점

게릴라 리서치는 약식 방법론이기 때문에 깊은 인사이트를 얻기는 힘들며 해당 분야를 대표하는 적확한 참가자들을 모집하는 것도 어려울 수 있다. 또한, 다음과 같은 부분들도 고려해야 한다.

- 날씨와 같은 환경적 어려움
- 사람들의 관심을 끌기 위한 노력
- 리서치 수행 동안 기술적 어려움을 겪을 가능성

| 게릴라 리서치는 언제 해야 하는가

게릴라 리서치는 유일한 데이터 출처가 될 수 있을 만큼 디테일하고 철저하지 않다. 게릴라 리서치는 초기 단계에서 문제점과 기회를 탐색해야 할 때 현명한 결정을 내릴 수 있을 만큼의 인사이트만 제공할 수 있다. 또 깊이 있는 이해를 도와주고, 보다 심도 있는 리서치와 디자인을 위한 초기 가설을 형성할 수 있게 해 준다.

| 이러한 유형의 리서치 수행에 필요한 노력

유저 리서치의 기본 원칙들이 익숙해졌다면 게릴라 리서치는 굉장히 빨리 진행할 수 있을 것이다. 리서치의 초점을 잡기 위해 어느 정도 준비는 해야 하지만, 다른 방법론들에 비해 덜 구조화되어있고 통제하기 어렵기에 융통성 있고 예상하지 못한 상황에 대응할 수 있도록 준비해야 한다. 따라서 테스트하려는 대상과 사용하게 될 형식에 익숙해지는 것이 중요하다.

솔직히 말하자면, 내가 게릴라 리서치를 할 때 가장 어려워하는 부분은 길거리나 행사장 같은 곳에서 사람들의 발걸음을 멈추게 하는 것이다. 개인적으로 모르는 사람들에게 도움을 요청하는 것은 쉽지 않다. 게릴라 리서치를 할 때는 한 명은 대상자를 모집하고 한 명은 리서치를 진행할 수 있도록 짝을 이루어 진행하는 것이 좋다. 물론, 내가 둘 중 어떤 역할을 선호할지는 너무 뻔하다.

| 게릴라 리서치를 하는 법

아래에는 게릴라 리서치를 할 수 있는 방법들이 몇 가지 소개되어 있다.

게릴라 사용성 테스트

게릴라 리서치의 핵심은 사용자들이 여러분을 찾아오게 하는 것이 아니라 여러분이 직접 사용자를 찾아간다는 데 있다. 제품이나 서비스를 노트북, 핸드폰, 또는 스케치 패드에 담아 사용자들이 있을 만한 곳은 어디든 직접 찾아가야 한다.

맥락적 사용자 인터뷰

맥락적 사용자 인터뷰란, 사람들이 사용자의 집, 사무실 등 자신의 환경 속에서 진행하는 짧은 인터뷰다. 이러한 방식으로 인터뷰를 진행하면 사용자들의 환경이 여러분의 제품 및 서비스를 사용하는 데 어떤 영향을 미치는지에 대한 인사이트를 얻을 수 있다.

축소된 버전의 에스노그라피

에스노그라피적 관찰은 실생활에서 제품 및 서비스가 어떻게 사용되는지 볼 수 있는 좋은 방법이다. 형식을 갖추어 필기하려고 집착할 필요가 전혀 없다. 대부분은 끄적거린 낙서로도 충분할 것이다. 결국, 노트필기의 주목적은 인사이트와 행동으로 전환할 수 있는 기억을 촉발시키는 것이기 때문이다.

효과적인 게릴라 리서치 수행과 참가자 모집을 위한 팁

게릴라 리서치의 성공은 어떻게 계획하느냐에 달려 있다. 리서치 목표를 달성하는 데 집중하기 위해 합의된 일련의 질문이나 과업 목록을 갖추도록 한다. 또 과업과 질문의 우선순위를 정한다. 사람들과 처음 이야기를 나눌 때는 정보를 얼마나 얻을 수 있을지, 사람들이 얼마나 기꺼이 시간을 내어줄지 알기 어렵다. 따라서 기록할 데이터의 유형을 사전에 합의하도록 한다. 항상 예기치 못한 일이 발생하기 마련이므로 짧은 리서치 세션 동안 너무 많은 것을 다루지 않고 집중하는 것이 좋다. 주요 이슈 또는 과업 완수 등을 설정한다.

여러분이 무엇을 하고 있고 왜 그들이 참여했으면 하는지를 빠르게 전달해 줄 수 있는 간략한 소개를 준비한다. 또한, 다루어야 하는 윤리적·법적 문제들을 축소시킨 버전을 준비하고 리서치를 어떻게 수행할지 사람들에게 설명한다.

모집하려는 목표 그룹에 따라 장소를 신중하게 선택해야 하며, 참가자들에게 말을 걸기 전에 그들의 보디랭귀지와 행동을 살펴보도록 한다. 사람들을 길거리나 카페 또는 회의장에서 불러 세우는 일은 어려운 일이다. 의기소침해지는 날도 있겠지만, 그냥 계속 도전하는 수밖에 없다.

사람들과 리서치를 진행할 때는 융통성 있게 하도록 한다. 진행 상황에 따라 전략을 조정하고, 초점을 다시 맞추고, 또 수정한다. 랩실에서 리서치를 하는 것보다 더 반복적으로 진행될 수도 있다. 세션은 짧게 유지하도록 하고, 되도록 15분을 넘기지 않는 것이 좋으며, 캐주얼하게 진행하도록 한다. 가능하다면 시간을 내어준 것에 대한 감사의 뜻으로 사람들에게 음식이나 커피를 제공하는 것도 좋다.

| 필요한 툴

게릴라 리서치에 필요한 툴은 테스트하는 대상에 따라 다를 것이다. 디지털 기기가 필요할 수도 있고, 종이로 된 공책으로도 충분할 수도 있다. 일반적으로는 너무 많은 장비를 들고 다니면서 참가자들에게 보여주는 것은 바람직하지 않다. 되도록 사람들의 이

목을 끌지 않도록 한다. 영상, 오디오, 또는 사진을 사용할 수도 있다. 게릴라 리서치를 통해 실제 사용자들에 대한 설득력 있는 이야기들을 구성할 수 있다. 하지만 항상 이러한 방식으로 데이터를 기록하는 것이 적절한 것은 아니며, 사람들이 참여하기를 꺼려할 수도 있다.

16장 유저 리서치 방법론들을 조합하여 사용하는 법

앞서 언급했듯이 유저 리서치는 반복적이고 지속적인 프로세스다. 개발 주기에서 어떤 작업을 하든, 시기마다 적합한 다른 방법론들이 있을 것이다. 여러 방법론을 조합해서 사용할 수 있는 방법은 한 가지가 아니지만, 흔히 사용되는 방법이 몇 가지 있다. 여러분이 이에 대한 감을 잡을 수 있도록 간략하게 설명하고자 한다.

유저 리서치 도입을 처음 주장할 때는 어디서부터 시작해야 할까

만약에 유저 리서치를 수행하는 것이 여러분이 속한 조직에서 흔한 일이 아니라면 리서치를 실행으로 옮기기까지 시간, 자원, 예산을 승인받는 데 어려움을 겪을 가능성이 있다. 나 또한 이러한 상황을 겪었던 적이 있고, 아직 이론 단계일 때는 승인을 얻기 어렵다는 것 또한 알고 있다. 게다가 사람들은 자신의 제품이나 서비스에 문제가 있다는 것을 인정하려 하지 않을 수도 있다. 내가 경험한 바로 유저 리서치의 효익을 이해시킬 수 있는 가장 좋은 방법은 사람들에게 유저 리서치로 얻을 수 있는 것들을 증거로 보여주는 것이었다. 하지만 이 증거도 실제 리서치를 어느 정도 진행했어야 얻을 수 있지 않은가? 이는 어려운 문제일 것이다.

게릴라 리서치로 프로세스를 시작하라

지금과 같은 상황일 때 게릴라 리서치를 하기 좋다. 아주 빠르게 할 수 있고, 많은 비용을 들이지 않고 초기 증거와 인사이트를 수집하여 다음의 내용들을 설명할 수 있다.

- 현재 사용자들이 경험하고 있는 이슈들은 무엇인가?
- 사용자들은 특정 주제에 대해 어떻게 생각하고 느끼는가? 이는 조직의 입장과 반대될 수도 있다.
- 사람들은 실생활에서 어떻게 행동하고 일하는가?
- 어떻게 진전되거나 개선될 수 있는지에 대한 인사이트를 얻을 수 있다.

> **설명하기보다는 직접 보여주기**
>
> 내가 경험한 바로는 유저 리서치를 주장하기 위한 가장 강력한 방법은 증거를 보여주는 것이다.

동료들에게 약식으로 진행한 리서치에서 얻은 인사이트를 보여주는 것은 보다 심도 있고 구조화된 리서치에 대한 지지를 얻을 수 있는 좋은 방법이다. 유저 리서치의 비즈니스 툴로서의 잠재력을 짧게나마 경험할 수 있도록 게릴라 리서치를 사용하라.

케이스 스터디 ***게릴라 리서치의 예***

나는 수년간 수정한 적이 없는 어느 웹 사이트의 개편 프로젝트에 참여했던 적이 있다. 그 조직은 애자일 방식이나 사용자 중심 업무 방식에 대해 관심이 별로 없었기 때문에 나는 홀로 사용자 중심 방식을 외치는 외로운 용사였다.

그 당시 사용자가 누구인지, 무엇이 필요하고, 어떤 일을 해야 하는지 등을 이해하기 위한 초기 탐색 대부분을 외부 에이전시에 의뢰할 수 있을 만큼 예산은 충분했다. 하지만 1차 사용자 그룹으로 추정되는 이들과 리서치를 할 만큼 충분하지는 않았다. 리서치 대상자를 과연 어떻게 선별해야 할까?

대규모의 내부 사용자들과 그들의 니즈가 공개 웹 사이트의 가장 중요한 그룹일 것으로 예상되었다. 그러나 짐작만 할 뿐 유효한 가정인지에 대한 근거는 없었다. 그들에게 무엇이 필요한지, 과업을 어떻게 수행하는지, 경험할 수도 있는 이슈는 뭐가 있는지, 심지어 그들의 멘탈 모델에 대해서도 전혀 알고 있는 것이 없었다. 결국, 나는 직접 이 사용자들과 게릴라 유저 리서치를 하기로 했다. 2주의 시간 동안 나는 영국의 세 지역을 돌아다니며 15명의 참가자와 인터뷰, 사용성 테스트, 카드 소팅을 조합한 유저 리서치를 진행하였다. 2주가 다 끝나갈 때 즈음엔 내부 사용자들에 대해 다음과 같은 인사이트를 얻을 수 있었다.

- 수행한 과업의 유형
- 그 과업들을 수행한 방법
- 사용자들이 경험한 이슈들
- 사용자들의 멘탈 모델과 사용자들이 어떻게 정보를 인식하고 분류하는지에 대한 정보

이 모든 것은 메인 프로젝트를 시작하는 데 유용한 기초가 될 것이었다. 또 내가 알아낸 가장 중요한 사실은, 이 사용자 그룹의 대다수가 웹 사이트를 이용하고 있지 않았다는 것이다! 소수의 사용자만 웹 사이트를 사용하고 있었고, 사용하는 이들도 비주기적으로 특정 시간에만 사용하였다. 그들에게는 업무에 활용할 수 있는 다른 수단이 있었고, 따라서 1차 청중(primary audience, 주요 타깃 청중)이라기보다는 2차 청중(secondary audience, 주요 타깃 청중은 아니지만, 제품 및 서비스에 영향을 미칠 수 있는 청중)에 더 가까웠다.

이 게릴라 리서치는 어떤 청중들을 포함하고 제외해야 할지에 대한 결정을 내리는 데 도움이 되었다. 그리고 그것을 얻는 데 필요한 것은 나의 시간과 노력, 그리고 이동 수단 요금이 전부였다.

게릴라 리서치가 적합하지 않을 때는 어떻게 해야 하는가

게릴라 리서치가 적합하지 않은 상황과 환경은 항상 존재할 것이다. 적절한 예로는 병원의 환자들과 리서치를 수행하는 상황을 들 수 있겠다. 이러한 경우에는 데스크톱 리서치(desktop research, 실제 필드 리서치를 진행하기 전에 관련 주제에 대한 선행 연구나 정보들을 수집하고 분석하는 작업)를 수행할 수 있다. 혹시 비슷한 조직이나 상황에서 유저 리서치를 적용했거나 달성한 결과들을 다루고 있는 선행 자료는 없는가?

동종 분야/업계의 비슷한 조직에서 유사한 이슈들을 경험했고, 또 성공적으로 유저 리서치를 수행하고 덕을 본 사례들을 보여주는 것이 도움이 될 수 있다. 그것이 가능하다는 것을 보여줄 뿐 아니라 다른 조직들이 경쟁력이 있다는 사실도 보여주기 때문이다.

게릴라 리서치와 데스크톱 리서치 혼용하기

증거를 하나만 제공하는 것보다 좋은 것은 증거를 여러 개 제공하는 것이다! 가능하다면 게릴라 리서치를 수행해서 스스로 할 수 있는 것을 보여주고, 관련 분야에서 발행한 다른 증거들과 조합하라. 이 방법으로 일반 유저 리서치에 대한 지지를 얻는 데 도움이 되길 바란다.

| 일반적인 리서치 시나리오 및 방법론 조합하기

제품 및 서비스 개발/개선

완전히 새로운 것을 구축하는 상황이든, 기존의 불충분한 아이템을 개선하는 상황이든, 유사한 반복적인 기법이 사용될 수 있다. 표 16.1은 이러한 시나리오에서는 어떤 방법론을 사용할 수 있는지 보여준다.

표 16.1 제품 및 서비스 개발/개선하기 – 방법론 조합하기

단계	방법론	시나리오 및 설명
1	이해관계자 워크숍 (14장)	모든 관련자를 동시에 같은 방에 모은 뒤에 현재 상황에 대한 이해를 공유하고 프로젝트의 범위에 대한 동의를 얻고, 초기 요구 사항을 수집하는 것으로 프로젝트를 시작한다.
2	인터뷰(8장) 또는 맥락적 조사(12장)	프로젝트 범위에 대해 내부적으로 합의가 이루어지면 실사용자들에게서 피드백과 인사이트를 얻을 차례다. 인터뷰와 맥락적 조사를 방법론으로 제시했는데, 사실 이는 여러분이 어떤 작업을 하느냐에 따라 다를 것이다. 결론적으로 워크숍에서는 이해관계자들의 가정을 검증하고 사용자들의 행동과 장애물에 대한 인사이트를 얻는다.
3	프로토타입 디자인	1단계와 2단계의 결과를 조합하여 신제품 또는 신규 서비스에 대한 초안을 작성하거나 몇 가지 잠재적 옵션들에 대한 초안을 작성한다.
4	사용성 테스트(4장)	사용자들과 테스트를 진행하여 어떤 부분이 작동하고 어떤 부분이 작동하지 않는지 확인하기 전에 디자인하고 구축하는 데 미리 너무 많은 시간을 투자해서는 안 된다.

단계	방법론	시나리오 및 설명
5	반복	사용성 테스트에서 얻은 인사이트는 프로토타입을 개선하는 데 사용되어야 한다. 프로토타입은 수정된 부분들을 검증하기 위해 다시 또 테스트할 수 있다. 제품이나 서비스를 새로 출시하거나 업데이트해서 출시할 경우, 인사이트, 개선, 검증하는 주기는 지속되어야 한다.

콘텐츠와 구조 재정리하기

표 16.2는 콘텐츠 및 인포메이션 아키텍처 개발에 대한 반복적 접근법에서 사용될 수 있는 방법론들에 대한 예시를 담고 있다.

위에서 언급했던 것과 같이, 반복적으로 진행하는 리서치에서 방법론을 조합하기 위한 엄격한 규칙 같은 것은 없다. 사실상 여러분이 하고 있는 일과 상황에 따라 다를 것이다. 콘텐츠와 구조를 개선하는 프로젝트에 관한 다른 예시(표 16.3)도 추가하였다.

표 16.2 콘텐츠와 구조 재정리하기 – 방법론 조합 사례 1

단계	방법론	시나리오 및 설명
1	사용성 테스트(4장)	기존의 제품 또는 서비스에 대한 사용성 테스트를 진행하는 경우, 분석이나 피드백을 통해 문제가 파악되었다면, 더 깊이 들어가기 전에 왜 문제가 발생하는지에 대한 인사이트를 얻는 것이 좋을 것이다. 디지털 아이템이든 디지털 아이템이 아니든 사용성 테스트를 해 볼 수 있다. 사람들에게 과업을 부여하여 그들이 수행하는 모습과 경험하는 이슈들을 관찰한다.
2	폐쇄형 카드 소팅(6장)	여러분 제품의 특정 부분들이 사용자들이 생각하는 것과 일치하지 않는 레이블과 구조를 가졌다고 상상해 보자. 여러분은 이 문제를 해결할 수 있는 좋은 아이디어를 낼 수 있을 만큼 충분한 인사이트를 갖고 있다. 새로운 구조와 레이블링이 소표본의 사용자 그룹을 만족시킬 수 있는지 보기 위해(여러분이 사전에 정의해 놓은 그룹과) 폐쇄형 카드 소팅을 진행해 볼 수 있다.
3	인포메이션 아키텍처 초안	폐쇄형 카드 소팅에서 얻은 인사이트는 초기 이슈들을 해결하고 인포메이션 아키텍처의 초안을 작성하는 데 도움을 줄 것이다.
4	트리 테스트(인포메이션 아키텍처 검증)(10장)	인포메이션 아키텍처 초안은 훨씬 더 큰 규모의 샘플로 테스트할 수 있다(옵티멀 워크숍의 트리잭과 같은 툴을 활용).
5	콘텐츠 테스트(5장)	사용자의 이해를 돕기 위해 콘텐츠를 테스트해 볼 수도 있다. 이는 특히 지금까지 완료된 작업을 통해 사용자와 여러분의 조직 간의 사용된 언어에 부조화가 있다는 사실을 발견했을 때 특히 유용하다.

표 16.3 콘텐츠와 구조 재정리하기 – 방법론 조합 사례 2

단계	방법론	시나리오 및 설명
1	콘텐츠 테스트(5장)	사용자들이 직접 경험한 것을 토대로 전해온 피드백에 의하면 일부 콘텐츠가 헷갈린다고 한다. 핵심 콘텐츠의 부재로 사용자들이 특정 과업을 완료할 수 없는 것이다. 이를 설명하기 위한 증거를 수집하기 위해 콘텐츠 테스트를 수행하기로 한다.
2	개방형 카드 소팅(6장)	여러분의 팀에서 어떤 신규 콘텐츠가 작성되어야 하는지 파악했고, 그 콘텐츠를 어떻게 부를지에 대해서도 어느 정도 합의를 이루었다. 사용자들이 새로운 콘텐츠 아이템을 어떻게 분류할지, 또 레이블링 초안을 이해하는지 알아보기 위해 개방형 카드 소팅을 진행할 수 있다.
3	콘텐츠 테스트(5장)	사용자들과 콘텐츠 초안을 테스트해 볼 수 있다. 사용자들이 이해할 수 있는가? 그들이 이해한 내용을 토대로 적절하게 행동할 수 있는가?
4	폐쇄형 카드 소팅(6장)	개방형 카드 소팅과 콘텐츠 테스트에서 얻은 인사이트를 토대로 정의된 그룹의 소규모 사용자들과 함께 새롭게 디자인한 구조와 레이블링이 참가자들을 만족시킬 수 있는지 확인하기 위해 폐쇄형 카드 소팅을 진행한다.
5	트리 테스트(인포메이션 아키텍처 검증)(10장)	폐쇄형 카드 소팅에서 얻은 결과를 토대로 한 인포메이션 아키텍처 초안은 훨씬 더 큰 규모의 사용자들과 테스트를 진행한다(옵티멀 워크숍의 트리잭과 같은 툴을 활용).
6	콘텐츠 테스트(5장) 및 또는 사용성 테스트(4장)	신규 콘텐츠는 반복적으로 테스트될 수 있으며, 새 구조와 신규 콘텐츠를 조합하여 실제 환경의 현실적인 과업에서도 모두 총체적으로 작동하는지 이해하기 위해 리서치를 수행한다.

새로운 콘셉트가 투자할 만한 가치가 있는지 알아보기

문제를 도저히 파악할 수 없다거나 새로운 콘셉트가 투자할 만한 가치가 있는지 알아보기 위해서는 광범위한 리서치로 시작해서 점차 범위를 좁혀 나가는 방법을 택할 수 있다. 그림 16.1은 광범위한 질문에서 구체적인 질문으로 점점 좁혀 나가는 것의 예시를 보여주고 있다.

그림 16.1 광범위한 리서치에서 특정 주제에 집중된 리서치로 좁혀지는 과정 시각화 및 적용 가능한 리서치 방법론

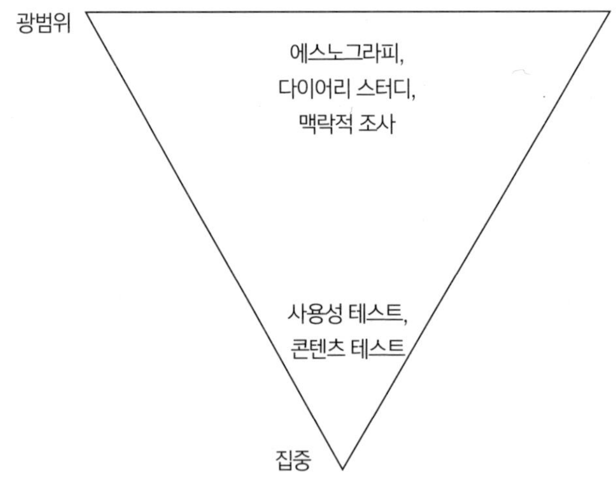

표 16.4 새로운 콘셉트 개발하기 - 방법론들을 조합하는 시나리오

단계	방법론	시나리오 및 설명
1	이해관계자 워크숍 (14장)	워크숍을 통해 다른 업계의 유사한 콘셉트 사례들을 공유하거나, 아이디어를 생성하고 새로운 콘셉트와 관련해서 해야 하는 일들의 초기 작업 범위를 정할 수 있다.
2	에스노그라피(11장), 다이어리 스터디(9장), 맥락적 조사(12장)	시간적으로 여유가 있다면 광범위한 질문을 하거나 특정 맥락에 따라 실제 세계에서는 어떻게 작동하는지 알아보기 등 적합한 유저 리서치 방법론을 선택할 수 있다.
3	이해관계자 워크숍 (14장)	광범위한 리서치에서 얻은 인사이트를 공유하고 어떤 방향으로 나아가야 할지에 대해 이해관계자들과 확인해 보는 것이 좋다.
4	프로토타이핑 (prototyping, 프로토타입 제작)	리서치를 통해 새로운 아이디어를 추구할 가치가 있다고 가정하고, 그 생각들을 스케치로 옮기는 작업을 시작한다.
5	사용성 테스트(4장)	아주 이른 시기부터 사용자들에게서 아이디어에 대한 피드백을 얻는 것이 좋다. 예로는, 페이퍼 프로토타입과 스케치 스토리보드를 통해 사용성 테스트를 하는 것이 있다.
6	반복	작업이 진행됨에 따라 보다 높은 충실도의 프로토타입이 제작되면 반복적으로 리서치를 진행해도 된다. 어느 순간이 되면 공동 디자인 워크숍(최종 사용자들과 같이 디자인함)을 포함시키는 것이 좋을 것이며, 프로세스에는 워크숍, 과정 회고(retrospectives) 또는 물건을 보여주며 발표하는 방식으로 진행되는 이해관계자들과의 정기적 점검이 포함된다.

요약

프로젝트 주기 동안 다양한 방법론들을 조합하는 방법에 대한 시나리오를 몇 가지만 훑어보았다. 적합한 방법론 또는 적합한 방법론 조합을 선택하는 것은 각 단계에서 여러분이 달성하고자 하는 목표에 따라 다를 것이다.

잊어서는 안 될 중요한 부분은, 모든 것에 통용되는 하나의 규칙은 없다는 사실이다. 모든 상황에 통용되는 적합한 한 가지 방법론 같은 것은 없다. 이는 여러분이 반복적으로 유저 리서치를 해야 할 때 방법론을 한 개가 아닌 여러 개 배워야 한다는 사실을 의미하기도 한다. 무섭게 들릴지도 모르겠으나, 우리 인간은 학습하는 데 타고난 능력이 있다. 하나의 리서치에서 얻은 경험은 다른 방법론에 또 적용될 수도 있을 것이다. 물론 새로운 방법론에 대한 학습곡선은 여전히 존재하겠지만, 기울기는 덜 가파를 것이다. 유저 리서치를 할 때마다 리서치 주제에 대해 알게 되는 것만큼 새로운 방법론에 대해서도 다양한 지식들을 배우게 될 것이다. 이는 내가 유저 리서치를 좋아하는 이유 중 하나이기도 하다.

| 2부 요약

지금쯤 여러분의 리서치에서 필요한 방법론에 대한 내용을 한두 개 정도는 읽었을 것이라고 생각된다. 어떤 리서치를 할지 결정도 하고 이미 준비를 시작했을 수도 있다. 아직 준비를 시작하지 않았거나 어떤 리서치를 할지 결정을 내리지 못했더라도 유저 리서치에서 리서치 부분을 어떻게 해야 할지에 대해 배울 수 있는 유용한 여정이었길 바란다. 우리는 이 책에서 아래의 내용들을 다루었다.

- 사용성 테스트
- 콘텐츠 테스트
- 카드 소팅
- 설문 조사
- 인터뷰
- 다이어리 스터디
- 인포메이션 아키텍처 검증
- 에스노그라피 및 모바일 에스노그라피
- 맥락적 조사
- A/B 테스트
- 이해관계자 워크숍
- 게릴라 리서치
- 방법론 조합하기

방법론이 이야기의 시작이 아니었듯 이야기의 끝도 아니다. 사람들과 리서치하는 방법에 대해 더 많이 알게 되었으니 3부에서는 현재 보유하고 있는 데이터를 어떻게 다루어야 할지에 대해 배워보도록 하자.

3부

데이터 분석 및 발표

적절한 방법론을 선택하고 사용하는 것뿐만 아니라 데이터를 정리하는 방법 또한 중요하다. 3부에서는 다양한 방법론들을 통해 얻은 데이터를 바탕으로 이를 어떻게 분석하고 공유할 수 있을지에 대해 설명하고자 한다.

리서치를 수행하여 엄청난 양의 데이터가 있을 것이다. 이제 그것으로 무엇을 해야 할지 생각할 차례이다. 단순히 데이터를 분석하는 것에서 그쳐서는 안 되며, 가장 큰 효과를 내기 위해 결과를 어떻게 공유해야 할지에 대해서도 생각해야 한다.

데이터를 어떻게 활용해야 할지는 여러 요소들에 따라 다를 것이다.

- 리서치의 목적
- 수행한 리서치의 종류
- 리서치 결과의 목표 청중
- 현재 보유하고 있는 시간과 자원

우리가 다루게 될 분석 방법은 다음과 같다.

- ***콘텐츠 분석***(content analysis): 대규모 정성 데이터를 이해하고 코딩한다.
- ***주제 파악하기***: 발견한 문제/인사이트가 연관되어 있는가?
- ***이슈 목록화하기 및 우선순위 정하기***: 증거들이 수집되고 나면 심각한 이슈들을 파악한다.
- ***사용자 니즈 백로그***(backlog, 개발할 제품에 대한 사용자들의 요구사항 목록)를 ***만들고 사용자 스토리 작성하기***: 사용자가 누구인지, 그들이 원하는 것은 무엇인지, 달성하고자 하는 것들

은 무엇인지를 깔끔하게 요약할 수 있는 방법이다.

데이터 분석을 하다 보면 예쁘게 꾸미는 데 시간을 투자하기 쉬운데 이 부분은 그렇게 많은 노력을 들이지 않아도 되는 부분이다. 보기 좋은 데이터와 보고서들은 '전문 지식이 없는' 이해관계자들이 조금 더 진지하게 받아들일 수 있게 도와줄 수도 있지만, 스타일보다는 내용에 우선순위를 두도록 한다. 결과물을 계속해서 디자인만 하는 것처럼 보이기 전에 필요한 분석을 모두 마치고 들려주고 싶은 이야기를 정확하게 알고 있어야 한다. 결과물을 읽기 쉽고 이해하기 편하게 하는 데 적정 수준의 노력을 들이는 것은 분명 가치가 있는 일이지만, 고화질 그래픽을 만드는 데 그런 노력을 들이는 것은 그럴 만한 가치가 없다. 이 책에서 다룰 예정인 발표 방법은 다음과 같다.

- *보고서 개요 및 상세 보고서*: 이해관계자들마다 각자 리서치를 이해하는 데 필요한 시간이 다를 것이다. 따라서 서로 다른 청중들에게 제공할 디테일의 수준에 대해 다루고자 한다.
- *페르소나와 멘탈 모델*: 사용자 그룹이 누구인지, 특정 주제에 대해 어떻게 생각하고 느끼는지를 설명해 주는 방법으로, 차이(gap, 사용자 목표와 행위 사이에 존재하는 차이, 부족한 부분)와 기회를 파악하는 데 도움이 된다.
- *영상 재생*: 특정 주제에 대한 영상을 제작하는 것은 결과물에 대해 소통할 수 있는 또 하나의 강력한 방식이다.

- *고객 여정 매핑 및 경험 매핑*: 사용자 관점에서 여러분의 제품 및 서비스에 대한 사용자 경험을 표시하고 시각화한다.
- *시나리오와 스토리보드*: 시나리오와 스토리보드는 제품 및 서비스의 사용성을 시각화된 지도보다 훨씬 상세히 탐구한다. 흔히 페르소나와 같이 사용되어 구체적인 사용자 그룹의 전형적 경험 또는 이상적 경험을 설명하는 데 사용된다.
- *인포그래픽*: 수치와 통계에 다가가기 쉽게 하는 데 적합하다.
- *디자인 수정하기*: 인포메이션 아키텍처, 인터랙션 디자인과 비주얼 디자인을 변경하는 법을 다루고자 한다.

17장 콘텐츠 분석

정량 데이터를 코딩하고 이해하기 위한 방법론

표 17.1

방법론 요약
적합한 방법론: 인터뷰, 맥락적 조사, 에스노그라피와 다이어리 스터디, 사용성 테스트와 개방형 텍스트 필드 설문 조사 질문들과 같은 정량 방법론. 애자일/린 환경에서도 사용할 수 있다.
언제 사용하는가: 대규모 정량 데이터를 분석하고 이해할 때

앞서 5장에서 콘텐츠 테스트를 알아보았다. 하지만 콘텐츠 분석은 글로 작성된 콘텐츠의 유효성에만 국한되지 않는다. 대규모 반정형 데이터(semi-structured data, 형식이 일관되지 않은 데이터로 HTML, XML과 같은 텍스트 데이터를 포함한다)를 파악하고 해석할 수 있는 기법도 제공한다. 콘텐츠 분석(content analysis, 내용 분석이라고도 불린다)은 정성 데이터를 코딩하고 분류하는 방법이다.

콘텐츠를 분석하는 법

1. *우선, 데이터에 친숙해져라.* 시간이 있다면 콘텐츠를 다시 읽거나 들어보면서 익숙해져야 한다.

2. *어떤 데이터를 코딩할 것인지 파악한다.* 데이터 세트 전체를 글로 옮길 수도 있고 개별 질문들(예: 인터뷰 질문)을 개별 데이터 세트로 나눌 수도 있다. 이는 사실상 리서치의 목표와 주제가 얼마나 특정 주제에 집중되어 있는지, 광범위한지에 따라 다를 것이다.
3. *데이터 세트에 관련된 카테고리 세트를 만든다.* 카테고리는 목표(미리 설정된 카테고리)를 고려하고 일부 데이터를 훑는 (새로 형성된 카테고리) 방식으로 생성된다. 카테고리는 포괄적이고 상호 배타적이어야 하며, 논 인스턴스 카테고리(non-instance categories) 즉, 발생할 거라 기대했으나 발생하지 않은 카테고리를 포함해야 할 때도 있을 것이다.
4. *다른 사람들도 카테고리를 이해할 수 있어야 한다.* 다루고 있는 데이터가 대본(transcript)인 경우가 대부분일 것이기 때문에, 카테고리명은 주관적일 수 있다. 카테고리는 분명하게 설명되어 있고, 합의되어 있어야 한다. 또한, 그룹으로 분석을 진행할 때에는 특정 단어들의 유의어를 포함할 것인지에 대해서도 합의가 되어야 한다.
5. *데이터 분류하고, 주제들을 파악한다.* 주제들에는 아이디어, 콘셉트, 행동, 상호 작용, 사건, 사용된 용어 또는 구절이 있다. 데이터는 한 문장 또는 문단 단위로 코딩될 것이며, 한 주제와 관련된 일련의 단어들이다. 새로 생성된 카테고리에 이름을 붙이고 발생할 때마다 확인하도록 한다. 새로 생성된 카테고리로 다시 돌아와 카테고리들이 상호 배타적이고 일

관성이 있는지 확인한다. 미리 설정된 카테고리가 어디에서 발생하고 있는지 파악한다. 데이터를 코딩하며 하위 카테고리들을 파악할 수 있을 것이다.

6. *각각의 카테고리에 해당되는 인스턴스*(instance, 추상적인 개념을 실체적인 값이나 개체로 형성하는 것)*를 카운트한다.* 이를 통해 정보의 상대적 중요성을 나타낸다. 수동으로 분석할 때는, 신뢰도를 위해 코딩에 한 명 이상 참여한다. 카테고리 목록이 안정적일 때까지 단일 데이터 세트를 여러 번 분석해야 할 수도 있다.
7. *카테고리 내, 그리고 카테고리 간의 패턴과 관련성을 파악한다.* 나타나는 주요 아이디어를 설명하는 각각의 카테고리를 요약하고 카테고리 간의 관계를 검토하는 것이 도움이 될 것이다. 표나 매트릭스를 생성하여 두 개 이상의 카테고리 간의 관계를 설명할 수 있다.
8. *의미를 되돌아본다.* 무엇을 배웠는가? 핵심 교훈은 무엇인가? 평가 결과들을 적용하게 될 사람들은 어떤 내용에 가장 관심이 있을 것 같은가?

콘텐츠 분석 카테고리(코드 스키마*)가 어떻게 생겼는지 궁금할 것이다. 표 17.2의 예시는 가짜로 지어낸 여름 프로그램으로, 이에 참여하는 가상의 학생들에게 '여름 드라마 워크숍 프로그램의 효

---

* 스키마(schema): 데이터베이스의 구조 및 제약 사항을 집합한 것

익은 무엇인가?'라는 가상의 리서치 질문을 하고 있다.

표 17.2 코드 스키마의 예

카테고리	하위 카테고리	축약
연기 지식 향상		A
	퍼포먼스 스킬 개선하기	AIS
	자신감 키우기	AIC
	스스로에 대해 더 잘 알기	ASB
	사용할 수 있는 방법론의 범위 증가	ARM
장르 지식 향상		G
	스토리텔링 옵션 이해하기	GUS
동료들과 일하는 것의 효익		P
	각자의 경험에서 배우기	PLE
전문가들과 일하는 것의 효익		E
	롤 모델 만들기	ERM
	전문가들에게 배우기	ELE

소프트웨어 및 툴

나는 가난한 박사 과정 학생이었을 당시 이러한 데이터 분석을 수동으로 처리했다. 데이터 분석은 데이터의 양이 엄청 많을 때는 굉장히 시간이 많이 소요되는 작업이다. 소규모 데이터 세트의 경우에는 방법론이 어떻게 작동하는지 이해하기 위해 수동으로 분석하는 것이 가치 있다. 하지만 큰 데이터 세트를 대신 처리해 주거나 시간이 없는 사람들을 위해 데이터 분석을 대신 해 주는 옵티멀 워크숍의 리프레이머(Reframer)와 엔비보(NVivo) 같은 툴과 소프트웨어들이 시중에 제공되고 있다. 이 두 개의 툴 모두 정성 데이터를 분석할 때 사용할 수 있는 강력한 툴들이며 단순히 텍스트 형식의 콘텐츠뿐만 아니라 모든 유형의 콘텐츠에 적합하다. 또한 분석이 끝나면 데이터를 시각화할 때도 도움을 준다.

| 콘텐츠 분석의 장점

콘텐츠 분석은 정성 데이터를 수량화할 수 있는 방법론이다.

- 용어의 쓰임과 발생 빈도수를 파악하여 텍스트의 의미를 알아낸다.
- 수동으로 처리할 수 있기 때문에 상대적으로 비용이 저렴한 편이다. 텍스트가 굉장히 많을 때는 노동력이 많이 요구되지만, 그룹으로 작업이 가능해서 애자일/린 방식에 적용할 수 있다.
- 체계적으로 수행할 경우에는 신뢰도가 굉장히 높은 방법론이다.
- 이미지, 영상, 음성을 다룰 때도 적용할 수 있다.

| 콘텐츠 분석의 단점

코드 스키마에 포함되어 있지 않았기 때문에 중요한 주제들을 놓칠 수도 있다. 결과의 신뢰도와 유효성은 여러분이 생성한 카테고리의 질이 얼마나 훌륭한가, 그리고 어떻게 해석했는가와 관련이 있다.

18장 어피니티 다이어그램

주제로 데이터 이해하기

표 18.1

방법론 요약
적합한 방법론: 사용성 테스트, 인터뷰, 다이어리 스터디, 정성적 설문 조사 결과, 에스노그라피, 맥락적 조사, 게릴라 리서치 **언제 사용하는가**: · 디자인의 일부로, 사용자 기능을 파악하고 그룹으로 분류하려고 할 때 · 문제의 범위를 보여주고 싶을 때 · 다수의 고객들이 겪고 있는 문제의 유사점들을 알아내려 할 때 · 문제의 경계를 설정할 때 · 후속 연구가 필요한 분야를 파악하려 할 때 · 페르소나를 생성할 때 · 아이디어, 가정, 예측을 체계화할 때 · 디자인 팀이 주요 페인 포인트, 우려 사항, 사용자 니즈 등을 고려할 때 · 카드 소팅에서 얻지 못한 인포메이션 아키텍처 아이디어를 얻을 때 이 방법론은 애자일/린 방식에 적합하다.

어피니티 다이어그램 제작(Affinity diagramming)은 방대한 데이터들 사이에서 의미 있는 규칙을 발견하기 위한 그룹핑 방법이다. 정성 데이터에서 패턴을 파악해야 할 때 유용하게 쓰인다. 아이디어를 포스트잇에 적고 주제별로 그룹으로 묶으면 대량의 정성 데이

터에서 패턴과 인사이트를 도출할 수 있다. 어피니티 다이어그램은 참여형 방법론이며(개별로 진행하기보다 팀으로 협력하여 진행하는 방법론), 정성 데이터를 생성하는 모든 유저 리서치 방법론의 분석 단계에서 사용할 수 있다.

콘텐츠 분석과 어피니티 다이어그램은 상당히 유사하다. 콘텐츠 분석이 어피니티 다이어그램에 비해 조금 더 '엄격'하다고 볼 수 있으며, 특히 소프트웨어를 활용할 때는 혼자서도 진행할 수 있다. 어피니티 다이어그램은 시각적 분석 방법으로, 여러 사람이 협력하여 진행되며, 데이터들을 물리적으로 움직여 그룹으로 묶는 작업을 한다.

| 어피니티 다이어그램을 만드는 법

개별 작업 및 그룹 작업 조합하기

- 모든 데이터를 한 번씩 훑은 뒤, 프로젝트의 목적에 관련된 것으로 보이는 각각의 흥미로운 요소들에 하이라이트 표시를 한다.
- 각각의 개별 데이터들을 포스트잇에 작성한다.
- 이때 포스트잇에 유사한 주제들에는 약간씩 변형을 포함시킨다. 이에 대한 추가적인 분석은 그룹으로 진행된다.

그룹 작업을 통한 분석

- 프로젝트에서 어떤 역할을 맡고 있느냐에 따라 제품 및 서비스를 직접적으로 다루는 직속 팀원들과 어피니티 다이어그램을 진행하거나, 더 넓은 범위의 이해관계자들과 진행할 수 있다.
- 가공되지 않은 데이터를 모두 그룹 내 사람들과 공유한다.
- 각각의 참가자들이 프로젝트의 목적과 관련된 흥미로운 데이터에 하이라이트 표시를 한다.
- *선택 사항 및 시간적으로 여유가 있을 때*: 큰 데이터 세트를 모두 한 번씩 검토하였다면, 참가자들끼리 초기 분석을 교환하여 검토하도록 한다. 본인이 생각했을 때 서로 연관성이 있는 데이터인데 앞의 참가자가 놓친 것 같다고 생각되는 부분에 하이라이트 표시를 하게 한다. 다른 부분을 강조하기 위해 다른 색상으로 사용해야 한다. 검토할 시간이 있을 수도 있고, 없을 수도 있기 때문이다.
- *선택 사항*: 그룹원이 데이터에 익숙해지기 시작했으니 시간적으로 여유가 있다면 서로 다른 사람들이 하이라이트 한 부분을 주제로 어떤 사람들은 중요하게 생각했고 어떤 사람들은 그렇지 않다고 생각한 이유에 대해 토의해 보는 것도 좋다. 이를 통해 사람들이 리서치에 갖고 있는 가정들이나 우선순위, 그룹 내에서 다루어지고, 논의되고, 구체화할 수 있는 결과들이 수면 위로 올라올 가능성이 있다. 또 보다 넓은 범위에서 구체화되어야 할 것 같다는 필요성을 나타낼 수도

있다.

- 그룹원은 다시 데이터를 서로 교환하고 각각의 데이터를 작성하게 하거나 본인들이 직접 하이라이트 표시한 데이터를 작성하도록 한다.
- 특정 데이터/리서치/목표일 때는 포스트잇 위에 데이터의 출처 또는 서로 다른 데이터 소스를 표시하기 위해 각각 다른 색상의 포스트잇을 사용해도 좋다.

| 하나로 모으기

- 그룹 세션을 진행하려면 두세 시간 정도가 필요할 것이다. 소요 시간은 데이터 세트의 크기 또는 동시에 큰 데이터 세트에서 유의미한 데이터들을 추출하는 작업의 진행 여부, 그룹 세션을 위한 준비 작업 여부에 따라 다를 것이다.
- 사람들에게 앞으로 하게 될 활동에 대한 맥락을 제공하기 위해 그룹 세션 초반에는 전반적인 프로젝트 목표와 더불어 세션의 목적을 설명한다.
- 모든 데이터가 포스트잇에 작성되면 각 참가자에게 동일한 개수의 포스트잇을 제공한다.
- 그룹으로 분류하는 작업 프로세스를 시작하기 위해 지원자를 구한다. 각각의 포스트잇을 소리 내어 읽은 뒤, 벽에 붙이게 하거나 큰 테이블처럼 여러분이 사용하는 도구 위에 붙이도록 한다. 가능하면 참가자들에게 유사한 데이터를 같은 그

룹으로 분류한 뒤, 그 둘이 왜 유사하다고 생각하게 되었는지 설명해 줄 것을 부탁한다.

- 각 참가자는 차례로 동일한 프로세스를 따라야 한다. 데이터들을 하나씩 읽고 자신이 어디에, 어떻게 그룹으로 분류했는지에 대해 설명한다.
- 그 과정에서 그들이 작업한 결과물에 대해 합의를 얻을 수 있도록 건설적인 토론과 질문을 장려하고 돕는다.
- 중복된 내용이 있거나 아주 미묘하게 차이가 있는 내용의 포스트잇이 있다면, 포스트잇들이 동일한 대상을 가리키는지 혹은 서로 다른 대상을 가리키는지에 대해 이야기해 볼 필요가 있다. 동일한 것에 대한 버전이 여러 개 있다면, 최종적인 버전에 합의한다. 여러 설명 요소들을 합쳐서 포스트잇을 새로 작성해야 할 수도 있고, 이미 기존에 작성된 것들 중에 가장 잘 설명하고 있는 포스트잇이 있을 수도 있다.
- 전반적인 데이터 세트의 크기와 새로 생성되는 그룹의 개수에 따라 파악하기 쉽도록 그룹마다 임시로 이름을 붙여 놓는 것도 좋다.
- 데이터를 그룹으로 분류하는 작업을 마치면 차례대로 각각의 그룹들을 보고 그 안에 들어있는 내용을 모두 소리 내어 읽는다. 그룹원과 의논해야 하거나 다른 그룹으로 옮겨야 하는 아웃라이어(outlier, 모그룹에서 벗어나는 표본)가 있을 수도 있다. 각 그룹은 일관성이 있는가? 어느 한 그룹이 너무 범위가 넓은 것 같다면 일관성을 가질 수 있도록 그룹을 나눈다.

- 그룹들이 어느 정도 정리되고 나면, 진행자가 참여한 토론에서 합의된 내용을 바탕으로 그룹마다 구성 요소들을 설명할 수 있는 이름을 붙인다.
- 그룹 간에 위계가 있을 수도 있지만, 이는 그룹이 비교적 안정적으로 정리되었을 때 고려해야 할 사항이다. 그룹으로 분류하는 과정에서 너무 이른 시기에 이러한 복잡성을 추가하는 것은 피해야 한다. 사고와 창의성을 제한할 수 있기 때문이다.
- 그룹에 대한 재현을 공유하고 설명하기 위해 그룹별로 사진을 찍어 둔다.

어피니티 다이어그램 제작은 비교적 간단한 프로세스이나, 대규모 텍스트 데이터를 정보 단위로 나누는 데 시간이 상당히 많이 소요된다. 이는 데이터 소스를 많이 보유하고 있다면 특히 더 그럴 것이다. 큰 규모의 어피니티 프로젝트는 수행을 완료하기까지 몇 시간 혹은 며칠이 걸릴 수가 있으며, 데이터 그룹을 해석할 때 굉장히 많은 노력을 기울여야 한다.

| 어피니티 다이어그램의 장점

- 팀원 전체가 참여할 수 있으며, 덕분에 모두가 데이터에 주인의식을 느낄 수 있다.
- 협동적인 팀을 형성할 수 있게 된다.

- 많은 데이터를 유의미한 그룹과 주제로 통합시킨다.

| 어피니티 다이어그램의 단점

어피니티 다이어그램 제작은 시간이 많이 소요되며, 굉장히 지치는 작업이다. 어피니티 다이어그램 또는 그 외에 그룹으로 진행되는 분석이 익숙하지 않은 그룹과 본 방법론을 진행할 때는, 분석해야 할 내용이 모두 제대로 기록되었는지 확인하기 위해 여러분 혼자 데이터를 분석할 시간을 계획해 두는 것이 좋다. 하지만 진행상황에 대한 인사이트를 얻기 위해 그룹 분석을 하는 것은 여전히 유효한 작업이다. 리서처 혼자서는 찾아내지 못했을 부분들을 찾아낼 수 있기 때문이다. 하지만 여러분이 추가적으로 분석하는 과정은 꼭 필요하다.

19장 이슈와 사용자 니즈에 우선순위 부여하기

중요한 것과 앞으로 해야 할 일은 무엇인가

표 19.1

방법론 요약
적합한 방법론: · 진행자가 있는 대면 사용성 테스트 · 진행자가 있는 원격 사용성 테스트 · 진행자가 없는 대면 사용성 테스트 · 게릴라 리서치
기타 적합한 소스: · 맥락적 조사 · 에스노그라피 · 다이어리 스터디 · 콘텐츠 테스트
이 방법론은 애자일/린 방식에 적합하다.
언제 사용하는가: 데이터에서 사용성 이슈와 사용자 니즈를 파악하려 할 때

만약 리서치의 목적이 이슈를 파악하고 우선순위를 정하는 것이라면, 여러분이 사용하게 될 프로세스는 정성 데이터이냐 정량 데이터이냐, 또는 정성과 정량을 모두 사용한 데이터이냐에 따라 달라진다.

| 정량 데이터의 이슈 목록화하기

아마도 지금쯤 참가자들을 관찰하는 동안 보고 적었거나 참가자들이 말한 내용들을 적어 놓은 종이들이 많이 쌓였을 것이다. 각 리서치 세션을 종료할 때마다 필기들을 모으고 핵심 주제들을 검토하는 작업이 도움이 된다. 리서치 세션이 모두 완료되면, 콘텐츠 분석을 다룬 장에서도 등장한 프로세스와 유사한 프로세스를 적용할 수 있다.

1. *우선, 데이터에 친숙해져라.* 시간적으로 여유가 된다면 익숙해져야 하는 콘텐츠를 다시 읽거나 다시 들어본다.
2. 모든 *이슈를 파악한다.* 이 시점에서는 이슈들을 목록화하거나 세지는 않는다.
3. *유사한 이슈들을 같은 그룹으로 묶는다.* 리프레이머와 같은 소프트웨어를 사용해서 작업을 하거나, 포스트잇(이슈 한 개당 포스트잇 한 장 사용)에 이슈를 적고 그룹을 생성할 수 있다.
4. *그룹 내, 그리고 그룹 간의 패턴과 관련성을 파악한다.* 동일한 문제가 다르게 표현된 적이 있는지, 혹은 미묘한 차이가 있는 이슈가 있는지 이해하기 위해 원래 기록으로 다시 돌아갈 수도 있다. 파악된 이슈들 간의 유사점과 차이점은 무엇인가? 일관되게 동시에 발생하는 카테고리가 있는가? 아마도 그사이에 인과관계가 있을 가능성이 있다.
5. *그룹마다 해당되는 인스턴스의 수를 카운트한다.* 이는 이슈의 상대적 중요성을 보여주는 좋은 방식 중 하나다.

6. *맥락을 고려한다.* 발생 빈도가 낮은 이슈이나, 중요하기 때문에 수정해야 하는 이슈들이 있을 것이다. 이는 정성적 리서치에서 가끔 발생하는데, 사용자들마다 과업을 완료하는 방식이 다르기 때문이다. 참가자 한두 명에게 심각한 이슈였다면, 중요한 이슈로 간주할 필요가 있다. 과연 이 문제가 이들에게만 문제였을까? 다른 사용자들에게 훨씬 더 큰 이슈가 될 수도 있을까? 다른 사람들에게 보여주고, 직접 재현해 보거나 다른 사람에게 재현해 볼 것을 부탁할 수도 있다. 확실하지 않다면, 그 분야에 집중하여 리서치를 더 많이 해 보는 것도 좋다. 참가자들이 과업을 수행하는 동안 여러분의 도움이 필요했는지 여부를 적어야 한다. 이는 이슈의 심각성을 파악하는 데 도움이 될 것이다.
7. *이슈의 우선순위를 정한다.* 종합적인 이슈 리스트가 확보되었다는 자신이 든다면, 우선순위를 정해야 할 차례이다. 어떤 이슈를 가장 먼저 해결해야 할까? 표 19.2에 제시된 간단한 형식처럼, 표 형식으로 이슈 목록으로 만들 수 있다. 해결 비용은 처음에 포함시키지 않음으로써 제시된 것보다 간단하게 만들 수 있다. 필요에 따라서는 조금 더 복잡한 표가 필요할 수도 있을 것이다. 단순히 이슈에 번호를 매기는 것에 그치지 말고 서로 어떻게 연관되어 있는지도 하이라이트 표시를 한다.

표 19.2 사용자 니즈 백로그 목록화하기

이슈	우선순위	이슈 설명	추천	해결 비용

다음 이어질 장들에서는 목표 청중에게 이슈들을 전달하기 위해 데이터를 발표하는 여러 가지 방법들을 다룰 것이다.

사용자 니즈 백로그 및 사용자 스토리, 사용자 니즈 작성하기

사용자 스토리는 사용자들을 설명하고 왜 그들이 여러분이 만들고 있는 제품 또는 서비스를 사용해야 하는지에 대해 설명해 준다. 사용자 스토리는 여러분이 사용자들의 관점에서 무엇을 하고, 생각하고, 해야 하는지 추적하는 데 사용되며, 또 여러분의 업무의 우선순위를 정하는 데 사용할 수 있다.

애자일 개발 주기에서는 어느 시점이 되면 각 사용자 스토리가 '완료'되고 종료되어야 하며, 그 이후에 다음 사용자 스토리로 넘어간다. 사용자 니즈는 사실 '완료'되는 경우는 거의 없다. 좋든 싫든 마주치게 된다. 사용자 니즈는 일반적으로 다음과 같은 형식으로 작성된다.

나는 …가 필요하다/원한다/기대한다 [*사용자가 하고 싶은 것은 무엇인가?*]

왜냐하면… [*사용자는 왜 이것을 하고 싶어 하는가?*]

도움이 된다면, 아래의 내용을 추가해도 된다.

나는 ~로서… [*니즈를 갖고 있는 사용자는 어떤 사람인가?*]

언제… [*사용자 니즈를 촉발하는 것은 무엇인가?*]

왜냐하면… [*사용자가 환경적 제약을 받고 있는가?*]

사용자 니즈는 개인적 관점에서 작성되기 때문에 사용자들이 알아볼 수 있고, 또 직접 평소에 사용하는 단어들을 사용해야 한다. 감당할 수 없는 만큼 많은 니즈들을 생성하지 않기 위해 사용자들에게 가장 중요한 것이 무엇인지에 집중한다. 페르소나, 제품 및 서비스의 사용 프로세스에서의 단계 또는 기타 관련 주제별로 분류하는 것이 도움이 된다.

사용자 니즈는 수준이 높고 범위가 넓으며, 시간이 지나면 비로소 명확해진다. 사용자 니즈를 바탕으로 사용자 스토리를 작성할 수 있다. 사용자 스토리는 특정 콘텐츠, 기능 등을 설명하며, 프로덕트 매니저(product manager)가 그 스토리가 얼마나 중요한지 판단할 수 있을 정도의 충분한 정보를 담고 있어야 한다. 스토리는 항상 서비스를 사용하는 사람을 포함하고 있어야 하며, 사용자들이 서비스를 사용하려는 목적은 무엇인지와 사용자가 왜 그것을 필요로 하는지가 포함되어야 한다. 사용자 스토리는 보통 다음과 같은 형식으로 작성된다.

나는 ~로서… [*사용자는 누구인가?*]

나는 필요하다/원한다/기대한다… [*사용자는 무엇을 하고자*

하는가?]

왜냐하면… [*왜 사용자는 이것을 하고 싶어 하는가?*]

사용자 스토리에서 가장 중요한 부분은 목표다. 이는 문제를 제대로 해결하고 있는지 확인할 수 있게 해 주고, 언제 사용자 스토리가 끝났는지 또 사용자 니즈가 충족되었는지 판단할 수 있게 해준다. 목표를 설정하는 데 어려움을 겪고 있다면, 그 기능이 왜 중요하다고 생각하는지에 대해 다시 고민해 볼 필요가 있다.

애자일 환경에서 일하고 있다면 사용자 니즈는 제품 백로그와 함께 사용할 수 있다. 제품 백로그란, 현재 개발 중인 요구 사항이 전부 담겨져 있는 목록이다. 표 19.3을 참고하기 바란다. 여러분이 애자일 환경에서 작업하고 있지 않다고 해도 생성해 두면 언젠가 아주 유용하게 쓰일 것이다.

표 19.3 사용자 니즈 백로그 목록화

사용자 스토리	우선순위	페르소나	콘텐츠 유형	기능적 요구 사항	인수 기준*

* 인수 기준(acceptance criteria)이란, 제품 및 서비스를 인도하기까지 충족시켜야 하는 기준들을 뜻한다.

▹ 해야 할 일들

사용자 스토리만 사용자 요구 사항을 나타낼 수 있는 형식은 아니다. 여러분에게 이해가 가는 제품이나 서비스가 무엇인지에 따라 '해야 할 일들'을 살펴보는 것이 좋을 것이다.

어떤 [*상황이 발생할*] 때
나는 [*무엇인가*] 하고 싶다.
[*목표를 달성*]하기 위해서이다.

이슈와 사용자 니즈 목록화하기의 장점

이 방법들은 여러분이 해야 할 일들, 또 제거해야 할 장애물을 기록하는 데 아주 유용하게 쓰일 수 있다. 이는 개발 주기에서 굉장히 중요한 부분이다.

이슈와 사용자 니즈 목록화하기의 단점

맥락과 사용자 그룹을 고려해야 하기는 하지만, 사용자가 누구이며 그들이 어떻게 행동하는지에 대한 심도 있는 이해를 제공하기 위함은 아니다. 그 부분에 관해서는 페르소나(23장)와 멘탈 모델(24장)과 같은 방법론들이 더 적합하다.

| 정성 데이터의 이슈 목록화하기

표 19.4

방법론 요약
적합한 방법론: · 진행자가 없는 대면 사용성 테스트 · 진행자가 없는 원격 사용성 테스트
이 방법론은 애자일/린 방식 업무에 적합하다.
언제 사용하는가: 사용성 이슈를 파악하려 할 때

사용성 평가 척도

일반적으로, 사용성 평가 척도를 사용하면 다음과 같은 것들을 할 수 있다.

- *릴리즈*(release, 발표)*할 때마다 진척 상황을 확인한다.* 얼마나 잘하고 있는지에 대해 잘 알지 못하면 개선하기도 어렵다.
- *경쟁사들과 평가한다.* 경쟁사들에 비해 더 잘하는가, 못하는가? 어떤 부분에서 더 잘하는가, 못하는가?
- *출시 전에 의사결정을 한다.* 세상에 출시하기에 충분할 만큼 디자인이 잘 되었는가?

사용성 평가 척도에는 시스템 성능 측정과 사용자 성능 측정이 모두 포함되어 있다.

- 시스템 응답 시간
- 발생 에러 수
- 과업을 완료하기까지 소요되는 시간
- 과업 성공률
- 사용자 만족도 평가

이는 ISO 사용성 품질 기준 ISO/IEC 9126-4 Metrics(소프트웨어 품질 특성 및 지표)를 구성하는 세 가지 포인트들로 요약될 수 있다.

- 유효성: 사용자들이 특정 목표들에 달성하기까지의 정확성과 완전성
- 효율성: 사용자들이 원하는 목표를 달성하기 위해 정확성과 완전성에 기울이는 자원(노력)
- 만족도: 사용에 대한 편리성 및 수용성

▹ 유효성 측정법

유효성 = (성공한 과업 수 ÷ 수행한 전체 과업 수) × 100

우리 모두 100퍼센트의 과업 성공률을 달성하고 싶지만, 1,200개의 사용성 과업으로 진행한 어느 2011년도 연구에 따르면 평균 과업 성공률은 78퍼센트라고 한다.

▹ 효율성 측정법

예를 들면, 시간 효율성 측정은 굉장히 복잡하다. 에러(error)는

사용자가 과업을 수행하는 동안 발생하게 되는 의도하지 않은 행동들, 실패, 실수 또는 누락 등이다. 이상적으로는 짧은 설명, 심각성을 부여하고, 그리고 각각의 에러를 해당 카테고리에 따라 분류해야 할 것이다.

효율성 = (발생한 에러 수 ÷ 과업 내 단계 수) × 100

▹ 만족도 측정법

만족도 지표 설문 조사는 7장을 참고하라.

▹ 고려해 볼 만한 기타 지표

고려해 볼 수 있는 지표들이 많이 있다. 아래에 몇 가지를 적었으나 완전한 리스트는 아니다.

유효성 측정 시:

- 실패 대비 성공률
- 첫 번째 시도에 성공적으로 수행한 과업의 퍼센티지
- 영구적 오류 수

효율성 측정 시:

- 과업 완료에 소요되는 시간
- 학습에 소요되는 시간
- 에러에 소요된 시간
- 지원/문서 도움 사용 빈도수

- 반복 또는 실패한 명령 수
- 첫 번째 시도에 소요된 시간
- 우수 성능 달성하기까지 소요된 시간
- 에러 수정에 소요된 시간

적절한 평가 척도를 선정하는 것은 성공을 어떻게 판단하느냐와 마찬가지로 여러분이 제공하는 제품 및 서비스에 따라 다를 것이다. 예를 들어, 신용카드 온라인 신청서를 전달한다고 했을 때, 이 과업에 소요되는 시간은 종합 뉴스 사이트에 소요되는 시간과는 다를 것이다. 여러분의 제품 및 서비스에 관련된 핵심성과지표(Key Performance Indicator, KPI)를 만들어야 한다. 그렇지 않을 경우에는 여러분의 데이터와 분석이 무의미하거나, 심지어는 비즈니스에 해가 될 수도 있다. 핵심성과지표는 여러분의 비즈니스 목표와 연결되어야 하며, 제품 및 서비스의 상대적 성능에 기반하며, 합리적인 개선 정도를 목표로 해야 할 것이다.

20장 권고 사항 고려하기

리서치 결과를 실행 가능하게 하는 법

리서치 데이터와 결론을 어떻게 발표하는지 살펴보기 전에 여러분이 전하게 될 권고 사항을 한 번 고려해 볼 필요가 있다. 최대한 실용적인 '보고서'로 만들기 위해서는 문제 해결 방법과 리서치를 통해 확인된 기회들을 극대화하는 방법, 또 프로젝트를 진행하는 방법 등을 추천할 수 있다.

여러분이 해결책과 권고 사항을 모두 보유하고 있을 확률은 굉장히 낮다. 이러한 추천을 최대한 현실화하기 위해서는 앞으로 하게 될 일들을 결재하거나 변경 사항들을 실천할 사람들로부터 승인을 얻어야 할 것이다. 공식적으로 권고 사항을 사람들과 공유하기 전에, 그 사람들과 우선 상의하도록 한다. 누구와 이야기할지는 여러분의 초기 해결책/권고 사항에 따라 다를 것이다. 어디서부터 시작해야 할지 잘 모르겠다면 결과물을 공유하고 초기 해결책/제안/다음 단계를 브레인스토밍할 수 있는 워크숍을 진행하는 것도 좋다.

| 무엇을 권고할 수 있을까

- 특정 분야를 더 많이 리서치하라. 물론, 이는 이제 막 자신의 시간과 돈을 써서 리서치를 수행한 사람들에게는 안타까운 소식일 수도 있다. 따라서 왜 리서치가 더 필요한지에 대해 분명하게 제시하고 목표 접근법과 가설에 대한 요약을 제공한다.
- 내부 프로세스 수정
- 디지털 제품 프론트엔드(front-end, 웹 사이트에서 사용자가 상호작용하는 영역)와 백엔드(back-end, 웹 사이트의 서버, 응용 프로그램 등의 영역) 수정
- 브랜드 재정렬(brand realignment, 브랜드의 색, 폰트, 아이덴티티 등을 맞춤)
- 제품 및 서비스 제안 재정렬
- 커뮤니케이션 및 콘텐츠 수정

이 목록은 여러분이 리서치에서 산출할 수 있는 것을 모두 담고 있지는 않다. 여러분의 권고 사항 중에는 몇 가지는 쉽게 해결할 수 있는 것일 수도 있고, 그 외에는 비용이 많이 드는 근본적인 수정이 필요한 것들일 수도 있다. 표 20.1에 제시된 레이블과 같은 것을 활용하여 다양한 유형의 권고 사항을 파악하는 것도 도움이 될 것이다.

유저 리서치 보고서와 권고 사항은 사람들을 당황하게 할 수도 있다. 가끔 어떤 사람들은 리서치를 보완하는 데 들어갈 노력을 떠

올리는 것만으로도 온몸이 얼어붙기도 한다. 권고 사항을 레이블링해 주면 사람들은 작업을 시작할 수 있을 것이다. 지금 할 수 있는 것을 빠르고 쉽게 파악할 수 있으며, 어떤 것을 계획해야 하는지, 더 큰 단위의 작업을 하기 위해서는 어느 부분은 추가적으로 예산을 구해야 할지 한눈에 파악할 수 있을 것이기 때문이다.

표 20.1 추천 목록화하기

장기	고가	고치기 어려움
중기	중간 예산	보통 수준
단기	저렴함	쉽게 고칠 수 있음

21장 결과 보고를 위한 보고서 개요 및 상세 보고서 작성하기

표 21.1

방법론 요약
적합한 방법론: 모든 유형의 유저 리서치 보고서 개요는 애자일/린 방식에 적합하다. 하지만 해당 환경에서 상세하고 세련된 보고서를 작성하기는 어려울 것이다.
언제 사용하는가: 목표와 수행한 리서치를 설명하고 리서치에서 도출한 결론, 그리고 후속으로 무슨 작업을 해야 할지를 포괄적으로 소개할 때

보고서의 길이와 디테일의 수준은 목표, 프로젝트에서의 단계, 사용 가능한 시간과 청중에 따라 다르다. 예를 들어, 애자일 스프린트 환경에서 사용성 테스트를 할 때는 이슈, 추천, 그리고 영상 재생에 대해 간략하게 작성하는 것이 좋을 것이다. 여러분의 청중들이 CEO, 책임자, 비즈니스 애널리스트와 개발자라면, CEO와 책임자를 위해서는 보고서 개요를 준비하고, 비즈니스 애널리스트와 개발자들을 위해서는 상세 보고서를 준비해야 할 것이다. 그들이 프로젝트를 진행할 때 어떤 일들을 해야 하는지 알 수 있도록 해야 하기 때문이다.

| 보고서 구조

내가 버니풋의 컨설턴트로 일할 때, 나의 신념은 언제나 '최대한 보고서를 실용적이고 유용하게 만들자'였다. 이는 주로 보고서를 워드에서 논문을 작성하는 것보다는 그래프 형식으로, 보통은 파워포인트를 사용하여 발표하는 것을 뜻했다. 여러분이 작업한 리서치에 대해 보고서를 작성하려면, 다음과 같은 내용들을 포함하는 것이 좋을 것이다.

1. 속표지
2. 콘텐츠 목록
3. 보고서 개요
4. 리서치 목표 및 방법론
5. 테스트 보조 도구
6. 참가자 개요(필요할 경우)
7. 보고서 해석 방법(즉, 이슈/권고 사항 부분에 대한 이해)
8. 결과의 세부 사항은 논리적으로 섹션별로 분류
9. 고려해야 할 리서치 한계점
10. 요약: 결론 및 다음 단계

보고서 개요

보고서 개요는 마지막에 작성되어야 하며, 적합한 청중에게 따로 공유될 수 있을 정도로 독립된 문서여야 한다. 좋은 보고서 개요는 짧게 맥락을 소개하는 글과 함께 다음의 항목들을 다루는 것이 이상적이다.

- 리서치 목적
- 리서치/분석 방법론
- 개요의 주요 초점: 결과 및 권고 사항
- 간략하게 모든 내용을 종합: 한계점 및 긍정적인 마무리 글

참가자에 관한 세부 정보

참가자들에 대한 세부 정보를 공유할 때는 얼마나 많은 사람과 데이터를 공유하는지와 상관없이 항상 익명성이 보장되어야 한다. 보고서에 참가자들의 이름과 연락처 정보 등이 포함되어서는 안 된다. 이는 참가자들에 대한 영상을 공유하는 경우라 할지라도 참가자들의 기밀 사항을 위반하는 것이 된다. 참가자가 여러분의 조직과 리서치와 관련이 있는 사람이라는 것을 보여줄 수 있는 수준의 내용만 공유해야 한다. 표 21.2는 보고서에 담을 수 있는 수준의 익명으로 된 참가자 세부 사항을 보여주고 있다.

표 21.2 익명으로 된 참가자 세부 정보

참가자	페르소나/ 청중 유형	관련 인구 통계 정보	디지털 문해력	기타 관련 특성 및 행동
P1	프로젝트 매니저	여성 31세 기혼	전문가 수준	서비스 관련 대화를 나누기 전에 미리 온라인으로 검색

보고서 해석 방법

유저 리서치가 처음인 사람들을 위해 보고서를 해석하는 방법에 대한 간략한 안내문을 덧붙일 수 있다. 이를 통해 보고서를 읽는 사람들이 여러분이 공유하고 있는 정보를 더 잘 이해할 수 있을 것이다. 예를 들어, 만약 여러분이 정성적 사용자 테스트에 대한 보고서를 작성한다면, 독자들에게 본 보고서가 어떻게 이슈와 권고 사항으로 나뉘는지에 대한 정보를 제공해 주는 것이 좋을 것이다.

또한, 보고서에는 글로 적은 설명과 해당되는 경우에는 삽화 또는 리서치 결과 및 권고 사항에 대한 비주얼 목업(mock-up, 실물 크기의 모형)을 포함하는 것이 유용하다. 사람들은 다양한 방식으로 정보를 처리하므로, 텍스트 자료와 시각 자료를 모두 사용하는 것은 대다수의 사람들이 보고서를 이해하는 데 도움이 될 것이다. 또 텍스트와 삽화를 모두 포함하고 있는 보고서가 끝도 없이 이어지는 텍스트보다는 더 호감이 갈 것이다.

리서치 결과와 권고 사항 배치하는 법

전하고자 하는 정보가 많을 때는 리서치 결과와 권고 사항을 어떻게 구성해야 가장 좋을지 한 번 생각해 보도록 한다. 순차가 중요한 서비스/제품에 초점을 두고 있는 리서치라면 보고서 역시 그 순서로 배치하는 것이 좋을 것이다. 그렇지 않은 경우에는 가장 강한 인상을 남겼으면 하는 것을 맨 앞에 두고, 중요도가 낮은 아이템들을 그다음에 이어지게 할 수도 있다(그림 21.2 참고).

그림 21.1 보고서 준비의 예

이해하기 쉬운 제목: 이슈 & 권고 사항

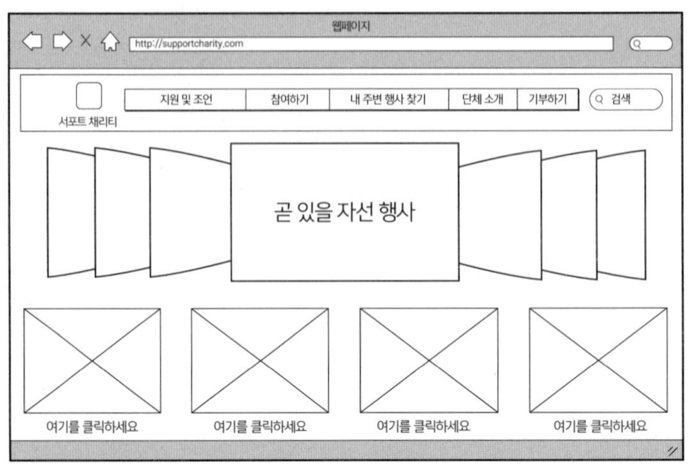

장점: 강조할 만한 가치가 있는 모범 실무, 우수한 사용성 및 사용자 경험에 기여하는 기능들

이슈: 가능하다면 이슈를 한 줄로 요약한다.
그 후에 필요할 경우, 보다 상세하게 설명한다. 이슈는 스크린 숏이나 영상으로 남겨둘 것을 추천한다.

추천: 사용자 경험을 개선하기 위한 권고 사항을 묘사하라.
적합성에 대해 검토되고 논의된 제안만 담는다.
필요할 경우에는 권고 사항에 대한 스케치도 포함시키는 것도 좋다.

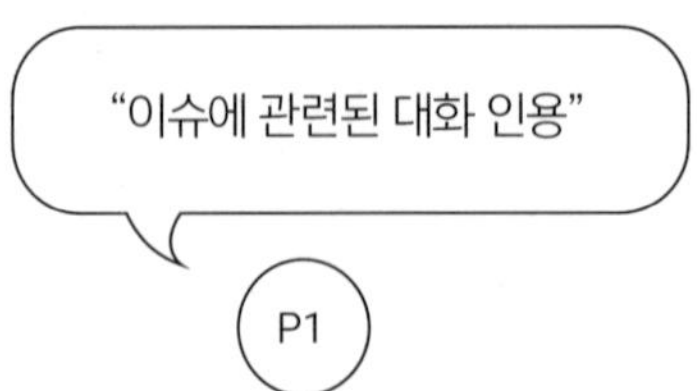

그림 21.2 보고서의 내용 구조에 대한 예시

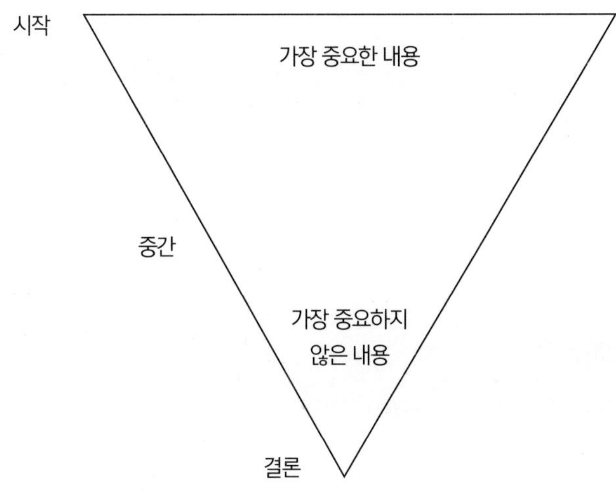

어느 시점이 되면, 독자들은 지치기 시작할 것이다. 따라서 가장 중요한 내용부터 앞에 추가해야 한다.

보고서의 구조를 잡는 데에는 여러 가지 방법이 있는데, 여기에서 모든 것을 다룰 수는 없다. 내가 여러분에게 전해 줄 수 있는 가장 좋은 조언은, 전달하고자 하는 스토리와 콘텐츠를 어떻게 배열해야 할지 곰곰이 생각해 보라는 것이다.

22장 영상으로 리서치 결과 발표하기

표 22.1

방법론 요약
적합한 방법론: 영상으로 녹화된 모든 유저 리서치 이 방법론은 애자일/린 방식에 적합하다.
언제 사용하는가: 여러분의 제품/서비스/경험에 대한 사용자 경험을 쉽게 입증할 때

영상은 리서치 결과에 대해 소통하고, 참가자들을 직접 확인하고, 권고한 사항들에 대한 맥락을 보여줄 수 있는 강력한 방법이다. 이는 특히 리서치를 참관하지 못한 사람들이 있다면 더욱 유용하게 사용될 수 있다. 영상은 여러분이 작성하는 보고서의 일부로, 스프린트 마지막의 애자일 회고(agile retrospective, 팀원들이 모여 수행한 작업을 되돌아보고 문제점을 개선하는 방법들을 논의하는 프로세스)에서, 또 여러분이 진행하는 워크숍이나 프레젠테이션의 일부로 사용할 수 있다. 이상적인 세계에서는 이해관계자들이 모두 관련 영상들을 보겠지만, 관련 영상이 몇 시간짜리라면 이는 불가능할 것이다.

엄격하게 진행하고 싶다면, 프로젝트 소유자의 승인을 받아 의

사결정권을 가진 사람들 중에서 영상을 특정 분량만큼 시청한 사람만 발언권을 가질 수 있도록 할 수도 있다. 분량은 대표 영상 두세 개를 처음부터 끝까지 시청하는 것이 될 수도 있고 또는 필요에 따라 적절하게 정할 수 있을 것이다.

| 유저 리서치 영상을 편집하는 법

하이라이트 영상들을 사용하기로 결정한 사람들을 위해 활용할 수 있는 몇 가지 팁을 공유해 주겠다. 시작하기 전에, 하이라이트 영상을 편집하는 일은 시간이 많이 걸리는 작업이라는 점을 염두에 두기 바란다. 프로세스를 원활하게 하려면 필요한 작업이 몇 가지 있다.

- 우선 어떤 영상이 필요한지 파악한다. 어떤 구체적인 이슈인가? 참가자들과의 상호 작용인가? 태도인가?
- 각 참가자에 대한 주요 관찰 내용 및 대화를 파악하기 위해 기록해 놓은 필기들을 훑고, 영상을 모두 검토해 보는 대신 장면(footage)을 찾아본다.
- 리서치를 진행하는 동안 영상 보고서에 추가하고 싶은 것을 보거나 들었다면 기록 노트에 시간을 같이 적어 둔다.

영상에 추가해야 할 것들

- 각 영상은 최대한 짧게 제작한다.

- 어떤 참가자가 어떠한 행동을 하고, 무슨 말을 했는지 분명히 하기 위해 맥락을 최대한 충분히 담아낸다. 이는 영상 편집이나 각 영상의 주제 혹은 발생하고 있는 일을 묘사하는 제목이 포함된다.
- 가능하다면 이슈, 상호 작용, 태도 등에 대한 예시를 한 개 이상 찾는다. 중요성을 강조하기 위해 여러 번 발생한 일을 보여주는 것이 도움이 된다.
- 참가자들 여러 명에 대한 몽타주를 추가할 경우에는, 누가 어떤 말을 했는지 파악하기 쉽게 레이블(참가자의 번호)을 붙인다.
- 강조하는 내용 중 가장 중요한 부분들에 대해서만 영상을 제작하고 발표한다.

23장 페르소나로 사용자 유형과 행동에 대해 의사소통하기

표 23.1

방법론 요약
적합한 방법론: 인구통계 정보, 태도, 행동, 과업 및 기타 특성에 대한 데이터를 수집한 정성적 유저 리서치 이 방법론은 애자일/린 방식에 적합하다.
언제 사용하는가: 더 좋은 제품 및 서비스를 제공하기 위해 사용자 그룹을 실제 사용자들처럼 만들어 이해관계자들이 몰입할 수 있을 때

| 페르소나란 무엇인가

페르소나(persona)는 이익, 목표, 특성 등을 공유하는 사용자 그룹을 대표하는 실제 데이터를 기반으로 한 가상의 프로필이다. 각 페르소나는 여러분의 청중들이 어떤 일을 하고, 어떻게 행동하고, 그들의 태도와 선호도는 어떠한지 등 관련된 구체적인 예시를 제공한다. 페르소나는 여러분의 팀원들이 몰입하기 위한 가상의 인물이며, 여러분의 제품 및 서비스가 여러분의 조직을 위해 디자인되는 것이 아닌 타깃 사용자들을 위해 디자인될 수 있도록 한다.

아마 리서치를 진행하는 과정에서 사용자에 대해 많은 정보를 알게 될 것이다. 이 부분이 리서치의 주요 관심사가 아닐지라도 유저 리서치이기 때문에 이는 불가피하다.

유용한 페르소나는 단순히 인구통계 정보를 넘어서 사람들의 동기, 원츠(wants, 원하는 것), 니즈, 과업 등을 나타낸다. 페르소나에 포함되어야 하는 정해진 정보 같은 것은 없다. 이 책의 다른 대부분의 내용들과 마찬가지로, 여러분의 제품 및 서비스, 그리고 리서치와 리서치 결과의 목적에 따라 다르다.

주요 팁

페르소나는 한 번 생성해서 영원히 사용하는 것이 아니다. 반복적이고 살아 숨 쉬는, 시간이 지나면서 변화하는 것으로 여겨져야 한다. 유저 리서치가 진행될 때마다 페르소나에 대해 다시 논의하고 확인해야 할 필요가 있다. 그들이 갖고 있는 정보가 여전히 사실인가? 사용자들의 행동, 태도 또는 과업이 바뀌지는 않았는가? 이전에 고려하지 않았던 새로운 사용자들이 생겼는가? 시간이 지나면서 일차적 페르소나*와 이차적 페르소나**가 바뀌지는 않았는가? 사람, 사회, 기술 등이 변화함에 따라 여러분의 비즈니스 또한 새로운 것에 적응하게 된다.

---

* 일차적 페르소나(primary persona)는 기본 페르소나로, 제품 및 서비스의 주요 타깃 사용자다.

** 이차적 페르소나(secondary persona)는 제품 및 서비스의 주요 타깃은 아니지만 포함시켜야 하는 사용자다.

| 페르소나는 무엇을 포함해야 하는가

표 23.2는 여러분에게 가장 유용한 페르소나를 만들기 위해 고르고 또 선택해야 할 요소들을 보여주고 있다.

페르소나에 사진을 넣을 예정이라면 아래에 제시된 피해야 할 모범 사례들을 참고하길 바란다.

▹ 모범 사례

- 가상의 사용자의 초상화나 표정이 그려진 도형들을 의뢰하는 것을 고려해 보도록 한다.
- 사용자를 대표하는 정보들은 다양하지만, 현실적일 수 있도록 한다.
- 성별이 중요한 요소일지 고려해 본다. 사용자들을 나타내기 위해 인구통계 정보들을 포함시킬 필요가 있는가?

표 23.2 페르소나에 포함시켜야 하는 데이터

페르소나 구성 요소	
구성 요소	**필수 요소 또는 선택 요소 여부**
배경 설명 및 내러티브	
이름	필수
사진	선택
페르소나 대화 인용문	선택
역할	필수
인구통계 정보	필수 요소이나, 최소한으로 유지
배경 정보	필수 요소이나, 최소한으로 유지
페르소나의 하루	선택
태도 및 생각	선택
프로필	선택
현재 생활	선택
프로젝트 관련 구체적 특성	
시나리오(26장 참고)	선택
제품 및 서비스에 대한 태도 및 생각	필수
현재 제품 및 서비스를 사용하는 상황	필수
감정	선택
정보의 출처/현재 작업 방식	권고하지만 선택 사항
책임	선택
불만/제약 사항	필수
불안/두려움	선택
사전 지식	선택
제품 및 서비스와의 경험	필수
행동 및 맥락	
과업 또는 목표	필수
촉발 요인(과업을 수행하게 하는 요인)	권고하지만 선택 사항
동기(감정적 및 이성적)	필수
니즈	필수
원츠	선택

▹ 나쁜 사례

- 참가자들의 실제 사진을 사용하면 안 된다.
- 직원의 사진을 사용하면 안 된다.
- 스톡사진(stock photography, 상업적인 목적으로 판매되는 사진)은 피하는 것이 좋다.

안티 페르소나

안티 페르소나(anti-persona)는 여러분이 디자인/작성하는 것의 대상에 속하지 않는 사람들을 뜻하며, 페르소나와 같은 방식으로 생성된다. 시간과 예산이 충분하지 않다면 우선 페르소나를 생성하는 것에 집중하도록 한다. 안티 페르소나는 이후 단계에서 노력을 기울여도 된다.

| 페르소나 표현 방법

온라인에서 페르소나 예시들을 검색해 보면 일반적으로 그래픽 디자이너가 만들었을 법한 굉장히 화려하고 포스터같이 표현된 것들을 찾아볼 수 있을 것이다. 그러한 수준으로 페르소나를 표현하는 것이 필수적인 것은 아니지만, 매력적이고 사람들이 정보를 쉽게 받아들일 수 있도록 제작하기 위해 시간을 들이는 것은 충분히 그만한 가치가 있다.

페르소나에는 풍부한 정보가 담겨 있다. 겨우 몇 페이지 안에 많은 정보를 담게 되므로, 페르소나가 어떤 면에서는 시각적으로 매력 있고 정보를 일관성 있게 제공할 수 있도록 하는 것이 중요하다. 일반적으로 사용되는 형식이 있는데, 여러분도 그것을 따라 사용하거나 필요에 따라 수정하여 사용할 수 있다. 이는 페르소나를 생성하는 데 도움이 될 뿐 아니라, 여러분이 정보를 공유하게 될 사람들이 페르소나를 이해하는 데 도움을 줄 수 있다. 그림 23.1과 그림 23.2를 참고하기 바란다. 완성된 페르소나가 어떻게 생겼는지 궁금한 사람들을 위해 그림 23.3에 아주 간단한 예시를 제시하였다.

전달하려는 정보가 많다면, 한 페이지에 모두 담아내기는 힘들 것이다. 이럴 때는 콘텐츠를 보다 이해하기 쉽고 기억하기 쉽게 페르소나 한 개당 두 페이지 내지 세 페이지 정도로 제한하라.

'차원(dimension)'을 사용하는 것도 각 페르소나의 특정 성향을 요약할 수 있는 간단하고 유용한 방법이며, 이는 페르소나 간에 비교도 가능하게 해 준다. 차원은 페르소나가 특정 연속체에서 어느 부분에 해당되는지 파악하는 방법이다. 예를 들어, 이 사용자 그룹은 얼마나 타임 리치(time rich, 시간이 많은 사람)인가 혹은 타임 푸어(time poor, 시간이 부족한 사람들)인가? 그들이 무언가를 하거나 사용하는 데 있어 초보자인가 또는 전문가인가? 이처럼 비교하고 요약하고 싶은 복잡한 특성 또는 요소가 있다면 그것을 가능하게 해 주는 유용한 그래픽 방식들이 있다. 여러분이 생성한 페르소나에 대해 긴 글을 작성하는 대신 시각적으로 요약하는 것을 추천한다.

그림 23.1 페르소나를 표현하는 방법의 간단한 예

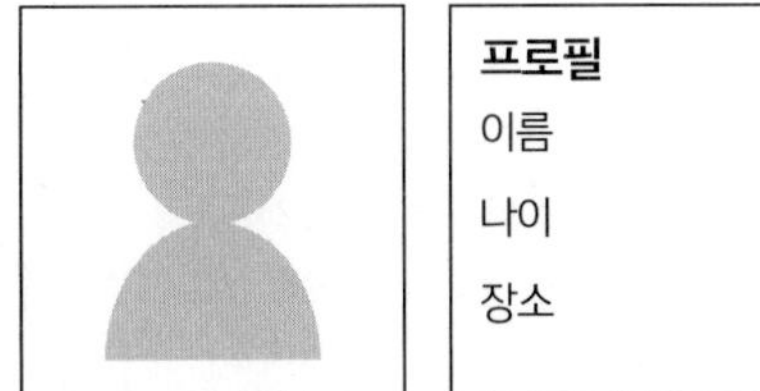

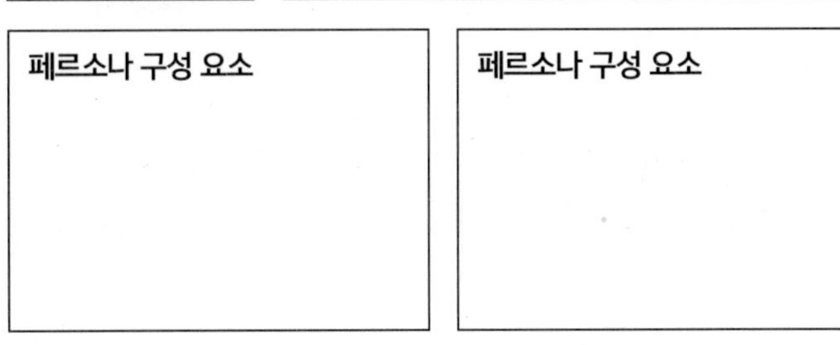

그림 23.2 더 많은 정보를 담고 있는 페르소나를 표현하는 방법의 예

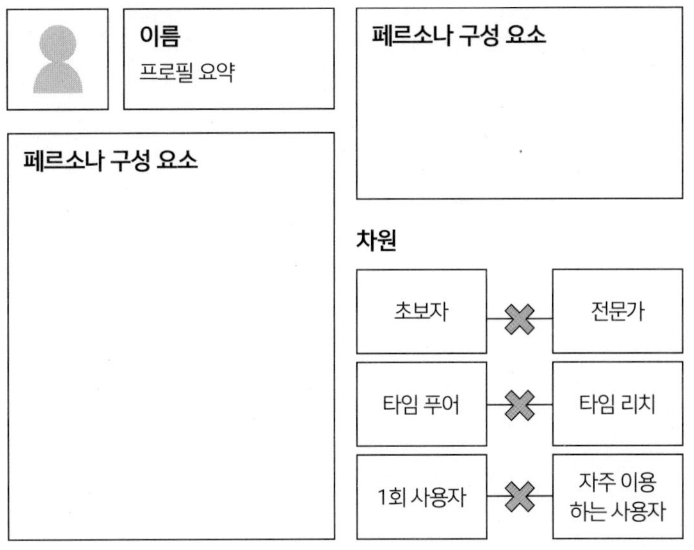

그림 23.3 기본 페르소나의 예

프로필

이름: Jasmine

나이: 43세

장소: 런던

역할: 소규모 자영업자

상황:

- 마케팅 & PR회사를 운영
- 마케팅 경험 보유. 여전히 온라인 & 소셜 미디어를 배우고 이해하는 중
- 기혼, 자녀 없음. 석사 학위 보유

높은 수준의 사용자 니즈

- 온라인 시간 절약 & 자원 극대화하기
- 공유할 수 있는 흥미로운 콘텐츠 찾기
- 게시물은 예약해서 등록, 필요할 경우 중복 게시
- 작업 효과 평가하기
- 다른 전문가들과 온라인상에서 네트워킹함

현재 해결책 및 불만

- 여러 가지의 툴을 사용해야 하고 사용법을 익혀야 함
- 여전히 수동적으로 해야 하는 것들이 많음
- 다른 회사에 영향력 측정을 의뢰하고 있음. 정확도 불확실
- 네트워킹할 때는 링크드인(LinkedIn) 사용

24장 멘탈 모델로 사용자들의 생각을 시각화하고 기회를 찾기

표 24.1

방법론 요약
적합한 방법론: 멘탈 모델은 다양한 데이터를 통해 제작될 수 있다. 사용성 테스트 관찰, 인터뷰 데이터, 다이어리 스터디, 그리고 맥락적 조사가 그 예이다. 이 방법론은 애자일/린 방식에 적합하다.
언제 사용하는가: 사용자 그룹이 여러분의 제품 및 서비스에 대해 어떻게 생각하는지 시각화하고 이해하고 싶을 때, 차이와 기회가 어디에 있는지 파악할 때

멘탈 모델(mental model)은 사람들이 과거에 경험한 것이나 노출되었던 정보, 일상에서의 경험과 판단을 기반으로 어떤 대상이 어떻게 작동할지 직관적으로 이해하는 과정을 보여준다. 따라서 멘탈 모델은 사실보다는 생각을 다룬다. 여기서 우리는 여러분의 제품 및 서비스가 어떻게 작동하는지에 대해 사용자들은 어떻게 생각하는지 고려하게 된다. 사용자들의 멘탈 모델은 그들이 제품 및 서비스를 사용하는 방법과 행동, 그리고 결정에 영향을 미치기 때문이다.

사용자 경험 멘탈 모델은 사람들이 어떻게 생각하고 느끼는지를 시각적으로 표현하며, 여러분의 제품 및 서비스를 어떻게 사용하게 되는지 보여준다. 사용자들이 여정의 여러 단계에서 하는 질문들이 적혀 있고, 콘텐츠 유형, 기능 등에 대한 아이디어들은 그 질문들에 맞게 매핑되어 있다.

그다음, 만약 여러분이 디지털 아이템에 주력하고 있다면, 멘탈 모델은 인포메이션 아키텍처, 와이어 프레임 제작과 콘텐츠 제공과 같은 정보들을 전달하는 데 사용된다. 현실적으로 사용자 인터페이스는 절대 모든 사용자의 멘탈 모델에 상응할 수 없다. 하지만, 사용자들이 가장 가지고 있을 법한 멘탈 모델에 맞는 사용자 인터페이스를 제작하는 것은 가능하다. 일반적으로 특정 여정이나 경험을 위해 각각의 페르소나에 맞는 멘탈 모델을 갖추는 것이 유용하다. 하지만 멘탈 모델은 고정된 것이 아니라는 점을 항상 염두에 두길 바란다. 사람들의 멘탈 모델은 일상에서 겪는 경험들로 변화할 수 있기 때문이다.

디자인에서 멘탈 모델이 매우 중요하다는 사실을 인정하기 위해서는 개념적 모델(conceptual model)에 대한 이해가 필요하다. 개념적 모델은 사용자가 경험하는 제품 및 서비스의 실제 모델이다. 즉, 인터페이스를 통한 경험을 말한다. 멘탈 모델처럼 생각을 토대로 제작한 모델이 아닌 실제 기반 모델이다. 개념적 모델과 사용자의 멘탈 모델이 서로 매칭되지 않을 경우, 사용자는 아이템을 학습하거나 사용할 때 어려워할 것이다. 따라서 개념적 모델은 사용자의 멘탈 모델을 고려해야 한다. 하지만, 멘탈 모델을 하나만 놓고 이야기하는 경우는 거의 없다. 서로 다른 멘탈 모델을 갖고 있는 복수의 사용자 그룹이 있으며, 개념적 모델은 모든 1차 사용자 그룹이 여러분의 제품 및 서비스를 쉽게 사용할 수 있도록 해야 한다. 굉장히 어려운 일 같다. 어쩌면 영원히 이룰 수 없는 것 같기도 하다.

이는 유저 리서치의 중요성을 보여주는 아주 훌륭한 예다. 데이터를 분석하면 사용자 그룹이 그들의 멘탈 모델과 어느 부분에서 겹치고 또 어느 부분에서 확산되는지 보여줄 것이다. 유저 리서치를 통해 다양한 멘탈 모델의 니즈를 충족시키기 위해 콘셉트를 디자인하고, 수정하고, 또 입증할 수 있다. 비록 완벽하게 이해하는 것은 절대로 불가능하겠지만, 궁극적으로는 대다수의 사용자를 만족시키는 방법을 더 잘 이해할 수 있게 될 것이다. 사용자가 누구인지, 또 그들이 어떻게 생각하는지에 대한 심층적인 시각을 갖추기 위해서는 페르소나와 함께 조합하여 사용하는 것이 유용하다.

케이스 스터디 *웹 브라우저 URL과 검색바*

멘탈 모델을 제작할 때, 사용자들이 시스템의 유사한 부분들의 차이점을 인식하지 못했을 때 발생할 수도 있는 혼란 상황을 강조한다.

대다수의 사용자는 구글(Google)의 검색 필드와 브라우저의 URL 입력 필드를 구분하지 못하는 것 같다. URL 바에서 간편하게 유명 웹 사이트 이름 뒤에 '.com'을 붙이는 방법을 두고 링크를 직접 클릭하기 위해 구글에 접속하여 검색한다. 구글 크롬(Google Chrome)은 이 이슈를 해결하기 위해 URL 바를 검색 툴로 만들었다.

사용자들은 박스에 무엇인가를 입력하면 그들이 원하는 곳으로 데려가 줄 수 있다는 사실은 알고 있지만, 그 기능이 어떤 박스에나 다 적용이 된다는 사실은 잘 모르고 있다는 것이 드러났다. 이는 왜 여러 브라우저가 주소창을 검색창으로 사용하기 시작했는지를 설명해 준다. 사용자들이 디자인 패턴에 쉽게 적응하기에는 멘탈 모델 자체가 혼란을 유발했기 때문에 브라우저의 기능을 사용자들의 멘탈 모델에 맞춰 바꿔야 했던 것이다.

▹ 스매싱 매거진의 만화

웹 전문 매체인 스매싱 매거진(Smashing Magazine)에는 헬스 트래킹 앱을 사용하여 멘탈 모델이 무엇이며, 왜 유용한지를 설명해 주는 훌륭한 '멘탈 모델' 만화가 있다. 한 번쯤 읽어볼 것을 추천한다.

중요 참고사항: 만약 여러분이 혁신적이고 한계를 뛰어넘으려 하며, 사람들이 이제껏 한번도 본적이 없거나 생각해 본 적 없는 것을 제공하려 한다면, 사용자들의 멘탈 모델을 바꿀 수도 있다. 물론 멘탈 모델을 바꾸는 데는 시간과 노력이 요구되기 때문에 여러분이 극복해야 할 타성도 존재한다. 이는 새로운 것을 개발할 때 항상 고려해야 하는 부분이기도 하다. 이는 테스트를 진행할 때, 그리고 출시하고 나서의 사용자들의 반응에 대한 근본적인 이해

를 알려줄 것이다. 만약 여러분의 제품 및 서비스가 사용자들에게 가치 있는 경험을 제공하고 있다면, 그들은 새로운 방식을 배우기 위해 많은 노력을 기울일 것이다. 만약 그럴 만한 가치가 없다고 판단하면, 그들은 뒤를 돌아 다른 것을 찾아갈 것이다.

| 멘탈 모델을 제작하는 법

멘탈 모델 시각화에서는(그림 24.1 참고) 사람들이 어떻게 행동(생각/느낌)하는지가 가로줄 위에 칼럼으로 표현되어 있다. 제품 또는 서비스의 기능/특징/콘텐츠는 사용자 박스를 보조하기 위해 가로줄 아래 박스 2와 박스 3안에 있다.

그림 24.1 멘탈 모델의 예

❶ **내 기부금은 어디에 사용되는가?**
- 기부금은 어디에 쓰이고 있는가?
- 기부금이 효과적이고 효율적으로 사용되었다는 증거가 있는가?

---

❷ **기존 콘텐츠**
- 간병인의 하루 일당은 얼마이며, 기부금으로 얼마가 지급되고 있는가?
- 최근에 기금 모금 프로젝트로 구매한 의료 장비에 대한 예

❸ **필요한 콘텐츠**
- 재원(기부, 정부 보조금 등)
- 기부금 사용처(예: 행정 비용, 광고 및 홍보비, 연구비, 간병비)

2장에서 만들었던 시나리오인 '서포트 채리티'를 이용한 그림 24.2는 단체에 기부하는 것에 대한 사용자들의 생각을 다룬 인터뷰를 통해 얻은 질문들을 담고 있다. 이보다 더 넓은 범위의 맥락인 그림 24.1에서는 기부 멘탈 모델을 보여 준다. 박스에는 예상되는 사고 과정이 순차적으로 나열되어 있다.

- 박스 1은 사용자들이 아직 크게 마음이 가는 자선 단체가 없어서 어느 자선 단체에 기부해야 할지 결정해야 할 때 하게 되는 질문들이다.
- 박스 2는 사용자들의 질문을 보조하는 서포트 채리티 웹 사이트의 기존 콘텐츠다.
- 박스 3은 기부 과정에서 사용자의 멘탈 모델을 보조하는 데 필요한 콘텐츠다.

박스 1을 구성하기 위해 이번 장에서 논의된 방법론들을 사용하여 사용자들의 행동과 질문을 파악할 수 있다. 현재 존재하고 있는 것을 설정하기 위해서는 콘텐츠, 기능, 그리고 기타 박스 2에 들어있는 관련 에셋들에 대한 검사가 필요하다. 박스 3을 완성하기 위해서는 박스 1과 박스 2에 대한 비교를 통해 현재 여러분이 놓치고 있는 기회를 파악할 수 있을 것이다.

그림 24.2 서포트 채리티에 대한 멘탈 모델의 간단한 예

기부를 하고 싶다.	어디에 기부해야 하는가?	어떻게 기부해야 하는가?	기부하기
질병을 앓고 있는 사람들을 돕는 자선 단체에 관심이 있다. · 어떤 자선 단체들이 있는가? · 시간이 없기 때문에 행사에 참여하기보다는 기부를 하고 싶다.	**내 기부금은 어디에 사용되는가?** · 기부금은 어디에 쓰이고 있는가? · 기부금이 효과적이고 효율적으로 사용되었다는 증거가 있는가?	**가장 좋은 기부 방법은 무엇인가?** · 온라인으로 해도 안전한가? · 온라인으로 기부를 하면 기프트 에이드(Gift Aid)도 가능한가? · 페이팔(PayPal)로 기부할 수 있는가?	**지금 기부하고 싶다.** · 공유해야 할 세부 사항은 뭐가 있는가? · 기프트 에이드를 하면 총 기부 금액이 어떻게 되는가? · 뉴스레터를 받고 싶지 않다.
기존 콘텐츠 및 기능	**기존 콘텐츠 및 기능** · 간병인의 하루 일당은 얼마이며, 기부금으로 얼마가 지급되고 있는가? · 최근에 기금 모금 프로젝트로 구매한 의료 장비에 대한 예시.	**기존 콘텐츠 및 기능**	**기존 콘텐츠 및 기능**
필요 콘텐츠	**필요한 콘텐츠** · 재원(기부, 정부 보조금 등) · 기부금 사용처(행정 비용, 광고 및 홍보비, 연구비, 간병비)	**필요 콘텐츠**	**필요 콘텐츠**

25장 여정 지도와 경험 지도로 유저 리서치 데이터 시각화하기

표 25.1

방법론 요약
적합한 방법론: 경험 지도를 위한 데이터는 다양한 출처에서 수집할 수 있다. 디지털 제품 및 서비스를 다룰 때는 사용자들의 여정과 경로를 살펴보면서 애널리틱스를 이용하여 시작할 수 있다. 이미 보유하고 있는 다른 출처 즉, 사용자 만족도, 피드백 데이터, SNS 데이터와 같은 데이터들을 맥락적 조사, 에스노그라피, 사용성 테스트, 인터뷰, 다이어리 스터디, 워크숍과 함께 사용할 수 있다. 이 방법론은 애자일/린 방식에 적합하다.
언제 사용하는가: 서비스/조직에 대한 사용자 경험을 시각화하여 제공하고 싶을 때

흔히 '여정 지도'와 '경험 지도'는 통용되기 때문에 이제부터 '경험 지도(experience map)'라는 단어를 사용하고자 한다. 이러한 지도들은 사용자들이 제품 및 서비스와 상호 작용하는 터치 포인트를 시각화하며, 여정을 구성할 때 사용된다. 지도는 각 상호 작용마다 사용자의 감정, 기대, 동기와 질문을 나타내기도 한다. 일반적으로 경험 지도는, 예를 들면 사용자의 몰입을 통한 첫 접촉에서부터 장기적인 관계까지 일정 기간을 나타낸다.

페르소나/사용자 그룹마다 따로 지도를 제작하는 것이 좋다. 이

지도들은 사용자들의 경험에 영향을 미치는 요소들에 대한 높은 수준의 개요로, 사용자들의 시각에서 구성되었으며, 항상 직선적으로 이어진다고 할 수는 없지만, 시간을 기반으로 구성되어 있다. 중요한 것은 터치 포인트가 디지털과 비디지털에서 모두 발생할 수 있다는 것이다.

여정 지도는 상황, 동기, 경험, 사용자/서비스 상호 작용의 경험을 통합한다. 이러한 이유로 채널, 부서, 여정, 기기를 아울러 서비스가 잘하고 있는 부분이나 문제점 또는 혁신을 위한 기회를 파악하는 데 사용될 수 있다. 지도는 특히 몇 주 혹은 몇 달에 걸쳐 발생하는 경험, 그리고 아래와 같은 상황을 다룰 때 유용하다.

- 여러 개별 단계 또는 사건
- 한 개 이상의 장소
- 다른 사람들 또는 다른 팀
- 몇몇 관련 서비스 또는 터치 포인트

사용자 경험 지도의 '필수' 요소는 다음과 같다.

- *페르소나*: 사용자의 니즈, 목표, 생각, 감정, 의견, 기대와 페인 포인트를 설명하는 주요 특성들
- *타임라인*: 한정된 시간(예: 일주일 또는 일 년) 혹은 가변적(variable) 단계(예: 의식, 의사결정, 구매, 리뉴얼)
- *감정*: 불만, 불안, 행복 등을 설명하는 부침(peaks and valleys)
- *터치 포인트*: 고객 행동 및 조직과의 상호 작용. 즉, 고객이

무엇을 하고 있는가를 설명

- *채널*: 상호 작용이 발생하고 있는 장소와 사용 맥락(예: 웹 사이트, 모바일 기기에 최적화된 앱인 네이티브앱, 콜센터, 매장 등). 즉, 사용자들이 상호 작용하고 있는 곳

| 경험 지도를 제작하는 법

필요한 데이터를 모두 수집했다면 다음은 경험 지도의 레이아웃을 생각할 차례다. 레이아웃에 대한 엄격한 규칙이 있는 것은 아니지만 시각 자료에는 크게 두 가지 유형이 있다. 타임라인(timeline)은 터치 포인트가 경로를 따라 놓여 있다. 가장 흔한 형식인 좌우 또는 상하로 정리되어 있다. 휠(wheel)은 상호 작용 단계가 터치 포인트보다 적절할 때 사용되며, 전반적인 경험을 반영해야 할 때 주로 사용된다.

경험 지도의 성공 여부와 명확성은 적절한 레이아웃과 그래픽 요소를 선택하는 것에 크게 좌우될 것이다. 본 장에서는 타임라인 시각화에 집중하고자 한다. 타임라인만 해도 디자인할 수 있는 방법이 여러 가지가 있다. 어댑티브패스(Adaptive Path)는 경험 지도에 대한 권위자라고 할 수 있다. 레일유럽(Rail Europe)을 시각화한 자료는 어댑티브패스 웹 사이트에서 찾아볼 수 있는 훌륭한 예시다.

그림 25.1에 경험에서의 주요 요소들을 배치해 두었다. 일반적으로 시각 자료에서 주요 요소들이 어디에 놓이는지 보여주기 위해 '비어 있는' 지도를 준비했다. 그림 25.2는 경험 지도에서 사용

할 수 있는 아이콘을 확대한 버전으로 제시하고 있다.

이 요소들을 전부 하나의 경험 지도에 담는 것은 추천하지 않는다. 사실상 여러분의 제품 및 서비스와 여러분이 시각화하고 싶은 대상이 무엇인지에 따라 다르다. 여러분의 지도가 꼭 그림 25.1의 지도처럼 생길 필요도 없다.

여정 지도의 변형

여정 지도를 만드는 것이 굉장히 복잡하고 어려운 것 같아 걱정된다면, 여러분의 니즈 또는 현재 경험 수준에 맞춰 간소화할 수도 있다. 그림 25.3을 참고하길 바란다. 또한, 경쟁사와 비교하여 현재 수준이 어느 정도인지 시각적으로 벤치마킹하는 방법을 사용하여 지도를 제작할 수도 있다.

다른 변형은 기간에 걸쳐 여러 차례 이루어지는 여정을 나타내는 고객 라이프 사이클 지도(customer life cycle map)로, 서비스를 처음 접촉했을 때부터 고객이 이탈하거나 더 이상 서비스를 사용하지 않을 때까지의 주요 사건을 시각화하는 방법이 있다. 이러한 유형의 지도는 총체적인 개요라고 볼 수 있다. 따라서 순간을 포착하는 것보다는 일정 기간에 걸쳐 발생하는 변화를 대표하는 것이 중요하다.

경험 지도는 서비스 청사진(service blueprint)이 아니다. 하지만 서비스 청사진을 위한 시작점이 될 수 있다. 서비스 청사진이란, 사용자, 제공자, 기타 관련 당사자, 사용자의 터치 포인트, 그리고 이면의(behind-the-scenes) 프로세스를 포함하고 있는 도식이다. 이러한 작업은 여러 사람이 협력하여 제작해야 하며, 맥락적 조사를 사용한다. 그리고 청사진에 제시된 각각의 팁이 제작 과정에도 도움을 주어야 한다. 서비스 청사진은 겹치거나 중복된 부분, 그리고 누락된 부분들을 나타내며, 사람들과 자원을 효과적으로 관리할 수 있게 하는 데 사용될 수 있다.

그림 25.1 경험 지도에 포함될 수 있는 것들의 예

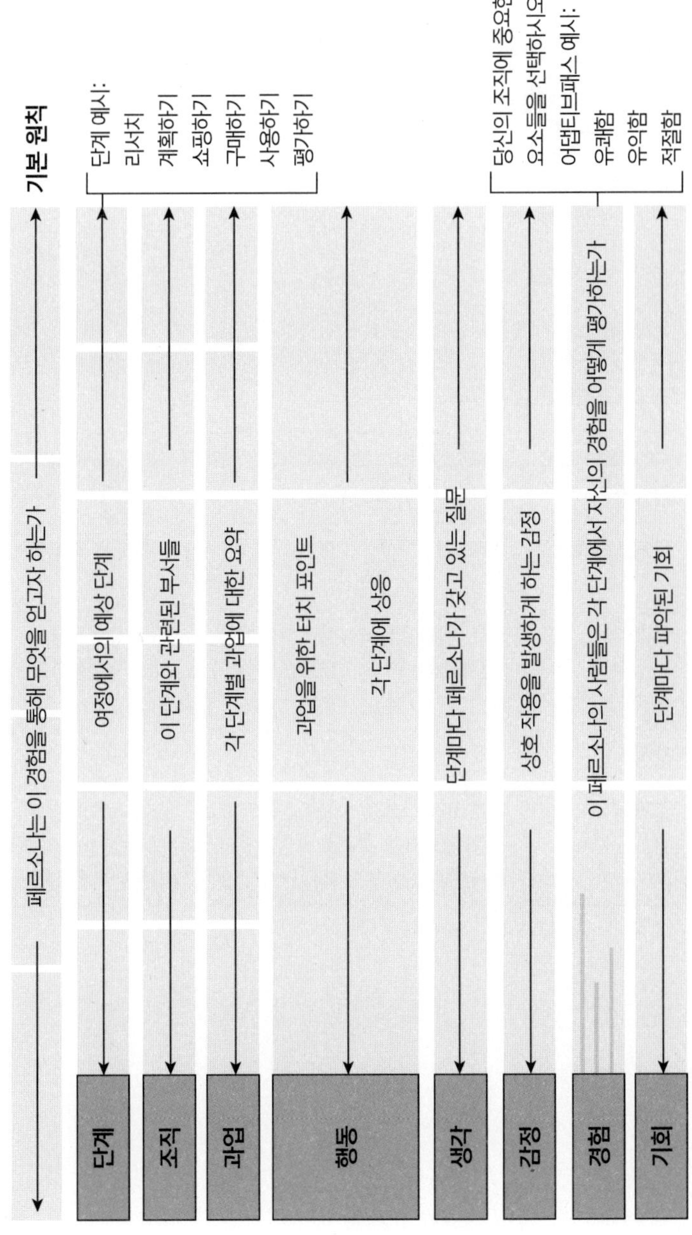

그림 25.2 '행동' 아이콘 클로즈업

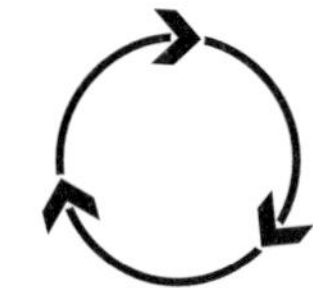

비선형적, 계속 진행됨
시간제한 없음

비선형적,
시간제한 있음

직선적 과정

그림 25.3 간단한 경험 지도

시간 또는 예상 타임라인	상호 작용한 날짜	상호 작용한 날짜	상호 작용한 날짜
터치 포인트	이메일	전화	서면으로 작성한 노트
설명	상호 작용 설명, 의도 및 경험한 감정	상호 작용 설명, 의도 및 경험한 감정	상호 작용 설명, 의도 및 경험한 감정
감정	:-)	:-(	:-|
결과물	상호 작용의 결과로 발생한 것, 다음 단계 및 옵션	상호 작용의 결과로 발생한 것, 다음 단계 및 옵션	상호 작용의 결과로 발생한 것, 다음 단계 및 옵션

26장 시나리오와 스토리보드를 이용하여 사용자 여정 표현하기

표 26.1

방법론 요약
적합한 방법론: 모든 유저 리서치
시나리오: 서비스, 경험(또는 제품의 사용성)을 의미 있게 탐구하기 위해 충분한 디테일을 바탕으로 구성된 가상의 이야기다. 시나리오는 왜 특정 사용자 그룹이 여러분의 제품 및 서비스를 사용하는지에 대한 스토리와 맥락을 설명하며, 일반 텍스트, 영상, 또는 스토리보드로 묘사된다.
스토리보드: 서비스가 사용되는 일련의 사건(여정 또는 시나리오)을 시각화하는 그림/사진 모음이다. 스토리보드는 기존 여정 또는 신제품/신규 서비스/새로운 경험, 또는 가상 구현을 목적으로 사용될 수 있다. 사용자 경험에 대한 스토리가 디자인 프로세스에 포함될 수 있게 해 준다. 현재 발생하고 있는 것과 발생해야 하는 것을 모두 나타내는 데 사용될 수 있다.
이러한 방법론들은 애자일/린 방식에 적합하다.

시나리오와 스토리보드는 흔히 페르소나와 같이 사용되며, 사용자를 디자인 프로세스와 개발 프로세스의 중심에 둔다.

시나리오를 제작하는 법

좋은 시나리오는 간결하고 다음과 같은 요소들을 담고 있다.

- *사용자가 누구인가?* 페르소나마다 여러분의 제품 및 서비스를 사용할 때 서로 다른 동기와 행동을 보유하고 있을 것이다.
- *왜 페르소나는 여러분의 제품 및 서비스를 사용하는가?* 그들이 여러분의 제품 및 서비스를 사용하게 되는 동기는 무엇이며, 출시했을 때의 기대는 어떠한가?
- *그들은 어떤 목표를 갖고 있는가?* 사용자는 무엇을 달성하고자 하는가? 여러분의 제품 및 서비스가 만족스러운 경험을 제공하기 위해서는 어떻게 해야 하는가?

사용자들이 어떻게 하면 자신들의 목표에 달성할 수 있을지에 대한 내용도 포함하는 것이 좋다. 다양한 가능성과 모든 잠재적 장애물을 파악하고 있어야 하기 때문이다. 보다 구체적으로 각각의 페르소나에는 다음의 항목들이 고려되어야 한다.

- *목표*: 사용자는 무엇을 달성하고자 하는가? 사용자의 행동이 조직의 목표와 어떻게 일치하는가?
- *프로세스*: 사용자는 어떤 단계들을 거쳐야 하는가? 정보는 한 단계에서 다음 단계로 어떻게 흐르는가? 관련된 다양한 역할들에는 어떤 것이 있는가(크리에이터, 기여자, 에디터, 승인자)?
- *인풋과 아웃풋*: 사용자들이 성공적으로 대상(예: 인터페이스)을

사용하려면 어떤 보조 도구와 정보가 필요한가? 전체 목표를 이어나가기 위해서는 인터페이스에 어떤 것이 필요한가?

- *경험*: 사용자가 과거에 겪은 유사한 경험은 무엇이 있는가? 과거에 여러분의 조직은 이 디자인 없이 어떻게 살아남았는가?
- *제약 사항*: 사용자가 겪을 만한 물리적, 시간적, 또는 재정적 제약으로는 어떤 것들이 있는가?
- *물리적 환경*: 사용자들이 작업할 수 있는 여유 공간이 얼마나 확보되어 있는가? 책상에는 어떤 보조 도구들이 준비되어 있는가? 필요한 정보에 대한 접근성은 얼마나 확보되어 있는가(예: 사용자 매뉴얼)? 그들의 모니터에는 어떤 내용의 노트들이 붙어 있는가?
- *사용 중인 툴*: 사용자들은 현재 어떤 툴을 사용하고 있는가?
- *관계*: 1차 사용자와 툴의 영향을 받는 다른 사람들 간의 연결은 어떠한가?

스토리보드를 제작하는 법

스토리보드는 새롭게 제작하는 페르소나의 맥락, 니즈, 동기, 그리고 행동을 더 잘 이해하기 위해 앞으로 발생할 수도 있는 경험들을 살펴보는 훌륭한 방법이다. 소규모 그룹에게 6개에서 10개 정도의 박스에 향후 시나리오에 대한 장면들을 스케치해 줄 것을 부탁한다. 그림 26.1에 빈칸으로 된 샘플이 제시되어 있다. 스토리보드를 채울 때는 모든 장면에 캡션이나 제목을 달아 현재 상황을 설명하고 말풍선과 이모티콘을 활용해 감정과 대화를 전한다.

그림 26.1 빈 스토리보드 템플릿

유용한 포인터(pointers, 전개될 내용을 보여주는 신호)

시나리오마다 한 개의 페르소나에 집중해야 한다. '이는 xx를 사용하는 yy에 대한 이야기이다…'와 같이 시작하라. 스토리보드에서 다룰 수 있는 구체적인 질문을 제공하는 것도 좋다.

- xx를 방문하게 하는 요인 혹은 동기가 무엇인가? 다루고자 하는 니즈는 무엇인가?
- 자신들의 니즈를 해결할 수 있는 방법 중 이미 알고 있는 정보는 무엇이 있는가?
- xx가 어떻게 도움이 될 것이라고 기대하고 있는가?

- 스토리에서 xx에 몇 번 방문하는가?
- xx에서 무엇을 하는가? 어떤 콘텐츠를 봤는가? 상호 작용한 것이 있었는가?
- 그들이 스토리에서 어떤 사이트나 소스(온라인/오프라인)를 방문하는가?
- 스토리에서 그들에게 도움을 주거나 영향을 주는 사람은 누구인가?
- 제품 및 서비스를 사용하는 것을 장려하거나 방해하는 요소는 무엇인가?
- 궁극적으로 그 사이트는 어떻게 그들의 니즈를 충족시켜 주는가?
- 그들의 스토리가 언제 종료되며, 성공적인 사용자 경험은 어떤 것이라고 생각하는가?

다음과 같은 질문들을 고려해야 한다.

- 각 단계에서 그들에게 동기를 부여하는 것은 무엇인가?
- 각 단계에서 그들은 어떤 감정을 느끼는가?
- 그들의 주요 의사결정 포인트는 무엇인가?
- 그들의 스토리에서 온라인/오프라인 활동의 상호 작용은 어떤 것이었는가?
- 장애물이나 페인 포인트는 어떤 것들이 있는가? 그것을 어떻게 극복하는가?

27장 인포그래픽을 활용하여 수치 데이터와 통계 데이터 해석하기

표 27.1

방법론 요약
적합한 방법론: 인포그래픽(infographic)은 여러분이 수집한 다양한 데이터에 사용될 수 있다. · 정량적 설문 조사 · 정략적 사용자 테스트 · 인포메이션 아키텍처 검증 · A/B 테스트 · 카드 소팅 · 정량적 사용자 테스트
언제 사용하는가: 사용자 여정, 패턴 및 트렌드, 위계 구조와 아키텍처, 콘셉트와 계획을 시각화할 때

효과적인 인포그래픽을 제작하는 법

효과적인 인포그래픽은 다음의 요소를 포함하고 있다.

- 목적이 명확하며 사람들이 몰입할 수 있다.
- 목표 청중이 쉽게 이해할 수 있다.

- 데이터나 사실을 왜곡하거나 잘못 전달하지 않도록 한다.
- 목적에 부합하는 형식으로 구성되어 있다.

25장에서 살펴본 경험 지도는 인포그래픽의 한 예다. 여러분에게 필요한 인포그래픽 유형은 여러분의 리서치의 목표와 타깃 청중, 그리고 전달하고자 하는 이야기에 따라 다를 것이다.

만약 여러분이 애널리스트 또는 그래픽 디자이너가 아니라면 그들과 협력할 것을 추천하고 싶다. 데이터를 가장 효과적으로 시각화하는 방법을 얻기 위해 워크숍을 열 수도 있을 것이다. 여건이 안 된다면 유용해 보이는 시각 자료를 대략적으로 밑그림 작업을 하는 것으로 시작할 수 있다. 동료들에게도 보여주고 그 데이터에서 무엇을 얻을 수 있는지 물어본다. 이 과정을 통해 자료들이 여러분이 원하는 대로 효과적으로 전달되고 있는지 이해하는 데 도움이 될 것이다. 만약 시각 자료에서 여러분이 원하는 대로 전달되고 있지 않다면 밑그림 작업을 동료들에게 다시 또 물어보는 작업을 되풀이한다.

효과적인 인포그래픽을 제작하기 위해 적용할 수 있는 몇 가지 유용한 규칙들이 있다.

- *말로 하지 않고 보여주도록 한다.* 상황을 설명하는 데 텍스트가 많이 필요하다면 아마도 인포그래픽이 효과적이지 않을 가능성이 크다. 물론, 텍스트를 전부 배제해야 한다는 이야기는 아니다. 인포그래픽 내에서 텍스트와 시각 자료 간의

균형이 필요하다.

- *색상은 세 가지를 고수한다.* 주요 색상을 세 개 선택한다. 세 가지 색상 중에서 하나는 배경색(주로 가장 연한 색을 사용), 나머지 둘은 섹션을 분리하는 데 사용한다. 추가로 다른 색상이 필요하다면 메인 색상의 음영색을 사용한다. 이를 통해 색상표가 거슬리지 않고 조화롭고 안정된 느낌을 줄 것이다.
- *폰트는 두 개, 사이즈는 세 가지를 고수한다*(주제, 부제, 본문). 정보와 수치들을 하이라이트 할 때 타이포그래피(typography, 글자를 이용한 디자인)를 사용할 수 있다.
- *그래픽에서 요점에 중요성을 둔다.* 좋은 인포그래픽들은 모두 훅(hook, 사람들의 흥미를 이끌어 내는 요소)이나 사용자들이 '아하!' 하면서 시선을 돌리게 하는 부분이 있다. 사람들이 가장 기억했으면 하는 것은 무엇인가?
- *단순하고 집중될 수 있도록 한다.* 인포그래픽에 너무 많은 내용이 담기지 않도록 한다. 인포그래픽 하나당 일관성 있는 스토리 한 가지씩만 전달하도록 한다. 이야기를 전부 전달하기 위해서는 인포그래픽이 한 개 이상 필요할 수도 있고, 다른 분석 또는 발표와 같이 제공해야 할 수도 있다.
- *그래픽의 흐름을 고려한다.* 보고서와 스토리를 확인할 때와 동일한 방식으로 내용 전달이 잘 되고 있는지 확인한다. 정보가 올바른 순서로 전달되고 있는가? 정보 배치는 사람들이 정보를 받아들이는 순서에 일정 부분 영향을 줄 것이다.
- *일관성을 고수한다.* 한 가지 주제를 고수한다.

▹ 나쁜 사례

- 어두운 주조색(dominant color, 공간 전체의 분위기를 이끄는 색상)은 인포그래픽에 잘 어울리지 않는다.
- 가능하면 흰색 배경은 항상 피하도록 한다. 인포그래픽은 흔히 여러 웹 사이트나 블로그에 공유되는데, 대부분 배경이 흰색이다. 인포그래픽의 배경색도 흰색이면 어디에서 시작되고 어디에서 끝나는지 구별하기 어려울 수도 있다.
- 인포그래픽으로 사용하기 위해 단순화하면 안 되는 데이터들이 있다. 굉장히 복잡한 데이터를 지나치게 단순화하는 것은 오해를 낳을 수 있는데, 이는 모든 리서치 수행 목적에 반하게 된다. 예를 들어, 인포그래픽은 초끈 이론(string theory, 1차원 객체인 끈과 다차원 객체인 막이 세상을 구성하는 최소단위라고 보는 이론)의 복잡성을 설명하기 위한 최적의 형식은 아닐 것이다.

| 사용 가능한 툴 활용하기

보통은 시각 자료/인포그래픽을 직접 제작할 필요는 없다. 이 책에서 살펴본 여러 툴들 중에서 여러분의 데이터를 이해할 수 있게 시각화하는 옵션을 제공하는 툴들이 많이 있다. 예를 들어, 옵티멀 워크숍은 트리 테스트 결과(인포메이션 아키텍처 검증/트리잭), 카드 소팅 결과, 그리고 그 외에 여러 테스트를 위한 시각화 옵션을 제공하고 있다.

옵티멀 워크숍의 카드 소팅 데이터 시각화는 그림 27.1인 유사도 분석(Similarity Matrix)으로 알려져 있다. 대각선 모서리를 따라 가장 연관성이 강한 카드 그룹들이 모아진다. 색이 진할수록 서로 연관된 카드들이며, 이를 통해 분명하게 드러나는 클러스터(cluster, 무리, 군집)와 분류, 그리고 참가자들이 서로 연관성이 없다고 생각하는 것은 어떤 것인지 파악할 수 있다. 그림 27.2는 덴드로그램(Dendrogram, 계통도)이라고 알려진 카드 소팅 데이터 시각화의 또 다른 사례를 보여주고 있다. 덴드로그램은 콘텐츠 그룹과 상위 레이블을 참가자별로 시각화할 때 사용된다.

파이 트리(pie tree, 그림 27.3 참고)로도 알려진 인포메이션 아키텍처 검증(트리 테스트)의 시각화는 상세한 경로 분석을 나타낸다. 그림 27.4는 콘텐츠를 찾기 위해 내린 결정들과 최종 답안을 어디에서 선택했는지를 보여준다.

유저줌도 데이터 이해를 돕기 위해 트리 테스트와 기타 UX 지표의 시각화를 제공한다. 서베이몽키와 서베이기즈모(SurveyGizmo)와 같은 툴들도 설문 조사 데이터에 대한 분석, 시각화, 인터랙티브/그래픽 옵션을 제공한다. 구글의 데이터 스튜디오(Google Data Studio), 비주얼 웹 사이트 옵티마이저(Visual Website Optimizer), 그리고 키스메트릭스와 같은 일부 A/B 테스트 툴 또한 데이터를 위한 시각화 옵션을 제공한다.

그림 27.1 유사도 분석 시각화

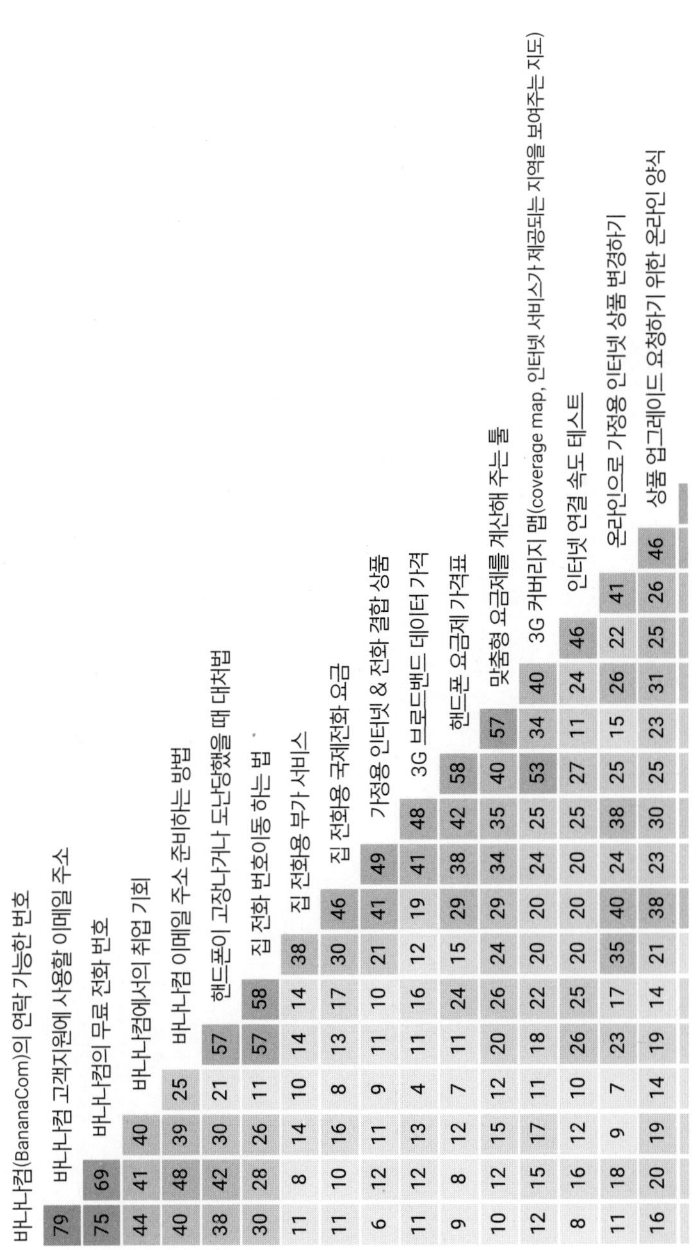

항목	1	2	3	4	5	6	7	8	9	10	11	12	13	14	15	16
바나나컴(BananaCom)의 연락 가능한 번호																
바나나컴 고객지원에 사용할 이메일 주소	79															
바나나컴의 무료 전화 번호	75	69														
바나나컴에서의 취업 기회	44	41	40													
바나나컴 이메일 주소 준비하는 방법	40	48	39	25												
핸드폰이 고장나거나 도난당했을 때 대처법	38	42	30	21	57											
집 전화 번호이동 하는 법	30	28	26	11	57	58										
집 전화용 부가 서비스	11	8	14	10	14	14	38									
집 전화용 국제전화 요금	11	10	16	8	13	17	30	46								
가정용 인터넷 & 전화 결합 상품	6	12	11	9	11	10	21	41	49							
3G 브로드밴드 데이터 가격	11	12	13	4	11	16	12	19	41	48						
핸드폰 요금제 가격표	9	8	12	7	11	24	15	29	38	42	58					
맞춤형 요금제를 계산해 주는 툴	10	12	15	12	20	26	24	29	34	35	40	57				
3G 커버리지 맵(coverage map, 인터넷 서비스가 제공되는 지역을 보여주는 지도)	12	15	17	11	18	22	20	20	24	25	53	34	40			
인터넷 연결 속도 테스트	8	16	12	10	26	25	20	20	20	25	27	11	24	46		
온라인으로 가정용 인터넷 상품 변경하기	11	18	9	7	23	17	35	40	24	38	25	15	26	22	41	
상품 업그레이드 요청하기 위한 온라인 양식	16	20	19	14	19	14	21	38	23	30	25	23	31	25	26	46

그림 27.2 덴드로그램 시각화

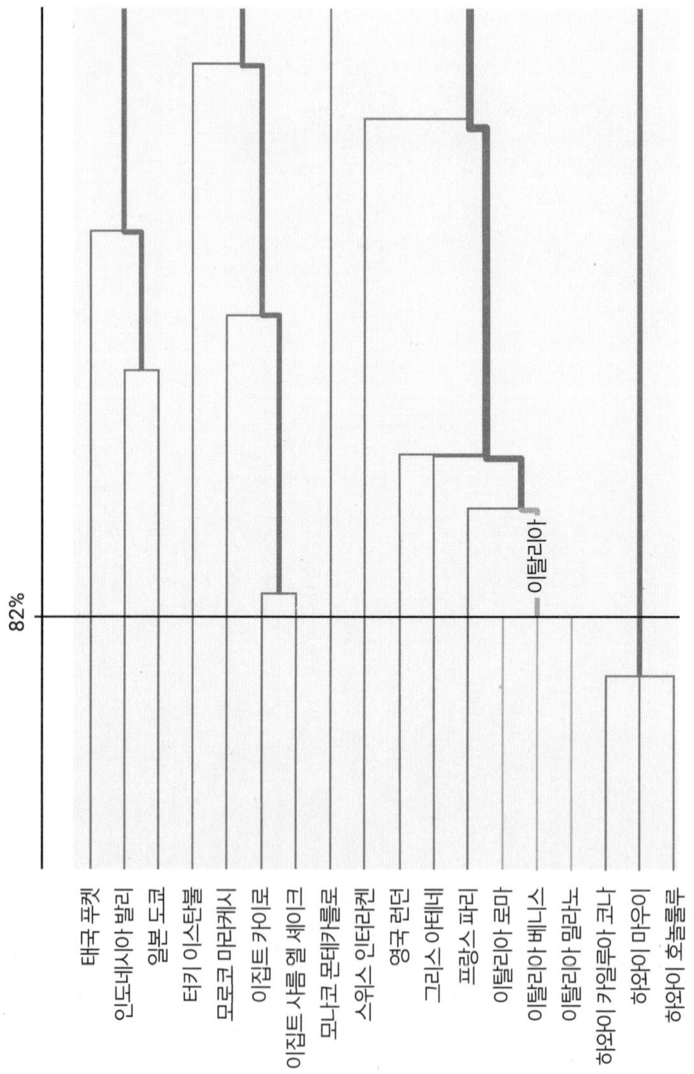

그림 27.3 파이 트리 시각화

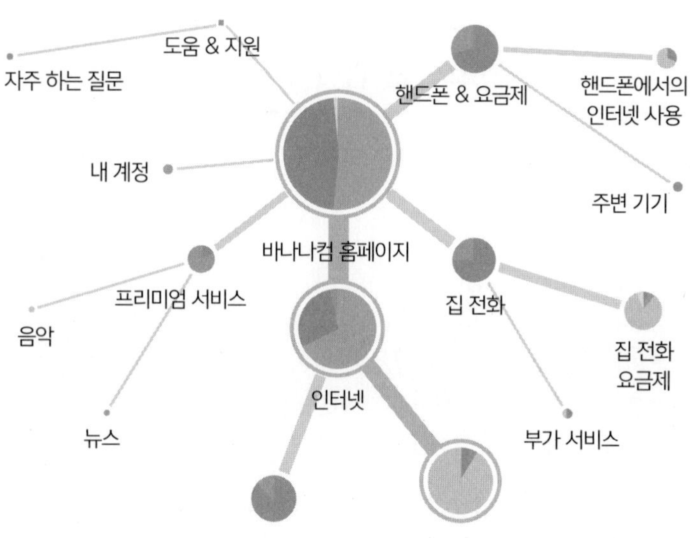

그림 27.4 인포메이션 아키텍처 시각화: 개별 과업의 성공률을 나타냄

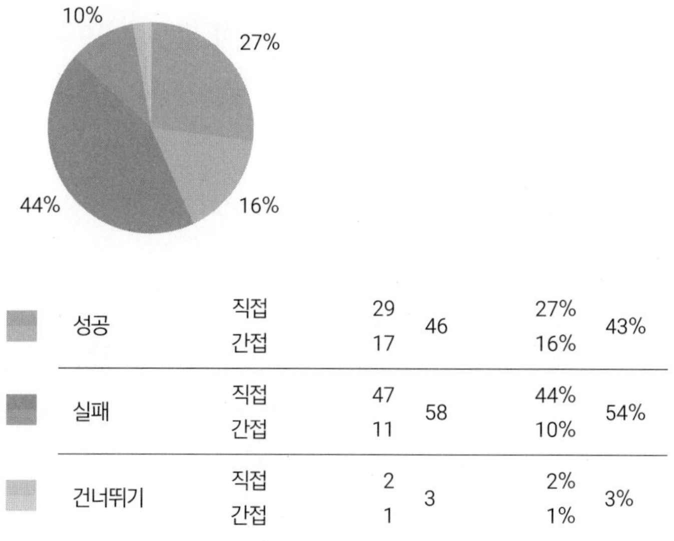

	성공	직접	29	46	27%	43%
		간접	17		16%	
	실패	직접	47	58	44%	54%
		간접	11		10%	
	건너뛰기	직접	2	3	2%	3%
		간접	1		1%	

28장 비주얼 디자인, 인터랙션 디자인, 인포메이션 디자인상의 변경사항을 권고하는 법

표 28.1

방법론 요약
적합한 방법론: 인포메이션 아키텍처 검증, 카드 소팅, A/B 테스트, 정량적/정성적 사용성 테스트. 이 방법론은 애자일/린 방식에 적합하다.
언제 사용하는가: 권고하는 개선 사항들을 시각적으로 설명해야 할 때

여러분의 리서치가 제품 개선에 중점을 두고 있다면 보고서 또는 발표의 일환으로 디자인 면에서 개선해야 할 부분들을 권고하는 것이 좋을 것이다. 앞서 언급한 바와 같이, 변경이 필요해 보이는 부분을 제안할 때는 그것을 실제로 작업할 사람들과 합의가 되어 있어야 한다. 기술적으로 구현 불가능한 것을 제안하는 것은 의미가 없기 때문이다. 우리는 이미 앞에서 여러분이 제안하는 내용을 유용하게 시각화하는 방법들을 살펴보았다.

- 리서치에서 얻은 수치들을 설명하기 위한 인포그래픽
- 사용자 경험에서의 차이와 기회를 시각화하기 위한 지도와 모델

- 사용자 그룹을 실제 사람처럼 종합하고 묘사하기 위한 페르소나

위에서 제시된 양식으로 인터랙션 디자인, 비주얼 디자인 또는 인포메이션 아키텍처에 변경 사항을 제안한다면 여러분이 권고하는 구체적인 변경 사항 또는 옵션을 설명하는 데 도움이 될 것이다.

| 필요한 툴

소프트웨어와 앱을 사용하여 권고할 내용들을 '스케치'할 수 있다. 여러 툴들이 있는데, 우선 발사믹(Balsamiq)이라는 툴이 있다. 아이디어를 스케치하거나 간단한 낮은 충실도의 클릭형 프로토타입을 제작할 때 사용할 수 있다. 액슈어(Axure)는 보다 더 강력한 프로토타입 툴로, 낮은 충실도와 높은 충실도의 인터랙티브한 프로토타입을 모두 제작할 수 있다. 서로 다른 기능, 비용, 그리고 사용 편의성을 갖춘 프로토타이핑 툴들이 많이 있다. 이 둘을 직접 사용해 보았기 때문에 강조하였지만, 앞서 언급한 툴들과 마찬가지로 현재 시중에 나와 있는 툴들은 계속 바뀌고 있으며 온라인에서도 쉽게 검색할 수 있다.

파워포인트(PowerPoint), 키노트(Keynote), 구글 슬라이드(Google Slides)는 일반적으로 간단한 스케치를 제작하기에 충분한 기능을 갖추고 있다. 인포메이션 아키텍처에 대한 수정 사항을 권고할 때

는 여러 툴들을 활용하여 수정사항들을 시각화할 수 있다. 앞서 언급한 툴들을 활용할 수도 있지만, 그 외에 고려해 볼 만한 툴들은 다음과 같다.

- 엑셀 및 기타 스프레드시트 프로그램: 셀, 항, 열은 새 인포메이션 아키텍처를 표현하는 데 아주 적합한 툴이다.
- 아키텍처 툴들이 제공되고 있으며, 할 수 있다면 프로세스 매핑 툴을 활용할 수도 있다.
- 기존에 옵티멀 워크숍 툴을 사용하여 인포메이션 아키텍처를 테스트했다면, 인포메이션 아키텍처에 대한 권고 사항을 시각화할 때도 동일한 툴을 사용할 수 있다.

물론 언제든지 사용할 수 있는 종이와 펜, 그리고 연필이 있다. 이는 초기 콘셉트를 생각해 내야 할 때 특히 유용하게 쓰인다. 누구와 데이터를 공유할 것인지에 따라 종이에 권고 사항을 적을 수도 있을 것이다. 여러분의 청중을 가장 잘 아는 사람은 결국 여러분이며, 권고 사항을 '프로페셔널'하게 보이게 하는 데 시간과 노력을 투자하는 것이 가치가 있는 일인지는 여러분이 가장 잘 알 것이다. 악명 높은 속담이 유저 리서치에서는 사실일 때가 있다. 천 마디 말보다 한 번 보는 게 더 낫다.

마치며

이 책이 여러분이 유저 리서치를 직접 진행할 때 혹은 유저 리서치 서비스를 의뢰할 때, 보다 현명한 고객이 될 수 있도록 유용하고 실용적인 도움을 제공했기를 바란다.

여러분 조직의 제품 및 서비스에서 필요한 방법론에 따라, 특정 리서치와 분석 방법론은 다른 리서치나 방법론보다 더 익숙해졌을 수도 있다. 또 어떤 방법론은 여러분이 통달하여 더 이상 이 책을 필요로 하지 않을지도 모른다. 그것은 잘된 일이다. 주요 기본 원칙들을 때때로 상기시키는 것이 좋긴 하겠지만 말이다. 유저 리서치의 특정 부분에서 숙련되기 시작하면, 여러분이 조금 더 익숙하게 진행할 줄 아는 방법론이 언제나 가장 적절한 방법론은 아니라는 사실을 알게 될 것이다. 특히 예상하지 못했던 새로운 상황이 발생했을 때는 더 그럴 것이다. 혹시 그런 상황이 온다면, 사용자들을 더 잘 이해할 수 있는 다른 적절한 유저 리서치 방법론을 참고하기 위해 이 책을 펼치길 바란다.

이 책에 여러분이 찾고 있지만 언급되지 않은 유저 리서치 방법론들이 분명 있을 것이다. 과업 분석, 다변량 테스트, 데스크톱 리서치, 전문가 리뷰, 경쟁사 벤치마킹과 콘텐츠 진단 등에 대해 알아보는 것도 좋을 것이다. 그리고 페르소나 대신 세그멘테이션(segmentation, 세분화)을 하는 법을 알아보는 것도 좋을 것이다. 여러분에게 전달하고 싶은 핵심 내용은, 지금쯤 익숙하겠지만 다시 한 번 강조하자면, 유저 리서치는 반복적인 프로세스라는 사실이다. 항상 여러분이 다시 돌아와야 하고, 계속해서 다시 또 돌아오고 싶은 것이길 바란다.

여러분이 이 책에서 유용하다고 생각한 부분과 그렇지 않다고 생각한 부분을 나에게 공유해 주었으면 좋겠다. 이는 내가 앞으로 배워나가는 데 많은 도움이 될 것임에 틀림없다. 유저 리서치에서의 배움에는 끝이 없다. 나는 사람들이 방법론을 각자 다양한 방식에 맞춰 사용하거나 새로운 방식으로 사용하는 것에 관심이 있기 때문에 여러분에게 그러한 이야기들을 들을 수 있기를 기대한다. 트위터에서 @Steph_Marsh81로 검색하면 나를 찾을 수 있다. 독자 여러분의 이야기를 듣고 같이 대화를 나눌 수 있기를 기대하며 글을 마친다.

참고 문헌

- Ball, L, Eger, N, Stevens, R and Dodd, J (2006) Applying the post-experience eye-tracked protocol (PEEP) method in usability testing, Interfaces, 67, pp 15-19
- Bojko, A (2013) Eye Tracking, the User Experience. A practical guide to research, Rosenfeld Media, New York
- Bolt, N and Tulathimutte, T (2010) Remote Research. Real users, real time, real research, Rosenfeld Media, New York
- Bradley, M and Lang, P (1994) Measuring emotion: the self-assessment manikin and the semantic differential, Journal of Behavioral Therapy & Experimental Psychiatry, 1, pp 49–59
- Cunningham, K (2012) Accessibility Handbook, O'Reilly Media, Sebastopol
- Dumas, J S and Redish, J C (1999) A Practical Guide to Usability Testing, revised edn, Intellect Ltd, Bristol
- Emerson, R M, Fretz, R I and Shaw, L L (2011) Writing Ethnographic Fieldnotes, 2nd edn, The University of Chicago Press, Chicago, IL
- Gothelf, J and Seiden, J (2016) Lean UX: Designing great product with agile teams, O'Reilly Media, New York
- Gray, D and Brown, S (2010) Gamestorming: A playbook for innovators, rulebreakers, and changemakers, O'Reilly Media, Sebastopol
- Horton, S and Quesenbery, W (2014) A Web for Everyone. Designing accessible user experiences, Rosenfeld Media, New York
- Kaner, S (2014) Facilitator's Guide to Participatory Decision-making, 3rd edn, Jossey-Bass, Hoboken, NJ

- Lazar J, Goldstein, D and Taylor, A (2015) Ensuring Digital Accessibility through Process and Policy, O'Reilly Media, Sebastopol
- Leavy, P (2017) Research Design: Quantitative, qualitative, mixed methods, arts-based, and community-based participatory research approaches, Guilford Press, New York
- Lichaw, D (2016) The User's Journey. Storymapping products that people love, Rosenfeld Media, New York
- Portigal, S (2013) Interviewing Users. How to uncover compelling insights, Rosenfeld Media, New York
- Preece, J, Rogers, Y and Sharp, H (2002) Interaction Design: Beyond human-computer interaction, Wiley, New York
- Resmini, A (2011) Pervasive Information Architecture: Designing crosschannel user experiences, Morgan Kaufmann, Burlington
- Rosenfeld, L (2011) Search Analytics for Your Site. Conversations with your customers, Rosenfeld Media, New York
- Rosenfeld, L, Morville, P and Arango, J (2015) Information Architecture. For the web and beyond, 4th edn, O'Reilly Media, Sebastopol
- Sharon, T (2012) It's Our Research: Getting stakeholder buy-in for user experience research projects, Morgan Kaufmann, Burlington
- Sharon, T (2016) Validating Product Ideas Through Lean User Research, Rosenfeld Media, New York
- Spencer, D (2009) Card Sorting. Designing usable categories, Rosenfeld Media, New York
- Stickdorn, M and Schneider, J (2014) This Is Service Design Thinking, BIS Publishers, Amsterdam
- Tufte, E (2001) The Visual Display of Quantitative Information, Graphics Press, Cheshire, CT
- Young, I (2007) Mental Models. Aligning design strategy with human behaviour, Rosenfeld Media, New York

유저 리서치

UX를 위한 사용자 조사의 모든 것

초판 발행일 2021년 3월 2일
1판 2쇄 2021년 7월 30일
발행처 유엑스리뷰
발행인 현호영
지은이 스테파니 마시
옮긴이 서예리
감수 유엑스리뷰 리서치랩
디자인 임림
편집 권도연
주소 서울시 마포구 월드컵로 1길 14 딜라이트스퀘어 114호
팩스 070.8224.4322
등록번호 제333-2015-000017호
이메일 uxreviewkorea@gmail.com

ISBN 979-11-88314-71-3

User Research by Stephanie Marsh